AF188711

DIETMAR KRÖNERT

LOVE & ORDER

DIETMAR KRÖNERT

LOVE & ORDER

PSYCHOTRILLER MIT ABENTEUERSEQUENZEN

Bibliografische Information der Deutschen Bibliothek:
Die Deutsche Bibliothek verzeichnet diese Publikation in der
Deutschen Nationalbibliografie; detaillierte bibliografische
Daten sind im Internet unter *http://dnb.ddb.de* abrufbar.

Impressum
© 2018 Dietmar Krönert
Herstellung und Verlag:
BoD - Books on Demand, Norderstedt
ISBN 978-3-7481-3557-9

ERSTER TEIL

EWAS BRÜSTE

1

Ewa Krkova dreht ihre künstlich aufgepolsterten Brüste hin und her, lässt sie vor Ivans Augen tanzen. Ihre neuen Körperteile fühlen sich immer noch schmerzhaft überdehnt und angespannt an. Aber Ewa ist bereit, für Ivan, dessen Wünsche und für ihr eigenes Aussehen zu leiden. Hat sie doch kaum eine andere Wahl.

Ewa ist Ivans aktuelle Lebenspartnerin oder besser gesagt, seine Favoritin. Laut allgemeinem Sprachgebrauch, die »Geliebte eines Herrschers«. Damit wäre das Verhältnis zwischen Ewa und Ivan ziemlich genau umrissen. Ihre einzige Alternative wäre, von Ivan an irgendeinen Zuhälter verkauft zu werden. So lebt sie aber in der Hoffnung, auf unbestimmte Zeit die Nummer eins in Ivans Leben zu bleiben. Aber auch ohne Ivan als ihren Besitzer und Beschützer wäre ein Leben in wechselnden Bordellen für sie besser als das armselige Dasein in ihrer Heimatstadt, ganz weit hinten in der rumänischen Provinz; da ist sich Ewa sicher.

Wegen der ausweglosen Armut und dem Elend, hatte sie sich willig von Ivans Leuten anwerben lassen. Ewa hatte weder Bildung noch Ausbildung. Zu der Zeit war sie eine schlanke, langbeinige Schönheit wie so viele andere Sechzehn-, Siebzehnjährige auch, ohne jede Hoffnung, dass sich an ihrer Lage jemals etwas verbessern würde. Das einzige, was Ewa gut konnte war Kartoffeln schälen, wenn es mal Kartoffeln gab, und Schwänze lutschen, was immer noch besser war als eine angefickte Geschlechtskrankheit. Mit so einem Makel hätte sie ihre alleinerziehende Mutter sofort auf die Straße geworfen.

Inzwischen ist Ewa schon fast 18 Jahre alt, immer noch eine schlanke, gut gebaute Schönheit und seit Neuestem mit enorm großen Brüsten bestückt. Diese wie aufgesetzt wirkenden, unnatürlichen Dinger, vermitteln einen so prall überdehnten Eindruck, als müssten sie jeden Augenblick platzen.

Über den nächsten Tag, oder was die Zukunft für sie bringen

mag, macht sie sich weder Gedanken noch Illusionen. Seit jeher hatte Ewa immer nur für den Moment gelebt. So wie die meisten anderen Bewohner in ihrem heruntergekommenen Stadtviertel auch, aus dem sie es geschafft hatte zu entkommen, bevor sie zwanzig oder noch älter geworden war. Denn danach würden die Chancen, dem elenden Dasein zu entfliehen, von Tag zu Tag geringer werden. Es wachsen einfach zu viele langbeinige Schönheiten ohne Perspektive nach. So gesehen hat Ewa ihre Möglichkeiten voll ausgeschöpft und, wie gesagt, Gedanken über das, was kommt, hatte sie sich noch nie gemacht. Sie nimmt sich, was sie kriegen kann, ohne auch nur einen Augenblick darüber nachzudenken.

Der eingewanderte Gewohnheitsverbrecher Ivan Cukzarek ist von so etwas wie Sozialisation weit entfernt. Er verhält sich wie ein Tier. Alles was er sieht, ob es nun Gegenstände sind oder Menschen, sieht er als sein Eigentum an. Wie das ungefähr zu verstehen ist? Ein Beispiel:

Stellen Sie sich vor, Sie befinden sich im Urlaub, irgendwo im Süden, in der Levante. Ihnen sieht ein hungriger Straßenköter beim Essen zu. Das Tier, falls es noch nicht vom Personal verjagt worden ist, tut Ihnen leid, und Sie werfen ihm ein Stück von dem zu, was Sie gerade verspeisen. Ein Stückchen Fleisch zum Beispiel. Das Tier hat schon so manche schlechte Erfahrung gemacht. Es ist vorsichtig, läuft misstrauisch witternd darauf zu und schnappt sich den unverhofften Leckerbissen. Das ist seine Beute, sein Eigentum. Jetzt sollten Sie aber nicht den Fehler machen, das Tier streicheln zu wollen. Der Hund könnte das als Aggression, als Angriff auf seine Beute auslegen und Sie warnend anknurren. Wenn Sie Pech haben, schnappt er nach Ihrer Hand. Denn Tiere kennen keine Dankbarkeit. Zuneigung vielleicht, Dankbarkeit aber ist einem Tier fremd.

In Ihrer Welt, da beißt man nicht die Hand, die einem gibt. Aber woher soll dass so ein Tier wissen, wenn es nur den täglichen Kampf um das nackte Überleben kennt. In der Situation dieses Tieres kann jeder andere ein potenzieller Konkurrent, ein Feind sein.

Ivan Cukzarek ist ein lebender Anachronismus, ein Überbleibsel aus jenen Urzeiten, als der Mann noch Jäger und zugleich auch Beute und Nahrung war. So wie die meisten Gangster und Verbrecher war auch Ivan einstmals ein liebes Kind, das seiner Mutter Freude und Glück bereitete. Doch dann kam das Kind mit der Welt in Kontakt, Straße und Schule formten fortan Ivan zu dem, was er heute ist.

2

Elf Monate zuvor, im vorigen Jahr, warten fünf Mädchen in einer Wohnung, die so etwas wie eine Arztpraxis sein soll, auf ihre Untersuchung. Fünf Mädchen, das ist eine Lieferung. Ewa ist eine von ihnen, man hat ihr gesagt, der Gesundheitscheck sei notwendig. Die Arbeitgeber im Westen wollen nur gesunde Frauen einstellen. Na dann!

Der Dicke, in einem angeschmuddelten, ehemals weißen Kittel, scheint der Arzt zu sein. Seine Arbeit als Mediziner treibt ihm offenbar den Schweiß auf die Stirn. Er atmet stoßweise und trägt einen gequälten Gesichtsausdruck zur Schau. Eigentlich ist er es, der medizinische Hilfe benötigt. Seine Untersuchungsmethoden haben dann auch mehr mit Befummeln zu tun als mit einer gründlichen, seriösen Untersuchung. Selbst Ewa, die schon einiges gewöhnt ist, ekelt sich vor seinen schwitzigen Händen. Der Arzt, nun ja, bleiben wir mal bei dieser Berufsbezeichnung, scheint sich dann auch zwischen den Untersuchungen der einzelnen Mädchen selbst zu befummeln oder was auch immer. Auf alle Fälle ist Ewa, trotz ihres jugendlichen Alters, ziemlich gut darin, Gerüche zu unterscheiden und zuzuordnen. Und der Duft an seinen Händen ist kein antiseptischer. Aber auch das geht vorüber, und der Mann im Kittel überreicht dem Fahrer, der die Mädchen herkutschiert hatte, zum Schluss fünf offizielle, oder besser gesagt, fünf offiziell anmutende Papiere. Der gute gesundheitliche Gesamtzustand der Mädchen ist damit attestiert.

Die Fahrt in ein besseres Leben ist für Ewa anfänglich fast wie eine Ausflugsfahrt. Hatte sie doch niemals zuvor ihr Stadtviertel verlassen. Zehn Minuten lang hielt das Staunen über das vorbeiziehende, unendliche Grün an, dann überkam sie bereits die Langeweile, die bis zum Ende der Fahrt nicht mehr nachlassen wollte.

Ivan holt und vermittelt gerne Mädchen von der Straße, die zu allem bereit sind, um ihre Situation zu verbessern. Für den Anfang sind die dann auch schon mit etwas Geld für Zigaretten, Klamotten und Schminksachen zufrieden.

Für den Anfang.

Erstaunt stellt Ewa fest, dass alle Deutschen komplette Zigarettenpäckchen kaufen. Nicht nur einzelne Zigaretten, wie das so viele heruntergekommene Gestalten an den vergitterten Kiosken tun, in deren Nähe sie sich mit anderen Jugendlichen tagsüber herumgetrieben hatte. Der doppelte Preis für eine Zigarette. Das war die unterste Ausbeutungsstufe innerhalb der Strukturen ihres Stadtviertels.

Unter solchen Umständen haben Cukzareks Leute nur wenig Probleme, Mädchen zu finden, die davon träumen, eine ganze Packung Zigaretten zu kaufen, die Miniversion eines Minirocks, dazu kniehohe, rote Stiefel und einen Doppelfleischburger obendrauf. Das sind dann auch die Traumbilder, die »elegante«, hochnäsige Kindsdamen den Mädchen auf der Straße vermitteln. Die lässig den Limousinen ihrer Zuhälter entsteigen, um sich hoch erhobenen Hauptes im Fastfood Restaurant ihr Essen zu holen. Anstatt Kartoffeln für eine wässerige Suppe zu schälen und danach vom Cousin, dem Opa oder einem Nachbarn sexuell belästigt zu werden. Da wundert es niemanden, dass Ivan und seine Truppe so gut wie keine Überzeugungsarbeit leisten müssen.

Es kommt natürlich immer mal wieder vor, dass ihnen ein gut behütetes Kind in die Hände fällt, deren Mutter oder die Großeltern sich die Kosten für den Ballettunterricht oder die Musikschule vom Munde abgespart hatten. Da müssen Ivans Leute dem Mädchen dann in kürzester Zeit all jene Lektionen beibringen, die den anderen Mädchen während der Zeit ihrer Pubertät so ganz nebenbei vermittelt wurden. Die sehen dann den Mädchen eher unbeteiligt oder gar voller Schadenfreude zu, wie »so einer« beigebracht wird, auf Zuruf die Beine breit zu machen.

Das gelingt aber nicht immer ohne Komplikationen und führt manchmal dazu, dass ein Mädchen spurlos verschwindet.

Marco und Burhan lassen niemanden verschwinden, weil sie geborene Killer wären. Es gehört ganz einfach zu dem, was sie für ihr Geschäft halten. Das haben sie von Grund auf mit Ivan gemeinsam. Auf den Gedanken, regelmäßig einer normalen Arbeit nachzugehen, ist bisher noch keiner von beiden gekommen. Im Gegenteil, sie haben frühzeitig gelernt, dass in ihrem Weltbild derjenige Recht und Einkommen hat, der die Macht über andere rigoros ausübt. Und dass der, der die dicke Limousine fährt, jener ist, der skrupellos seine Interessen durchdrückt. Jedem Mitspieler in der Welt von Marco und Burhan ist natürlich auch bewusst, dass man niemandem trauen kann, am allerwenigsten dem, der eine Krawatte als Ausweis seiner Stellung im Rudel vor sich herträgt.

Ivan ist ein gnadenlos hartes Schwein, wenn es um seine Interessen und um seine Vormachtstellung geht. Selbst die eigenen Leute benehmen sich in seiner Nähe äußerst vorsichtig. Keiner von ihnen möchte vor dem Boss unangenehm auffallen oder gar in Ungnade fallen. Ein leichtes Anzeichen von Unwilligkeit auf Ivans Gesicht und die Stimmung kippt ganz schnell bei seinen Leuten. Da sind Raubtiere unter sich. Die Kerle lachen und feiern zusammen. Aber ohne mit der Wimper zu zucken schießt einer dem anderen das Hirn weg, falls es notwendig sein sollte.

Ewa hat einige Freiräume, dessen ist sie sich bewusst. Sie genießt ihre Stellung und ihre Wirkung auf Ivan. Für ihn ist die Frau so etwas wie eine Trophäe oder ein Vorzeigestück, ein hübsches Ding. Er muss nicht um sie werben und braucht sie zu nichts überreden, sie ist ja sein Eigentum. Seinem Hund würde er mehr Aufmerksamkeit entgegenbringen, wenn er je einen gehabt hätte. Was ihn aber nicht daran hindert, Hundehalsbänder und Leinen für unwillige oder aufsässige Mädchen bereitzuhalten. Dass sie zu seinem Warenbestand gehört, weiß Ewa natür-

14

lich, es ist ihr bewusst. Trotzdem hält sie sich für etwas Besseres und blickt ziemlich herablassend auf die anderen Mädchen herab. Sie weiß, wie sich die anderen Mädchen nach der Stellung, die sie innehat, verzehren. Ihr ging es ja noch vor einem Jahr nicht anders, wenn sie zusah, wie die aufgepimpten Nutten in ihren kurzen Röcken den Autos ihrer Zuhälter entstiegen. Wobei es das eine oder andere Mädchen darauf angelegt hatte, während der »Limousienenausstiegsprozedur« den Mitbürgern ihre intimsten Körperregionen zu präsentieren. Ganz so, wie man es auch immer mal wieder in den Boulevardsendungen im TV sehen kann. Wo etablierte, weltbekannte Künstlerinnen in L.A. oder in N.Y. der Weltbevölkerung ebenso intime Einblicke gewähren. Die Konkurrenz unter den Damen ist in New York eben genauso unerbittlich wie in Crasna oder Brasov.

Menschen- und Frauenhandel[1] gehören bei den Leuten, die ohnehin wenig Respekt vor den Grundrechten und dem Eigentum anderer haben, neben Waffen- und Drogenhandel zum festen Standardrepertoire. Es gibt einfach zu viel Konkurrenz in diesem Metier. Jeder dahergelaufene Vorstadtganove steigt doch als Erstes in den Drogen- und Frauenhandel ein. Und es gibt zu viele, die sich für talentiert genug halten, um in bestehende Reviere einzubrechen. Das führt immer mal wieder zu heftigen Bandenkriegen oder Hinrichtungen. Wenn man wie Ivan schon etwas länger im Geschäft ist, schwinden unweigerlich die Lust und der Spaß daran, sich mit dem Verbrechernachwuchs herumzuschlagen. Gut, Ivan war über die Jahre seines Tuns stets clever und schlau genug, die Oberhand zu behalten. Doch dann brachte der Kontakt eines alten Kunden, der den Bruder eines Onkels kennt, der in früheren, besseren Sowjetzeiten Oberst der russischen Armee war, frische Bewegung in seine Geschäfte.

Der Oberst befehligte ein Regiment, das unter anderem auch für die Bewachung und Sicherung einer Nuklearfabrik im Uralgebiet eingeteilt war, die ziviles und waffenfähiges Uran aufbereitete und anreicherte. Als das Sowjetreich an seinem eigenen Starrsinn und an dem kompletten nicht Vorhandensein von konkurrenzfähigen Industrieprodukten für die Weltmärkte zerbröselte, machte Oberst Semjuk, der sich ziemlich sicher war, wie es von nun an mit der Sowjetunion weitergehen wird, gar nicht lange rum. Er entwendete zusammen mit einem Kumpel eine größere Menge angereichertes Plutonium. Semjuk und sein Kumpel, der bösartige und leicht pervers veranlagte Physiker Orloff, mauerten das Material im Keller der Datsche des verkommenen Wissenschaftlers ein.

Das Verschwinden von Waffen, von Geldern oder Plutonium beunruhigte in jenen Tagen der Nach-Ära der UdSSR niemanden. Wer die Macht und etwas zu sagen hatte, der bediente sich ganz einfach an dem, was man zuvor noch Volksvermögen[2] nannte. Besonders die Gewinne aus Öl- oder Gasgeschäften wanderten zügig in private Taschen. Ehemalige Technokraten und Funktionäre ließen sich ganz schnell schlossähnliche Häuser bauen. Als Beweis ihres neuen Reichtums ließen sich nicht wenige dieser Leute goldene Wasserhähne in ihre Bäder einbauen. Ein untrügliches Zeichen, dass man es hier mit Neureichen zu tun hat. So ähnlich verhielt es sich auch in Afrika, als die Potentaten plötzlich massenhaft Entwicklungshilfe zugesteckt bekamen. Auch in jenen Regionen der Welt, fanden sich in kurzer Zeit goldene Wasserhähne in weitläufigen Palästen. Die Entwicklungshilfe diente so der Entwicklung von Firmen, die all die exklusiven Produkte lieferten, und dem Profit von Transporteuren und Logistigern obendrein. Ein schönes Geschäft. Die Steuern der Bürger wanderten schnurstracks auf Treuhandkonten oder direkt nach Südamerika, China oder sonst wohin, kamen dann postwendend als Aufträge wieder zurück und dienten somit der Entwicklung der liefernden Industrie. Und obendrein wurde auch noch so mancher Arbeitsplatz gesichert, was per se ja auch nicht schlecht ist.

Doch nun zurück zum bösen Tun. Um es kurz zu machen, Semjuk und Orloff hatten unterschiedliche Ansichten über die Verwendung der radioaktiven Materialien. Einig war man sich nur, dass man das Zeug erst einmal unangetastet in dem Versteck belassen sollte und dass man es keinem politischen Hasardeur und auch nicht unkontrolliert an Extremisten verhökern wollte. Abwarten war die Devise, um das Material bei Bedarf als Druckmittel oder zum Zwecke einer Erpressung zu benutzen.

Es waren ohnehin sehr verworrene Zeiten nach dem Zusammenbruch der alten Union. Es herrschte so etwas wie Anarchie. Soldaten und Offiziere bekamen oft ihren Sold mit monatelangen Verspätungen oder gar nicht ausbezahlt. Dafür verkauften sie militärisches Gerät oder Waffen an jeden, der mit barer Münze zahlen konnte. Auch Semjuk und Orloff behalfen sich mit allerlei Tricks, um sich über Wasser zu halten. Den Wegfall eines regelmäßigen Einkommens steckten Offiziere und Wissenschaftler meist besser weg als die einfache Bevölkerung. Genügend Rubel hatte man ja, weil es in den alten Ostblockländern nur wenige Möglichkeiten gab, sein Geld auszugeben. Es fehlte ganz einfach an Konsumgütern, und die Waren des täglichen Bedarfs waren eine gewisse Zeit lang noch billig. Das Problem der Menschen lag dann schon bald darin, dass für westliche Güter mit westlichen Währungen bezahlt werden musste. Dollar, Mark und später Euro entwickelten sich eine Zeit lang zu Nebenwährungen. Die Jahre vergingen und die Bevölkerungen arrangierten sich in der neuen Situation. Auch die politischen Kräfte sortierten sich in neue politische Strömungen, die dann doch wieder in die alten Ströme mündeten. Angelegt an den alten, überkommenen Machtstrukturen. Eine Dekade später war die neue Union fast schon wieder ein Abklatsch der alten. Völlig neue Wege einzuschlagen fällt eben schwer, und den Beton bekommt man oft gar nicht aus den Köpfen heraus.

Monate und Jahre gingen ins Land. Die anfängliche Euphorie einer grundlegenden Erneuerung und die Change einer am westlichen Muster orientierten Massenkonsumgesellschaft mit einhergehender allgemeiner Glückseligkeit aller war bald verflogen, fast so schnell, wie die Ideen aufgekommen waren. Eine Handelsbilanz, getragen von Öl- und Gasverkäufen, ersetzen nun mal keine hochwertigen Industriearbeitsplätze. Nur die neue, angepasste Nomenklatura und die Neureichen schwammen in goldenen Barken über einer elenden Menschensuppe. Und ebenso ist ein überspitzter Nationalstolz, ähnlich dem der USA, kein Ersatz für eine wettbewerbsfähige, hochentwickelte Industrie. In diesem Punkt ähneln sich die Supermächte auf frappierende Weise. Aber Stolz allein macht die Menschen nicht satt.

Da kann es dann schon mal dazu führen, dass der eine oder der andere sich übergangen fühlt. Man beginnt sich unweigerlich Gedanken zu machen, wie man in dem großen Spiel mitspielen könnte. Der eine, ein Oberst a. D., der immer noch in seiner alten Zweieinhalbzimmerwohnung wohnt, zusammen mit einer lethargisch gewordenen Frau. Der andere, ein Physiker, der vom zweifelhaften Fortschritt in einer vergleichbaren Weise übergangen wurde. Der kann allerdings keine lethargische Frau vorweisen, weil unverheiratet. Der Wissenschaftler treibt seine Spielchen lieber mit wechselnden Gespielinnen, auf die eine oder andere Art. Die beiden beginnen sich also mit dem Gedanken anzufreunden, das gefährliche Material zu verhökern. So etwas beginnt meist damit, dass einer einen kennt, der auch jemanden kennt …

Auf diese Weise kam Cukzarek zu der Ehre, hochbrisantes giftiges Material zu transportieren, was sich ja im Grunde auch nicht allzu sehr von seinem üblichen Geschäftsmodell unterschied. Ob er nun junge Frauen und Mädchen oder strahlendes Material transportierte, Geschäft ist Geschäft. Das Zeugs vorübergehend zu lagern und dann an eine noch zu benennende Organisation weiterzureichen; ein Kinderspiel, das ihm obendrein und nach Abzug der Unkosten eine schöne sechsstellige Summe einbringen wird. Seine Leute kennen die verschlungenen Wege und die richtigen Grenzbeamten, einschließlich deren Dienstzeiten. Und seit es Handys gibt, ist vieles noch leichter geworden. Ein kurzer Anruf zur richtigen Zeit am richtigen Schlagbaum, und die Sache ist gebongt.

Ivan ist ein schlauer Bursche. Was die Logistik und deren Verknüpfung mit dem freien Handel anbelangt, macht ihm kaum einer seiner Konkurrenten etwas vor. Geistige Großtaten sind von keinem seiner Handlanger zu erwarten, es genügt vollauf, die Kerle ihren Fähigkeiten entsprechend, zielgerichtet einzusetzen. Da sich dieser Transport teilweise außerhalb seines gewohnten Bewegungskorridors abspielt, setzt er vorsichtshalber seine zwei besten Leute auf den Job an. Karan Suliman und Sergej Krull. Die beiden sind nicht gerade die besten Freunde, entstammen sie doch völlig unterschiedlichen Kulturkreisen, aber eine andere Kombination von Männern, die für den Job geeignet wären, hat er nicht. Sie müssen es also eine Zeit lang miteinander aushalten.

Es sind Berufsverbrecher, das ist das Einzige, was die Männer verbindet. Normalerweise gehen sie sich aus dem Wege, und große Denker sind beide nicht, aber schlau und abgebrüht. Sie erahnen den Schlag eines Gegners, bevor dieser ihn ansetzt, und sie haben ein untrügliches Gefühl, wenn unübersichtliche Situationen entstehen, die gefährlich werden könnten. Sie erkennen in einer Menschenmenge den Typ, der sich für sie und ihren Job interessiert, ganz instinktiv. Es ist eben diese Schläue, die die beiden befähigt, gefährliche Situationen zu bestehen, meistens jedenfalls.

Sergej und Karan machen sich also mit einem geschlossenen Ford Transit Kleinlaster auf den Weg ins Uralgebiet nach Balakowo an der Wolga. Eine ereignislose Fahrt. Solange man nichts zu verbergen hat, bleiben die Nerven entspannt, man muss eigentlich nur darauf achten, nicht am Steuer einzuschlafen. Das ist auf der Hinfahrt so ziemlich der schwierigste Teil des Unternehmens. Der Treffpunkt ist dann in Balakowo das Restaurant »Roter Horizont«. Soll eines der besten am Platz sein, sieht aber nicht danach aus. Außerdem hat man hier in der Stadt die alte Sowjetunion ganz fachmännisch konserviert. Alles zusammen erinnert an die gute alte Ostblock-Ära. Plattenbauten und protzige Behörden mit dem Charme des fortgeschrittenen Verfalls. Denkmäler, die noch am ehesten vom städtischen Bauhof in Schuss gehalten werden, und Fahrzeuge aus russischer Produktion. Die halten auf Dauer auf den schlaglöcherigen Straßen länger durch, ohne auseinanderzufallen.

Sie betreten den Roten Horizont. Hier ist die Zeit wohl irgendwann einmal stehen geblieben, selbst die verstaubte Uhr an der Wand tickt nicht mehr. Das ist aber offenbar noch niemandem aufgefallen. Stillstand. Sergej und Karan denken bei diesem Anblick wahrscheinlich dasselbe: Was man für Geld nicht alles machen muss. Sie suchen sich einen Platz mit dem Rücken zur Wand, die Eingangstür im Blick. Alte Gewohnheiten eben. Die paar anwesenden Gäste hätten wohl nie darauf getippt, dass man hier drinnen jemals wieder neue Gesichter sehen würde. Es entsteht eine Art feindseliges Stillschweigen. Für die alteingesessenen Gäste mit Stammplatz und Wohnrecht eine Situation, die wegen ein paar unbedachter Worte leicht zur Eskalation führen kann. Aber es bleibt ruhig. Was wird man hier wohl so bestellen?

»Vodicka« sagt Sergej zu der übervollbrüstigen Kellnerin. »Und ein Telefon!«

»Da drüben, im Gang zur Toilette ist die Kabine.«

Sergej kramt den Zettel mit Oberst Semjuks Nummer heraus und die mittzwanzigjährige Serviererin zeigt ihr unverhohlenes Interesse an den neuen Gästen. Zwei Männer, die noch nicht an ihr herumgetatscht oder in den Ausschnitt gefasst haben. Die Alteingesessenen bemerken wohl, dass ihnen die dralle Servierkraft zu entgleiten droht. Die Blicke werden bedrohlicher. Falls einer der neuen Gäste jetzt auch noch mit ihrer Serviererin zu schäkern anfängt, fliegen Stühle oder

Fäuste; darüber ist man sich nur noch nicht so ganz einig. Sergej macht sein Telefonat.

Als dann Semjuk und Orloff hereinkommen und sich zu den Fremden setzen, sind mit einem Schlag die Besitzansprüche an der prall ausgeformten Serviererin wieder eingelotet. Orloff legt seine Hand wie selbstverständlich auf ihre hinteren Auslagen, was so viel bedeutet wie: Das Weibchen gehört mir. Die Kellnerin lächelt gequält und starrt dabei Sergej gierig an. Endlich mal ein neuer Schwanz in Reichweite. Doch Sergej und Karan sind die örtlichen Besitzverhältnisse wurscht, um es mal ganz profan auszudrücken. Sie wollen nur ihren Job über die Bühne bringen und baldigst zurück in die westliche Zivilisation, die sie inzwischen zu schätzen gelernt haben und als die ihrige betrachten.

Morgen wird der Transporter mit dem Material beladen werden, so weit ist man miteinander übereingekommen. Für die Nacht quartieren sich Sergej und Karan der Einfachheit halber im Roten Horizont ein. Morgen sieht man dann weiter. Sergej genehmigt sich, um die Traditionen seiner Vorfahren zu wahren, noch einige Gläschen Vodicka oder Wässerchen, wie man zu einem Glas Wodka auch verniedlichend zu sagen pflegt.

Anna, die Kellnerin, wird von Gläschen zu Gläschen hoffnungsvoller, dass es in dieser Nacht noch zu heftigem Geschlechtsverkehr kommen wird. Hauptsache dieser Sergej trinkt nicht zu viel, aber der Kerl sieht kräftig aus, der kann sicher einiges vertragen.

Später in der Nacht, lief es dann ab, wie es eben oft im Zwischenmenschlichen so abläuft. Karan war längst oben in seinem Zimmer. Die beiden Gangster haben seit jeher wenig miteinander zu besprechen. Und daran hat sich während der langen Herfahrt nichts geändert. Die beiden können einfach nicht miteinander. Kellnerin Anna war schon zuvor darauf bedacht gewesen, dass die Männer Einzelzimmer nahmen. Aber Karan und Sergej hätten sowieso niemals ein gemeinsames Zimmer bezogen.

Etwas später überlegt Anna gar nicht lange, um ans Ziel zu

gelangen. Sie klopft kurz an und tritt in Sergejs Zimmer ein. Der war schon halb weg im Gangstertraumland. Man fragt sich unweigerlich, was denn schwere Jungs so träumen oder ob überhaupt? Man weiß es nicht, es gibt einfach keine wissenschaftlichen Erhebungen auf dem Gebiet, was Gangsterträume anbelangt. Ein Tipp für unsere Nachwuchsakademiker zum Thema Doktorarbeit. Das Gebiet Gangsterträume ist mit großer Wahrscheinlichkeit wohl noch nicht besetzt worden. Okay. Sergej registriert mit seinem letzten bisschen Verstand, dass er gerade Besuch erhält. Und Anna, ganz clever, fragt unschuldig, ob denn alles in Ordnung wäre, und baut sich mehr oder weniger offenherzig vor seinem Bett auf. Sergej ist ja nicht ganz blöde, um die Situation nicht sofort zu begreifen, und macht darum auch gar nicht lange auf Konversation. Es gibt Angebote, da lehnt ein Sergej gewohnheitsmäßig gar nicht erst ab und greift zu, gleich an der richtigen Stelle.

Ihr gefällt's, einer der weiß, wo's langgeht. Da wird dann auch gar nicht mehr viel geredet, es geht zur Sache. Doch was dann geschieht, das kennt die nette Anna schon zur Genüge. Sergej haspelt sich einen ab und schläft alsbald ein. Sein Alkoholspiegel hilft ihm dabei nach Kräften. Anna weiß nun genau Bescheid, der Sergej macht's ihr auch nicht besser als die ortsansässigen Kandidaten. Schade und ernüchternd. Aber zum Glück gibt's ja weiterhin den alten Lüstling Orloff. Der ist etwas pervers veranlagt, was meint: Einfach so mal auf die Schnelle sich einen abzuficken ist nicht Orloffs Ding, weil es ihm dann nur selten kommt. Er spielt erst mal eine Weile mit ihr, woran Anna immer wieder Gefallen findet, ganz einfach deshalb, weil sich der Mann längere Zeit mit ihr und ihrem Körper beschäftigt und seine Fantasien an ihr umsetzt.

Semjuk hält diesbezüglich mit seiner Meinung und auch seinem Kumpel gegenüber nicht hintern Berg. »Es liegt vielleicht an eurem Beruf«, meinte er einmal zu Orloff. »Oppenheimer, der Vater der Hiroshima-Bombe, war Physiker, Trinker und

Frauenbenutzer wie du«. Es ist nun mal so, dass perverses Gedankengut auf einer höheren Intelligenz aufbaut. Intelligenz und Perversion gehen Hand in Hand, was Orloffs natürlich vorhandenes oder auch angeborenes Verständnis der Dinge meint. Es meint nicht die Art von Intelligenz eines mühsam angelernten Fachwissens und eines Herunterbetens von Formeln und Weisheiten.

Anna zieht sich jedenfalls enttäuscht zurück und hofft auf baldige Lustbarkeiten mit dem »guten alten Orloff«. Der fesselt Anna manches Mal zärtlich, knebelt sie ab und an, was ihr sehr zupass kommt. So muss sie sich nicht zurückhalten und versetzt somit auch nicht mit ihrem Geschrei und Gestöhne die komplette Nachbarschaft in Aufruhr. Ja, der Orloff, denkt Anna. Wenn der seine Baumwollenen runterlässt, ist sein Ding kaum größer als ihr Zeigefinger. Aber das ändert sich fast schlagartig, wenn sie ihre Brüste rausholt und anfängt, ganz unschuldig daran herumzukneten. Anna liebt es, wenn er ihre Busenwogen strafft, indem er ihr die Brustansätze umschnürt. Ihre Brüste laufen dann leicht rosig an und werden auch sensibler. Aber vielleicht bildet sich Anna das auch nur ein. Er ist halt ihr Mann fürs Erotische und Lustbetonte.

Am folgenden Morgen sind Sergej und Karan froh, dass es endlich losgeht. Sergej ist sich zu dieser frühen Stunde nicht ganz sicher, ob da mit der Serviererin in der Nacht etwas gelaufen ist. Sergej hat eine dunkle Ahnung, verdrängt die Gedanken aber schnell wieder. Er hat jetzt Wichtigeres zu tun, als Serviererin Anna nackt mit vor ihr herhüpfenden Brüsten vor seinem inneren Auge defilieren zu lassen. Sie fahren hinter Orloffs Lada ins Ländliche hinaus. Davon lohnt es kaum zu berichten, die Fahrt verlief holperig.

Ihr alter Ford Transit hat ein Geländegängiges Fahrwerk, das auch später noch von Nutzen sein wird. Im Moment wird er gut zur Hälfte entladen, was doch etwas anstrengend ist für die

Männer. Die können zwar kräftig zuschlagen, sind aber an das Schleppen schwerer Gegenstände nicht so richtig gewöhnt. Sie haben da eine ganze Menge an Autoteilen und anderem schmierigen, öligen Schrott hinter dem Transporter aufgestapelt. An dem Zeug macht sich kein östlicher oder südöstlicher Grenzer die Finger schmutzig, und für den Notfall haben die beiden ja immer noch ein Dollarnotenbündel dabei. Das könnte ebenfalls hilfreich sein. Ganz davon abgesehen, sind auf ihrer Route zwei Männer mit einer Ladung Autoschrott das Normalste von der Welt. Den Strahlen absorbierenden Behälter hatten der Offizier und der Physiker zuvor schon äußerlich in einen verschlissenen, angerosteten und verdreckten Zustand versetzt. Er wird inmitten des Gerümpels platziert und mit den öligen Motor- und Karosserieteilen überhäuft.

»Was geschieht, wenn jemand den Behälter öffnet?«, fragt Sergej den Physiker.

»Dann läufst du weg!«, antwortet Orloff ganz simpel.

»Aha, weglaufen?«

»Jou! Genau das tust du. Oder willst du strahlenverseucht werden?«

»Nee! Nicht direkt so. Hm … nee!«

»Na siehst du!«

Eine Tasche voll mit Dollar- und Euronoten wechselt die Besitzer. Die Notenbündel werden nochmals überprüft und grob gezählt. Dann wurden Karan und Sergej mit einem kurzen Kopfnicken verabschiedet.

Satans Geschenk an die Menschheit geht auf die Reise. Wie sagte schon Kawasaki Davidson vor Antritt des langen Marsches? »Auch die längste Fahrt beginnt mit einem ersten Tritt aufs Gaspedal.« Der Transporter setzt sich in Bewegung. Eine lange, ermüdende Fahrt beginnt aufs Neue und endet schon nach kaum fünfzehn Minuten wieder.

»Halt' da drüben mal an«, sagt Sergej zu Karan.

»Warum denn das, musst du jetzt schon pissen?«

»Red' keinen Mist. Ich hole uns Beistand, den werden wir brauchen.«

»Das ist doch Blödsinn, Alter!«

»Nenn mich nicht Alter, fahr rüber zu der Basilika, na los, mach schon!«

Osmanisch fluchend steuert Karan den Parkplatz vor dem Gotteshaus an und öffnet die Fahrertür. Trotz der frühen Stunde stiegen die Temperaturen schon merklich an. Schon leicht entnervt klopft er sich eine Zigarette aus seiner Packung heraus. Blöder Russe, großes Maul und rein gar keine Ahnung von nichts, denkt er. Der Teufel soll diesen Russen holen!

Sergej macht sich indes auf die Suche nach dem ortsansässigen Popen. Er klopft an dessen private Tür. Bis der sich endlich blicken lässt, vergeht einige Zeit. Der Geistliche scheint ebenso wie Sergej noch nicht so richtig auf dem Damm zu sein.

»Was denn?«

»Ich brauche deinen Segen für eine lange Reise und für das gute Ende meiner Geschäfte.«

Der Pope wollte Sergej abwimmeln und verweist auf die üblichen Audienzstunden. Sergej will sich aber nicht so einfach abweisen lassen. Östliche Gangster sind gläubige Menschen. Haben zwar in der Schule nie so richtig aufgepasst, aber an den traditionellen Konstellationen ihrer Gesellschaft wird nicht gerüttelt. Der Pope steht als Respektsperson immer noch über dem Bürgermeister und dem Polizeichef. Hauptsächlich auch, weil dieser von Gott die Befugnis hat, die Seelen wieder reinzuwaschen.

Wenn in der weiten katholisch-orthodoxen Welt der Geistliche dem reuigen Sünder auferlegt, seine Missetaten aufrichtig zu bereuen und zu beten, wird die Sündenkartei des Gewissens wieder auf Null gestellt. Der Reuige kann dann aufrechten Ganges neuen Taten entgegenschreiten. Eine feine und faire Sache.

Sergej hat jetzt gerade keine Zeit, auf irgendwelche Audienzzeiten zu warten. Er kramt einige Dollarscheine aus seinen Taschen heraus und wedelt damit vor der Nase des heiligen Mannes herum. Das ändert natürlich alles. Jetzt ist sofort göttlicher Beistand vonnöten. Dollars gehen immer, das hat ja auch eine ganz andere Qualität als die üblichen Naturalien oder die paar Kopeken der Babuschkas.

Karan verzieht derweil im Transit sein Gesicht und schüttelt wiederholt den Kopf. Dieser Gott hilft überhaupt nicht, das weiß er genau, weil es diesen Gott gar nicht gibt. Das weiß er von seinem Vater, und der wiederum von dessen Vater. Aha, da kommt er ja wieder angewackelt. Karan lässt gegenüber Sergej nichts von seinem Wissen heraus. Hat ja sowieso keinen Sinn, mit Sergej über Glaubensfragen zu diskutieren.

Die beiden spulen Hunderte Kilometer ab und reden nur das Nötigste miteinander. Komyschin, Wolgograd. Hinter Wolgograd bis Grosny wechselt Europa über eine Strecke von sechs-, siebenhundert Kilometern unmerklich in archaische Zivilisationsformen über, die sich im Grunde seit Jahrtausenden nur unmerklich verändert haben. Irgendwo voraus befindet sich die alte Route der Seidenstraße mit ihren Karawansereien, was auch nur wenige Generationen zurückliegt. In diesem Teil der Welt haben Jahrhunderte keine Bedeutung. Generationen kommen und gehen. Alles was bleibt, ist der Staub, den der ewige Wind über die Gräber weht.

Am Armaturenbrett baumelt das billige Heiligenbildnis aus Aluminium, das Sergej dem renitenten Popen abgetrotzt hatte. Immerhin hat es sie glücklich bis in diese Unwirtlichkeit geleitet. Auch Karan lebt jetzt mehr und mehr auf. Vieles erinnert ihn an seine Kindheit im osttürkisch-armenischen Grenzland. Sergej, der jetzt das Steuer führt, lenkt den Transporter Richtung Baku, was ja kein großer Umweg ist. Als junger Sowjetsoldat musste er seinen Militärdienst in Baku ableisten. Er kennt sich hier aus und Karan muss nicht lange überzeugt werden.

»Wir brauchen die Unterbrechung, die Karre braucht Öl und ein Minimum an Service, auch der pfeifende Keilriemen muss gewechselt werden.«

Karan ist ohne große Diskussion einverstanden. Wenn sie die Fahrt danach fortsetzen, werden die Schwierigkeiten unkalkulierbare Dimensionen annehmen, das weiß Karan. Aber in seinem Kopf formen sich auch neue Ideen. Warum das Zeug nicht auf eigene Rechnung verkaufen?

Die ungefähr festgelegte Route geht von hier nach Eriwan, dann über Van und Batman in Kurdistan am Ararat vorbei, über Al Qamishli in das Gebiet einer paramilitärischen Rebellentruppe in der weiteren Umgebung bei Al Hasakah.

»Wir ändern das Programm«, eröffnet Karan, ganz entgegen seiner sonstigen Mitteilungsfaulheit. »Wir werden das Material selbst verkaufen oder wir wollen einen größeren Anteil.«

»Was soll das denn jetzt. Ist dir das gerade eben erst eingefallen?«

»Ja!«, sagte Karan knapp.

»Aha, und du hast auch schon einen Plan?«

»Habe ich!«

»Du weißt, dass uns das in große Schwierigkeiten bringen kann.«

»Klar weiß ich das. Ich weiß aber auch, dass uns ab jetzt ebenso große Schwierigkeiten in den türkisch und iranisch-syrischen Grenzgebieten erwarten werden.«

Sergej beginnt zu grübeln, was ihm schwerfällt. Er hat keine große Bildung, aber eine gesunde Situationsschlauheit, die ihn immer mal wieder gerettet hatte.

»Ja und?«, fragte er.

»Machst du mit oder was ist?«

»Hm? … Okay … Aber wie soll das ablaufen?«

»In Kars leben zwei meiner Brüder. Da werden wir das Zeug solange vergraben. Alles klar!«

»Jou-jou!«, macht Sergej. Irgendwie bringt die neue Situation und die Aussicht auf richtig viel Kohle die Kommunikation zwischen dem stolzen Russen und dem stolzen Türken in Gang. »Der Ivan lässt uns abschießen, wenn er's checkt!«

»Damit müssen wir rechnen. Hast du Schiss!«

»Russen haben keinen Schiss!«

Karan grinst mit schiefem Mundwinkel.

»Dachte ich mir. Sonst hätte ich die Sache allein durchgezogen.« Und weiter vor sich hin grinsend murmelt Karan mehr an seine eigene Adresse gerichtet: »Indianer kennen keinen Schmerz und Russen haben keinen Schiss, hätte ich mir ja auch gleich selber denken können.«

»Was is?«

»Nix!«

»Du hättest es also allein durchgezogen, ja… und mich hier sitzenlassen?«

»Dir gefällt es doch so in Baku. Für einen Schwanzeinzieher ist Baku ein idealer Ort, findest du nicht?«

Bevor die erste richtige Kommunikation der beiden aus dem Ruder läuft, wechselt Sergej in den technischen Bereich hinüber.

»Also red' jetzt keinen Scheiß. Wir kürzen ab! Tanken, Öl nachfüllen, einen neuen Keilriemen aufziehe. Und du wirst die nächste Etappe fahren.«

Während den Arbeiten am Fahrzeug, das sie der Ladung wegen nicht aus den Augen lassen wollen, nehmen sie schräg gegenüber in einem halboffenen Restaurant in Bakus Altstadt einen Tisch.

»Was nehmen wir?«, fragte Sergej, um dann gleich erklärend anzufügen: »Plov, das ist Reis mit Huhn oder Fisch, dazu Trockenfrüchte. Tabaka, gegrilltes Huhn, Dolma, Hackfleisch in Weinblättern. Es gibt auch Hammel, dazu Fladenbrot?«

»Ich lese hier Biftek«, redet Karan dazwischen. »Das hört sich an wie das griechische Bifteki?«

»Das ist Steak, Bifteki ist Hackfleisch«.

»Das nehm' ich, mit allem, was so dazugehört!«

»Nehm' ich dann auch.«

Der Kellner bringt mit dem Pive, dem Bier, schon mal den Salat mit Ayran, Joghurt.

»Was'n das für ein krummer Turm da vorne?«, fragt Karan.

»Was meinst du?«

»Na da, die komische Waschbrettarchitektur!«

»Ah ja, genau, der Jungfrauenturm. Man weiß es nicht genau, aber die Legende sagt, irgendein Khan hatte den Turm zu Ehren seiner Tochter, die er heiraten wollte, erbauen lassen.«

»Is' nich' wahr«, flachste Karan.

»Doch, doch. Die Tochter, im Dilemma zwischen Gehorsam und Inzest, hat sich dann vom Turm gestürzt.«

»Ist ja 'ne echt dramatische Geschichte. Wie kommt's, dass du so viel Kulturkenntnisse hast?«

»Ich habe keine Kulturkenntnisse, was denkst du denn von mir? Aber Storys von Jungfrauen und von Töchtern vögeln, die bleiben bei mir haften wie Fliegendreck. Ich habe ja schon einiger Väter Töchter gevögelt, wie du weißt.«

»Ist mir nicht neu!«

3

Ivan Cukzarek wimmelt Ewa ab, die auffordernd mit ihren weicher und fraulicher werdenden Brüsten vor seiner Nase herumwackelt.

»Verschwinde!«

Beleidigt zieht Ewa ab. Ivan würde kaum zögern, sie ordentlich durchzuklatschen, falls sie Zicken machen sollte. Seit der ersten, schnellen Wachstumsphase ihrer Brüste nahmen die Spannungen darin bald wieder ab. Dagegen nehmen die Spannungen zwischen ihr und Ivan im Augenblick zu, was aber wahrscheinlich in keinem direkten Zusammenhang zu ihren Brüsten steht. Ewa kann sich keinen Reim darauf machen, warum Ivans Nerven in letzter Zeit so flatterhaft sind. Nichts konnte ihn je aus der Ruhe bringen, so kennt sie Ivan. Was ist da los?

Als Ivan wieder allein ist in diesem Durcheinander des Wohnraums, das er sein Büro nennt, lehnt er sich nachdenklich zurück. Für gewöhnlich checken und verticken er und seine Leute von hier aus die neuen Mädchen. Von Karan und Sergej hat er bislang noch nichts gehört. Eine Bestätigung, dass die Ware am Bestimmungsort abgeliefert wurde, steht aus. Die Syrer werden schon ungeduldig. Was soll er ihnen erzählen, auf nette Geschichtchen reagieren die erst gar nicht.

Ivan hatte vorab die Hälfte des Geldes oder der Provision, wenn man so will, gefordert und erhalten. Nun sind es die Syrer, die fordern. Unangenehme Leute, bewaffnet und ohne jede Skrupel. Das muss ihm nicht erst gesagt werden, für so was hat er funktionierende Antennen. Okay. Ivan und seine Leute haben auch keine Skrupel. Doch Ivan hat schon einige Zeit lang so eine Ahnung, dass mit diesen Ausländern absolut überhaupt und gar nicht zu spaßen ist. Und nun hängt auch noch Ewa ständig in seiner Nähe herum und will wissen, was los ist. Das fehlte noch, dass er mit den Nutten seine Geschäfte beredet. Da kann er ja auch gleich einen Job in der Fleischfabrik unten am Ende der Straße annehmen. Absurd. Ewa, die hätte er längst weiterverkauft, wenn, ja wenn die nicht so gut ficken würde, wäre sie längst weg.

Er beginnt erneut über diese dumme Situation nachzudenken. Im Allgemeinen ist er es, der alle Fäden in den Händen hält. Bald werden die Syrer oder Iraker, oder was auch immer für Leute das sind, wieder aufkreuzen, und er hat nicht die Spur einer Ahnung, was er ihnen für eine Geschichte auftischen soll. Die einzige Ahnung, die er hat, ist die, dass die Situation für ihn immer brenzliger wird. Zum ersten Mal beschleichen ihn Existenzängste. Das kann nur vom Älterwerden kommen. Die Gefahren sind ihm heute bewusster als in seinen Anfängen, da kannte er so etwas wie Angst überhaupt nicht. Verfluchte Scheiße!

Überraschenderweise platzen in diesem Moment Sergej und Karan in sein Wohnbüro und seinen existenziellen Trübsinn herein. Für einen kurzen Moment war Ivan erleichtert, seine Leute zu sehen, nur für einen Moment. Dann blickte er in ihre Gesichter und wusste Bescheid. Irgendetwas läuft hier Falsch und die Probleme fangen gerade erst an.

»Was ist los mit euch?« Kaum das er dies gesagt hatte, fiel ihm ein, das Ewa ihn schon den ganzen Tag lang mit derselben blödsinnigen Frage genervt hatte. »Also, was? Wie, an wen oder wo habt ihr das Material abgeliefert?«

Ivan war augenblicklich klar, dass auch diese Frage nur überflüssig sein konnte. Hätten die zwei Idioten ihren Job gemacht, würden die syrischen Perser nicht ständig bei ihm auf der Matte stehen. Ihr Auftritt konnte nichts Gutes bedeuten, und genau in dieser Sekunde schalt sich Ivan zum ersten Mal selbst einen Idioten. Wäre ich nur bei meinem ehrlichen und grundsoliden Mädchenhandelsgeschäft geblieben, würden sich jetzt nicht die Probleme mit den Syrern so auftürmen. Jetzt ist es zu spät, irgendwie musste er die Sache wieder in den Griff kriegen.

»Also noch mal. Wo ist das Zeug und wieso ist es noch nicht

beim Empfänger?« Mein Gott, ich rede schon wie ein Postbeamter. »Diese syrischen Typen laufen mir andauernd die Bude ein. Also?«

»Wir haben's vergraben«, sagte Karan schlicht.

Endlich macht mal einer die Klappe auf

»Ja und? Warum? Seid ihr beiden irre geworden!«

»Nee«, antwortete Sergej lapidar. »Das Zeug strahlt und falls jemand den Behälter öffnet, sollen wir weglaufen, hat einer der beiden Typen gesagt. Ich glaube ihm.«

»Na und was noch, hat jemand das Ding geöffnet?«

»Nee! Aber das Zeug ist gefährlich und darum wollen wir einen größeren Anteil.«

»Jetzt geht's los! Ihr beide hattet einen simplen Fahrauftrag und wollt dafür extra Geld?«

»Genau!«

Ivan schwant, dass ihm das hier langsam entgleitet. »Ihr setzt euch jetzt wieder in eure Karre mit dem ganzen Gerümpel und bringt den Deal zu Ende. Ist das klar!«

»Klar, machen wir, wenn die Sache mit dem Geld geregelt ist, fahren wir los«, sagte Karan knapp und nachdrücklich.

»Da gibt's nichts zu regeln.«

»Oh doch«, widerspricht Sergej. »Ich sagte es ja schon, das Zeug ist gefährlich, ich weiß das. Mein Bruder, der hieß übrigens auch Ivan, welch ein Zufall, na gut. Also meinen Bruder Ivan hatten sie als Soldat in die Atomruine in Tschernobyl geschickt, zum Putzen und Aufräumen. Ganz einfache Arbeit. Mein Bruder ist dann Jahre lang ganz langsam und elendig verreckt.«

»Was hat das mit uns hier zu tun?«

»Alles. Mein Bruder Ivan ist wegen dem Atomzeugs krepiert, und du schickst uns mit so 'nem Mistzeug in unübersichtliche Krisen- und Kriegsgebiete. Wir tragen alle Risiken. Frag doch Karan, der kann dir sagen, was das für Leute sind. Wenn denen irgendwas nicht passt, schneiden die dir ganz schnell den Kopf ab. Ruckzuck geht das, ohne langes Gequatsche. Ist das bei dir angekommen?«

Ivan sieht seine Felle davonschwimmen, so ein verdammter Mist.

»Also, wie viel wollt ihr?«

»Die Hälfte«, spricht Karan bescheiden.

»Ihr spinnt doch!«

»Dafür, dass wir spinnen, wollen wir nun doch lieber 60 Prozent!«

»Also gut, fifty-fifty«, lenkt Ivan ein und denkt sich, ich lass die Arschlöcher abknallen, so viel steht fest. Die kriegen ein prima, anonymes Begräbnis. Die werden zusammen im Wald verbuddelt und ich pflanze persönlich einen Baum drauf.

Damit sind Ivans aktuelle Probleme jedoch noch nicht aus der Welt geschafft. Diese persischen Syrer, oder was auch immer das für Typen sind, werden nicht aufhören zu nerven. Dessen ist sich Ivan ziemlich sicher.

Kaum dass die zwei sich verkrümelt hatten, ruft Ivan nach Ewa. Die ist immer noch nicht gut auf ihren Mädchenhändlerfreund zu sprechen. Egal, was Ivan jetzt braucht, ist erst mal ein netter Entspannungsfick. Danach sieht man weiter. Die zwei Spinner haben doch gar keine andere Möglichkeit, als das Zeugs doch noch bei den Syrern abzuliefern, denkt Ivan, während Ewa ihre paar Klamotten auszieht. Das Material selber zu verticken, dazu sind die doch sowieso zu dämlich. Ewa steht jetzt nackt vor Ivan und schaut fragend auf ihn hinunter. Die unausgesprochene Frage, was jetzt?, steht im Raum. Eine gute, nicht gestellte Frage. Ivans Probleme lasten augenscheinlich auch auf seinem Schwanz.

»Lutschen!«, befiehlt er kurzerhand.

Ewa geht auf die Knie. Aber an diesem Tag will sich überhaupt nichts mehr in Ivans Sinn so richtig entwickeln. Nach einer Weile und nach Ewas wahrlich aufopfernden Bemühungen, einen perfekten Blow-Job abzuarbeiten, meint Ivan:

»Hör auf damit, wir blasen das für heute ab.«

Sie nimmt das Ding aus dem Mund, ihr Speichel zieht Fäden.

»Blasen, abblasen? was denn nun?«

»Zieh dich an, ich habe zu tun.«

Ewa probiert's noch mal und zieht sich aufreizend provokativ vor Ivan an. Strip verkehrt herum, aber es nützt nichts. Nichts zu machen. Ivans Gedanken sind weit, weit weg, irgendwo im Orient oder so.

Weil es nun einmal so ist, hat auf diesem Planeten jeder Pol seinen Gegenpol. Darum ist es auch kaum verwunderlich, dass in demselben Augenblick ein Mann unter orientalischer Sonne an Ivan Cukzarek denkt. Dass sich die Gedanken dieses Mannes und Ivans Gedanken um ein und dieselbe Sache drehen, verwundert dann auch nicht mehr. Genau genommen handelt es sich um das waffentaugliche Plutoniumisotop PU-239, abgezweigt von jenen Reaktoren, die Oberst Semjuk mit seiner Einheit seinerzeit zu bewachen hatte. Das Uran wurde nach dem im 19. Jahrhundert neu entdeckten Planeten Uranus benannt. Es ist im chemischen Sinn eines der giftigsten Elemente und dass ein gewisser Becquerel 1876 in Paris entdeckte hatte, dass Uran strahlt, dient somit auch nur noch der Abrundung der Historie.

Die »Sache« hat die Größe einer Apfelsine, und wiegt so um die 10 kg. Die Sache genügt somit zur Herstellung einer schmutzigen »Low-Tech-Bombe«, hochgiftig und radioaktiv, also strahlend. Zur Herstellung der Bombe muss das Plutonium fest eingebunden und für den Bruchteil einer Sekunde zusammengehalten werden, damit sich die einsetzende Kettenreaktion zur Explosion entwickelt. Zu diesem Zweck wird die Plutoniumkugel mittig in einer gedämmten, kugelförmigen Hülle aus konventionellem Sprengstoff angeordnet. Der Sprengstoff, in einer stählernen Hohlkugel eingefasst, wird dann an mehreren Stellen gleichzeitig gezündet. Die stärkste Druckentwicklung richtet sich somit zur Mitte hin gegen die Plutoniumkugel und quetscht sie zusammen. Daraufhin wird die »Sache« kritisch und die Kettenreaktion setzt ein. Die Druckwelle gegen das Plutonium verdichtet es so sehr, dass man auch mit weniger als 10 kg Plutonium auskommen würde. Man erzeugt also mit einer gewaltigen Explosion, eine noch gewaltigere Explosion. Allerdings ist die Sprengstoffanordnung und das Bombendesign kompliziert und nichts für Amateure. Zur Zündung sind dann auch spezielle Hochleistungsschalter nötig, wie sie zum Teil auch in bestimmten Hochleistungskopierern eingesetzt werden.

Die Männer im Orient und auch der Mann im Okzident würden zu gerne wissen, wo sich das Material augenblicklich befindet. Der eine möchte es endlich und ein für allemal an die richtige Adresse loswerden. Die anderen fragen sich, ob sie das Geld für die Beschaffung womöglich einem Betrüger gegeben haben. Die Lieferung ist längst fällig. Die nicht eingehaltenen Versprechen Ivans steigern den Hass der ohnehin Hasserfüllten von Tag zu Tag mehr. Ivan steht im Fadenkreuz und das ist ihm natürlich auch bewusst. Er weiß, dass diese Leute kurzen Prozess mit ihm machen werden, wenn er nicht liefert. Auch das geflossene Geld zurückzugeben wird sie nicht zu Freunden machen. Dafür sind diese Leute viel zu nachtragend veranlagt. Absolut kein Vergleich mit deutscher Politik und Rechtsauffassung. Typen wie Ivan werden ja geradezu eingeladen, hier im Lande ihren verbrecherischen Tätigkeiten nachzugehen. Wo sonst wird man als Gangster höflich wie ein Gentleman behandelt und gelegentlich recht komfortabel in Vollzugsanstalten untergebracht oder, mit dem erhobenen Zeigefinger winkend, freundlich in Bewährung geschickt. Bewährung, das bedeutet für den Ertappten meist nur, in Zukunft vorsichtiger zu sein und sich nicht mehr erwischen zu lassen. Für Ivan, der bisher immer ein vorsichtiger Taktierer war, steht fest, dass er wenigstens eine Zeit lang unsichtbar werden muss.

4

Nicht weit hinter der westlichen Stadtgrenze Stuttgarts liegen direkt an der B14, die früher einmal Teil der alten Europastraße 5 von Paris nach Prag war, eine Kette naturbelassener Weiher und kleiner Seen. Für die ortsansässigen Naturschützer sind diese Weiher das geheimnisvolle Paradies der Kröten und Lurche. Alljährlich im Frühjahr, wenn die Kröten beginnen, in großer Zahl die Straße zu überqueren, stellen junge, enthusiastische Krötenfreunde entlang der Straße sogenannte Krötenzäune auf.

Krötenschützer Gerd, der dringend mal musste, stapfte ein paar Schritte weit in die wild wuchernde Botanik hinein, die die kleine Seenlandschaft umgibt. Aus diesem Grund geschah der Fund. Er ziepte gerade seinen Reisverschluss wieder hoch, als er kurz zur Seite blickte und etwas sah, dass einen Moment lang seinen Blick anzog. Selbstständig und gänzlich ohne sein Zutun glich Gerds Gehirn das etwas, das da aus dem Wasser ragte, mit seinen dort abgelegten Informationen ab und assoziierte es als einen menschlichen Fuß.

Trotzdem dauerte es noch zwei lange Sekunden, bis Gerd bleich wurde und flüsterte:

»Fuß, nee … doch, ein Fuß!« Gerd war nun verständlicherweise leicht aufgebracht. »Linda!«, rief er hinter sich, »Lindaaa!«

»Was denn?«

»Komm mal her!«

»Komm mal her bitte, heißt das!« Das bringe ich dem Rüpel auch noch bei, glaubt Linda, jedoch ohne sich allzu große Hoffnung zu machen. »Was ist los!«.

»Komm einfach her und sieh dir das an.«

Linda trat hinter Gerd. »Ja und?«, fragte sie mit dem Hammer in der Hand und blies sich eine Locke aus dem Gesicht.

»Da!«

Gerd deutete in die ungefähre Richtung, wo das etwas, das wie ein Fuß aussieht, aus dem Wasser ragt.

»Hm?«

»Ein Fuß, Mensch-siehst-du-das-denn-nicht?«, sprudelte es aus Gerd heraus.

»Quatsch mich nicht so dusselig an!«

Doch in dem Moment sah auch sie das Ding zwischen Gräsern und Blättern aus dem Wasser ragen. Sieht wirklich aus wie ein Fuß. Linda schien etwas Nervenstärker zu sein als ihr Freund und aktueller Begleiter Gerd, dem es im Moment nicht wirklich gut zu gehen schien.

»Ein kleiner Fuß, Kinderfuß, vielleicht gehört er auch zu einer Frau?«

»Ich rufe mal den Notruf an!«

»Wieso denn den Notruf?«

»Weil ich die Nummer der Polizei gerade und im Moment vergessen habe.«

Linda machte »Hm!« und schob den Kopf vor. Sie wusste, dass Gerd nicht gerade der Schnellste ist. Als es bei Gerd dann fast schon hörbar Klick machte, hatte Linda ihr Smartphone bereits am Ohr.

»… ein Fuß?«

»Ja, genau da, schauen Sie genau hin.«

»Ich schaue … ah, ja! Sieht wie ein Fuß aus.«

»Sage ich doch!« Linda verdreht ihre Augen zum Himmel. Männer, Gerd, Polizei, Stumpfsinn, denkt sie sich, hält sich aber lieber mal mit Worten zurück.

»Okay!«, ruft Bernd Langer. »Max geh' rein!«

Max, das ist der mit der Anglergummihose, die ihm fast bis zum Hals hochreicht und in die er längst eingestiegen war.

»Passen Sie aber auf, dass Sie keine unserer Kröten tot trampeln«, ruft Linda hinter der Gummihose her.

Jetzt ist es Max der die Augen verdreht.

»Ich werde schon aufpassen, junge Dame, machen Sie sich mal keine Sorgen um die Viecher, denen passiert nichts.«

»Viecher! Das sind wertvolle Geschöpfe, Sie Ignorant!«, ruft die sendungsbewusste Linda noch hinterher.

Wenig später liegt das tote Mädchen auf dem Trockenen. Gerd, dem an den Kröten etwas liegt, seit ihm an Linda etwas liegt, muss kotzen. Und Linda fragt sich nicht zum ersten Mal, ob Gerd für sie wirklich so eine gute Wahl ist.

»Versau uns nicht den Tatort Junge«, rief Kriminalkommissar Langer dem bleichgesichtigen Gerd zu.

»Fundort«, warf die Jungkommissarin Verena Schnürle eifrig ein und blies ihre Bäckchen hinter zusammengekniffenen Lippen auf.

Langer betrachtete die junge Polizistin irritiert.

»Das wissen wir noch nicht mit Bestimmtheit. Im Moment können wir nicht ausschließen, dass es sich hier um den Tatort handelt.«

Unbewusst begann er, die Sommersprossen auf den besagten Bäckchen zu zählen, was ihm nicht gelang. Die Neue hat sich ihre Sterne auf den Schulterstücken verdient, so viel steht fest. »Sorgen Sie dafür, dass die Leute hier nicht alles zertrampeln, bis die Spusis eintreffen«, herrschte er die Schnürle an. Franz hat recht, denkt Langer, der Nachwuchs ist auch nicht mehr das, was er einmal war. Ich sehe schwarz.

»Ich fahre zurück in die Dienststelle. Sie sichern mit dem Kollegen den Tatort.«

Jungkommissarin Schnürle holte Luft, doch Langer hatte sich bereits abgewendet und lief zurück zu seinem Wagen. Auf dem Parkplatz vor dem Polizeirevier und der Kriminalpolizeidirektion trifft er mit Franz Altinger zusammen.

»Heu Bernd, alles klar, wie war der erste Kontakt mit unserer Jungkriminalistin?«

»Da hattest du mal wieder recht, noch eine Überqualifizierte, die uns von der Arbeit abhält. Was schleppst du denn da in dem Karton mit dir herum?«

»Unsere neuen Direktionsprospekte.«

»Und? Wie stehen wir da.«

»Super, wir betreuen 889.300 Einwohner mit jährlich 38.000 Straftaten und 29.000 Verkehrsunfällen.«

»Na, das ist doch schon was, Franz.«

»Du warst bei den Hinterlinger Seen am Zweibrunnhau?«

»Es handelte sich diesmal um keinen schlechten Scherz. Eine junge Frau, ertrunken oder eine Straftat, das werden wir in Kürze wissen. Wie geht's deiner Lisa, hat's geklappt?«

»Es hat. Sie ist jetzt an der Textilschule in Nagold eingetragen. Der erste Schritt zur großen Modedesignerin. Du weißt, wie ich darüber denke. Brotlos, aber glücklich.«

»Wollen wir hoffen, dass ihr Enthusiasmus nicht gleich wieder verfliegt wie mit dieser Schwesternschulen-Sache.«

Franz Altinger atmet einmal tief durch.

»Ja, die Idee, die Welt vor dem Ebolavirus zu retten, hielt nicht lange an. Es waren wohl die Nacht- und Wochenendschichten, die sie mit ihren privaten Aktivitäten nicht in Einklang bringen konnte. Wenn doch nur einmal irgendein Berufswunsch haften bliebe, der mit einem Abschluss endet. Hauptsache ein Beruf mit Brief und Siegel. Sie wird ja auch nicht jünger.«

»Tja, mit fünfundzwanzig wird's wirklich Zeit, ein selbstständiges Leben zu beginnen. Sie könnte ja auch heiraten.«

»Da sehe ich ganz schwarz. Heiraten, Küche und so, das ist erst recht nicht ihr Ding.«

»Ich drück dir jedenfalls die Daumen. Wir treffen uns dann heute Abend zum Kegeln, wie gewohnt, gell. Ich muss jetzt ins Präsidium nach Ludwigsburg. Also bis heut Abend dann, mach's gut!«

»Bis heute Abend, tschüss Bernd!«

Währenddessen, weit im Süden, wo hinter grauen Mauern keine Blumen blühen, sondern der Glaube der Niederen und der Hass der Machtvollen fristet, tobt Ibn Nassar, er ist außer sich. Man hat ihn betrogen, wollte er doch mit einem Schlag eine ganze Stadt voller Ungläubiger auslöschen. Träumte den ultimativen Traum, Zehntausende in die Hölle zu verbannen. Mit einem Atomblitz hätte er, Ibn Nassar, für einen Augenblick die Hölle geöffnet. An diesem Tag wäre er, Ibn Nassar, der Herr der Hölle gewesen. Er, Ibn Nassar, wäre in grenzenlos glanzvollem Ruhm erstrahlt. Die ganze Welt hätte auf ihn geschaut.

Hätte, hätte, hätte und nun das. Der ungläubige Hund Ivan Cukzarek hat seine Dollars genommen und ihn, Ibn Nassar, dann um seinen Triumph gebracht und betrogen. Er muss sterben.

»Vernichtet den ungläubigen Hund, bringt die ganze Sippe um. Tilgt diese Brut von der Erde!«

Er hatte sich in Rage geredet. Ibn Nassar war drauf und dran, mit einem der vergoldeten Schnellfeuergewehre, die vor ihm auf dem Teppich lagen, um sich zu schießen, was er dann auch tat. Ibn Nassar ballerte in die Luft. Er hielt den Finger am Abzug, bis das Magazin leer war. So ungezügelt war sein Hass, dass es zwei von seinen Kämpfern das Leben kostete. Willkürlich von Kugeln getroffen, fielen sie nach hinten weg. Die anderen schauten irgendwohin, nur nicht auf die Mitkämpfer, die nun schnurstracks dabei waren, ins Paradies überzuwechseln. Ibn wurde übergangslos wieder ruhig. Er sagte zu einem seiner Adjutanten, als wäre nichts geschehen:

»Salman, ruf die Brüder in Europa dazu auf, diesen Hund Cukzarek zu töten.«

Ibn hat all die technischen Geräte und Innovationen, die er für seinen Machterhalt und seine Machtausweitung nutzt und benötigt, nicht erfunden. Genau genommen hat keiner seiner Brüder jemals die Grundlagen für Motor, Funk, Radio, Telefon, die Computertomografie oder sonst was erdacht oder entwickelt. Nichts von alledem was moderne Menschen tagtäglich nutzen. Ausschließlich der in Jahrhunderten mühsam erkämpfte und immer wieder von Rückschlägen gezeichnete Humanismus der West- und Mitteleuropäer brachte all diese Grundlagen und Grundgedanken für das moderne Leben hervor. Auch von forschenden Frauen, wie beispielsweise der Madame Curie, die als Physikerin ihr Engagement in der Erforschung der Radioaktivität letztlich mit ihrem Leben bezahlen musste. Das alles aber ficht einen Ibn nicht an. Er kennt nur die Machtausübung aufgrund rigorosen Herrschens. In der Beziehung steht Ibn Nassar einem Ivan Cukzarek in nichts nach.

»Eure unbekannte Tote war jünger, als ich es dem ersten Eindruck nach vermutet hatte. Das Mädchen war so um die fünfzehn, sechzehn Jahre alt.«

Kriminalkommissar Altinger sah auf das blanke Metall des Seziertisches mit der Toten hinunter.

»Hm … also dann erzählen Sie mir mal, was sie herausgefunden haben. Für mich sieht das wie ein Unfall aus. Das Kind ist beim Herumstromern in den See gefallen und ertrunken.«

»Als Todesursache kann ich einen Unfall schon mal ausschließen«, widerspricht Pathologe Horst Mangold wie zu sich selbst oder wie er gewohnheitsmäßig in sein Diktiergerät spricht, etwas abwesend aber konzentriert. »Auf den ersten Blick fällt es kaum auf. Da das Mädchen schon eine Zeit lang im Wasser lag, sind die Anzeichen weniger deutlich auszumachen. Die Tote zeigt am ganzen Körper ältere Spuren von Misshandlungen. Striemen und Fesselungsabdrücke, dazu kommt wahrscheinlich auch Nahrungsentzug. Aber letztlich ist sie an ihrem eigenen Erbrochenen erstickt. Jemand hatte sie geknebelt und hierzu so etwas wie einen Gürtel oder Riemen um den Kopf geschlungen. Für den oder die Täter war's dann wohl doch so etwas wie ein Unfall, und danach hatte man die Leiche sehr schnell oder überstürzt im See entsorgt, wie man es neusprachlich so pietätlos ausdrückt.«

»Also kein Unfall, sagen Sie. Aber dann war's doch ein Unfall?«

»Ich würde es unbeabsichtigte Tötung nennen. Das Mädchen hat ein Gemisch aus Pizza, Cola und Magensäfte erbrochen. Der Verdauungsbrei konnte nicht austreten und geriet somit zwangsweise in ihre Luftröhre und in die Lunge und trat zum Teil wieder aus der Nase aus.«

Altinger brauchte eine Sekunde, um das Gehörte zu verarbeiten. Es ist auch für einen erfahrenen Polizisten nicht leicht, sich die Umstände des zu Tode Kommens des Mädchens vorzustellen.

»Haben Sie schon Hinweise über die Herkunft des Kindes?«

»Nichts Konkretes, aber der Zustand des Gebisses und der Zahnfüllungen deuten auf eine osteuropäische Herkunft hin. Ach ja und noch etwas. Drei Rippen sind gebrochen, offenbar hat ihr Peiniger noch Wiederbelebungsversuche unternommen. Erfolglos, wie man sieht«.

»Spermaspuren?«, fragte Kommissar Altinger kurz. Das Schicksal des Mädchens ging ihm offensichtlich nahe.

»Ich kann nichts nachweisen. Wenigstens in den letzten ein oder zwei Tagen fand keine Penetration statt. Aber die Fesselspuren und Striemen legen nahe, dass sich jemand eine Zeit lang an dem Kind ausgetobt hat. Die Anzeichen gehen über das gefügig machen eines Zuhälters hinaus. Ich hoffe, ihr schnappt die Typen, respektive den Schlepper und das Schwein, alle beide.«

»Das werden wir, wir werden alles dransetzen, die Verantwortlichen zu überführen. Wie sind die Bilder geworden, sind sie brauchbar?«

Mangold greift hinter sich, nimmt die Fotoabzüge auf und gibt sie dem Kommissar in die Hand. Altinger sieht sie einen Moment lang an.

»Gut«, sagt er. »Gut geworden, das Gesicht haben Sie gut getroffen. Und in der Kleidung, die wir bei der Leiche in einem Plastikbeutel gefunden haben, wird sie gut zu identifizieren sein. Danke Herr Mangold, damit haben Sie uns sehr geholfen.«

»Im Grunde hatten wir ganz einfach Glück, dass das Opfer

nur einen Tag lang im Wasser gelegen hatte«, fügt Mangold noch an. »Ohne den herausragenden Fuß und ohne die Krötenschützer hätte man sie womöglich nie gefunden. Sie hatte immer noch ein kleines, silbernes Kreuz an einer dünnen Kette um den Hals. Vielleicht hat uns Gott auf seine Weise zu ihr geführt.«

»Na ja! Das glaube ich zwar nicht, aber vielleicht haben sie recht. Ohne den Fuß wäre sie vermutlich tatsächlich nie gefunden worden. Die Natur und so ein See räumen mit unentdeckten Opfern ziemlich gründlich auf.«

Altinger reicht die Routineaufgaben nach seiner Rückkehr in die Dienststelle ganz schnell weiter.

»Frau Schnürle und Eugen, ihr werdet euch um die Identitätsermittlung des Mädchens kümmern. Vermisstenmeldungen abgleichen. Die Fotos an die osteuropäischen Polizeidienststellen faxen oder mailen. In der Szene die Frauen befragen und so weiter, alles klar?«

»Jawohl!«

Fehlt nur noch, dass die Schnürle salutiert.

»Äh … und Eugen, noch was. Du hast die ehrenvolle Aufgabe, bis auf Weiteres unsere Jungbeamtin unter deine Fittiche zu nehmen. Ihr werdet vorläufig als Team zusammenarbeiten!«

»Unsere junge Mitarbeiterin hat Potenzial«, fügt Kommissar Langer grinsend an, glaubt aber selber nicht so recht an das, was er da redet.

Langers Handy machte auf sich aufmerksam. Während er das Gerät aus seiner Tasche herausfischt und ans Ohr hält, blickt der Kommissar nachdenklich auf die Schnürle. »Ja … ja … O-Okay. Danke.«

»Und?« fragt Altinger. »Hat sich noch irgendetwas von Relevanz ergeben?«

»Nichts Neues, nur die Kleidung und einige andere Habseligkeiten, die zusammen mit der Toten aus dem Wasser gefischt wurden, sind, wie wir schon vermutet hatten, mit großer Wahrscheinlichkeit dem Besitz des Mädchens zuzuordnen. Es wurden keine weitere Funde mehr gemacht. Ja, äh... und mögliche Spuren im Umfeld des Fundortes hatten die Krötenschützer gründlich zertrampelt. Aber wahrscheinlich hatten sich der oder die Täter ohnehin nur wenige Minuten lang am Fundort aufgehalten. Zum Glück haben wir brauchbare Fotos der Toten und damit einen ersten Ansatzpunkt. Also dann, an die Arbeit Kollegen und viel Erfolg!«

Ivans Instinkt für unterschwellige Gefahren hatte sich schon früh in einem brutalen Elternhaus entwickelt. Kurz gesagt, Ivan hat die Zeit seiner Kindheit überlebt. Er ist kein übervorsichtiger Typ, ansonsten könnte er das, was er für seinen Beruf hält, auch gleich an den Nagel hängen. Trotzdem, so meint er, müsse er gerade jetzt einige seiner Abnehmer aufsuchen, um geschäftliche Dinge zu besprechen. Seinen beiden Handlangern Burhan und Marko, die fürs Grobe zuständig sind, verkündet er, dass er ein, zwei Tage geschäftlich weg sein wird und dass sie die Augen offenhalten sollen.

Das bereitete den beiden kein Kopfzerbrechen, sind sie doch immer ganz froh, wenn sie von Ivan in Ruhe gelassen werden. Der Boss hat ihrer Meinung nach die nervige Eigenschaft, alle Dinge unnötig zu komplizieren. Was die beiden allerdings doch leicht ins Grübeln bringt ist, dass er Ewa mitnimmt. Seltsam, das war ihm noch nie eingefallen. Vielleicht befürchtet er, sie würden uns an seiner Puppe vergreifen. Wer weiß schon, was in seinem Kopf so vorgeht? Andererseits wissen sie ganz genau, dass es Ivan ums Verrecken nicht ausstehen kann, wenn sie mit seinen Sachen herumhantieren. Im Grunde sind es einfache Regeln, um mit Ivan im Einklang zu bleiben. Leicht irritiert sehen sie der entschwindenden Mercedes S-Klassen-Limousine hinterher.

Auch Ewa weiß nicht so recht, was das zu bedeuten hat und was Ivan bezweckt. Seit wann nimmt er sie mit auf Geschäftsreise. Soll sie verkauft werden? Die Frau bezieht geschlechtsspezifisch so ziemlich alles, was um sie herum geschieht, auf sich. Dafür kann sie aber nichts, das ist einfach die weibliche Art. Natürlich ist sie oft mit Ivan unterwegs, in der City zum Shoppen, zum Essen oder wenn er sich mal mit seinen Kumpels trifft. Obwohl, von echten Kumpels kann da wohl auch keine Rede sein. Keiner seiner »Freunde«, oder besser gesagt Bekannten, wird für einen anderen in Ivans Welt wirklich einstehen oder gar seine Hand ins Feuer legen. Das lässt sich wohl am ehesten mit einem Rudel Hyänen vergleichen. Man begibt sich gemeinsam auf die Jagd, es herrscht eine strenge Beißordnung und danach muss man sich meistens auch noch um das erlegte Wild streiten. Keiner gönnt dem anderen einen Anteil an der Beute. Ein Knurren, Fauchen und Beißen unter Hyänenbrüdern.

Ivan raucht mehr als sonst, viel mehr, und Ewa hat natürlich auch schon gemerkt, dass irgendetwas nicht stimmt. Während sie stumm neben ihm auf dem Beifahrersitz nach vorne schaut, dämmert ihr langsam, dass Ivan ein ziemliches Problem haben muss und dass das alles mit ihr nichts zu tun hat. Sie beginnt sich Sorgen zu machen.

»Was ist eigentlich los? Du hast doch irgendwas? Wir sind in Gefahr? Stimmt's!«

Dass Ewa das »Wir« verwendet, zeigt, dass sie zu ihm steht, auch wenn das Verhältnis der beiden Menschen, die auf der A3 nach Norden unterwegs sind, das eines Menschenhändlers und seiner Ware ist. Ewas Möglichkeiten sind begrenzt. Etwas anderes, als ihren Besitzer zu akzeptieren, mit dem sie ohne irgendeine Absicherung zusammenlebt, gibt es für sie nicht. Ewa kann von Ivan nicht weglaufen, denn sie besitzt nichts, das es ihr ermöglichen würde, außerhalb seiner Reichweite zu überleben. Sie wäre dann so etwas wie Freiwild. Sie müsste sich fremden Männern anbieten, mit unabsehbaren Konsequenzen für ihr Leben und ihre Gesundheit.

Auch in einem sogenannten Rechtsstaat kann das Recht eines einzelnen Menschen ziemlichen behördlichen Launen ausgesetzt sein.[3] Von den staatlichen Instanzen kann man nur wenig und oft genug gar keine Hilfe erwarten. Und menschliche Grundrechte sind auf der einen wie der anderen Seite der Legalität eher dem Zufall überlassen. Meist sind es private Organisationen, die sich für gequälte Frauen und Kinder oder den Opfern von Behördenfehlern und behördlichem Desinteresse einsetzen. Je höher in den Hierarchien von Politik und beamteten Staatsdienern, desto ausgeprägter sind die privaten Befindlichkeiten und Einkommensinteressen. Menschen, Bürger und niedere Dienstgrade sind da eher lästig. Das ist in Deutschland nur wenig besser als in Ewas rumänischer Heimat.

Ivan steuert den Wagen von der Autobahn herunter auf den Parkplatz einer Raststätte vor Montabaur. Sie werden etwas essen, der Hunger meldet sich, obwohl Ivan eigentlich nur zum Tanken, Pissen und Zigaretten kaufen die Fahrt unterbrechen wollte.

»Jetzt sag mir bitte, was los ist?«, redet Ewa zwischen einem Bissen Rahmschnitzel und einer Gabel voll labbrigem Gemüse auf Ivan ein. »Du machst mir richtig Angst!«

Der schaut Ewa lange an, stochert mit der Gabel auf seinem Teller herum.

»Ich habe Ärger mit syrischen Arabern oder arabischen Syrern, ich weiß auch nicht so genau, was das für Nationalitäten sind. Könnten auch Ägypter sein, das weiß man bei den Typen nie so genau. Die wechseln einfach ihre Nationalität, wie's ihnen gerade passt. Hast du gewusst, dass die Kellner in den italienischen Restaurants, wo wir gelegentlich zum Essen sind, oft gar keine Italiener sind, sondern Türken oder Libanesen. Die tun nur so italienisch, das bringt mehr Umsatz und Trinkgeld.«

»Diese Kellnersache hat aber nichts mit »unseren« Problemen zu tun, oder?«, stellt sich Ewa auf Ivans Seite.

»Hat es nicht. Diese Syrer, das sind einfach Typen, die ich nicht genau kenne, aber die kennen mich. Die werden mich umlegen, oder werden es versuchen, da bin ich mir ziemlich sicher«.

»Einfach so?«

»Nee ,natürlich nicht. Die denken, ich hätte sie beschissen!«

»Hast du?«

»Eigentlich nicht und dann doch wieder. Die beiden Idioten Sergej und Karan haben die Ware, die sie den Syrern liefern sollten, vergraben und wollen nun 50 Prozent vom Profit für sich. Ich werde von meinen eigenen Leuten erpresst.«

»Die haben die Mädchen vergraben, spinnen die?« Ewa musste unweigerlich trocken schlucken. Was für ein grauenhafter Gedanke, die Ware zu vergraben.

»Was redest du! Keine Mädchen, natürlich nicht, sondern hochgefährlicher Sprengstoff.«

»Und da musstest du natürlich mitmachen!«, ereifert sich Ewa, gerade so, als wäre sie eine nervige Ehefrau.

»Red' keinen Mist, dein Essen und deine Klamotten kosten Geld. Denkst du, ich bekomme irgendetwas geschenkt? Du weißt doch, wo wir herkommen. Niemand schenkt uns irgendwas. Und wenn doch, müssen wir es doppelt und dreifach zurückzahlen, manchmal auch mit dem Leben. Jetzt sag bloß, dass ich dir das noch mal erklären muss.«

»Nein, nein, du hast recht! Das ist mir schon klar.«

»Iss das Zeug auf, wir wollen weiter.«

»Ich muss noch mal pissen!«

»Na, dann mach.«

»Wir haben eine Rückmeldung!«, rief die Schnürle mit ihrem Eintreten.

Eugen Haag und Altinger blickten auf.

»Na, dann reden Sie schon, und machen Sie es nicht so spannend.«

»Nee, nein, natürlich nicht! Ich dachte nur, weil Sie ja beschäftigt sind ...«

»Tut mir leid, war nicht so gemeint, Frau Schnürle. Also, was haben wir?«

»Sehr nett, danke. Der Name des toten Mädchens ist Jana Klimtova. Bei den slowakischen Behörden gilt sie als vermisst.«

»Aha, und weiter?«

»Das Mädchen galt als hübsch, war aber geistig zurückgeblieben und eine latente Ausreißerin. Das heißt, sie ging wochen- oder monatelang brav in ihre Fördereinrichtung, riss dann aber ohne Vorwarnung aus. Darum hatte man auch beim letzten Mal zuerst nur die üblichen internen Suchmeldungen herausgegeben. Meist hatte man sie dann schnell wieder bei einem nahegelegenen Gestüt gefunden und zurückgebracht.«

»Und dann war sie plötzlich nicht bei den Pferden. Das sind ja ganz schön viele Infos, wie kommt's?«

»Oh, die Beamtin am Telefon sprach ganz gut deutsch und so kam dann eine richtige Unterhaltung zustande.«

»Also ein Tratsch unter Frauen?«

Bevor Verena darauf eine passende Antwort geben konnte, betrat Bernd Langer den Raum und erblickte die Schnürle.

»Na Frau Schnürle, schon Ergebnisse?«

Verena Schnürle wollte ansetzen, alles nochmals von Anfang an zu berichten.

»Ich erzähle es dir nachher«, sagte Altinger: »Fahren Sie fort, Frau Schnürle.«

»Das war sowieso schon alles, die Slowaken hatten ihre übliche Suchaktion eingestellt. Sie konzentrierten sich von da an darauf, die Täter zu ermitteln, die das Mädchen aufgegriffen oder entführt haben könnten. Bisher hatten die Slowaken keinerlei Anhaltspunkte, bis jetzt natürlich.«

»Hm«, machte Kommissar Altinger und zu seinem Kollegen Langer, mit dem ihn auch eine lockere Freundschaft verband, sagte er: »Das Mädchen hieß Jana Klimtova, Sie war offenbar geistig behindert und eine Ausreißerin. Ich nehme mal an, und wie die slowakischen Kollegen auch vermuten, dass sie von jemandem aufgelesen wurde, ein leichtes Opfer. Dass das Mädchen bei uns in einem der Hinterlinger Seen gefunden wurde, könnte darauf hindeuten, dass sie Menschenhändlern oder Schleppern direkt »on Tour«, also unterwegs, in die Hände gefallen ist.«

»Klingt plausibel«, sagt Langer nachdenklich. »Am Straßenrand aufgelesen, unter Fischern nennt man das Beifang.«

»Tja!«, machte Verena, »da hat der Fahrer wohl ein kleines Nebengeschäft gewittert, und die Frauen an Bord hatten sich dann gleich während der Fahrt um die kleine Ausreißerin gekümmert.«

»Und nachdem die Kerle bemerkt hatten, was sie da aufgelesen hatten«, nahm Langer die Gedankenkette auf, »haben sie das Kind schleunigst an einen ihrer Jungfrauenschänder verhökert. Sie haben das geistig zurückgebliebene Mädchen irgendeinem Dreckschwein in Pflege gegeben, zumal das Mädchen ja ohne Papiere war!«

»In Pflege?«, meinte Verena. »Das scheint mir doch ein ziemlich perverser Gedanke zu sein, aber logisch. Wir sollten das Foto unter den neuen Nutten herumzeigen, vielleicht erinnert sich eine der Frauen an das Mädchen?«

»Nutten? Und das aus ihrem Munde, Frau Schnürle!«

»Aber so ist es doch, Herr Haag, man muss die Dinge beim Namen nennen.«

»Ja, leider ist es so. Aber da wir jetzt den Fall zusammen angehen müssen, sag doch einfach Eugen zu mir, sonst kommen wir überhaupt nicht weiter.«

»Warum wir deswegen nicht weiterkommen sollten, erschließt sich mir zwar nicht, aber ich bin die Verena.«

Kommissar Langer sagte daraufhin nur:

»Na, dann bin ich mal weg.«

»Da hat jemand ein Mädchen ohne Papiere gekauft, mit der Absicht, sich mal so richtig was zu gönnen«, resümierte Verena, nachdem Langer die Türe hinter sich zugezogen hatte. »Jetzt brauchen wir nur noch den passenden Mädchenmörder, nichts weiter.«

»Du scheinst härter zu sein, als du ausschaust«, legt Eugen seine Gedanken offen.

»Dir kann man nichts vormachen. Die niedliche Kleine wird gerne a bisserl unterschätzt, belassen wir's dabei. Begeben wir uns also in die Kinderschänder-Mörder-Dreckspack-Szene!«

»War sie für diese äh … diese Kinderpornoszene nicht schon ein bisschen zu alt?«

»Frag mich nicht. Ich weiß es auch nicht, was Mädchenschänder mit ihrem Beifang für gewöhnlich so alles treiben. Aber abweichend davon sollten wir auch in den Darkrooms der Snuf-Movie-Szene recherchieren«, erklärt Verena mit verschwörerischem Blick zu Eugen.

Eugen, der nun doch etwas verwirrt und hilflos scheint, meinte nur:

»Internet, das meinst du doch, oder? Da musst du dich mit Reimund Kretschmer zusammentun, das ist der Mann für die unergründlichen finsteren Abgründe und alle Abartigkeiten des Internets!«

»Reimund Kretschmer!«, notierte Verena laut für sich. »Danke Eugen.«

»Jetzt vergreifen sie sich schon an Behinderten, wohin wird das alles noch führen. Also machen wir uns an die Arbeit, Kollegin!«

»Wo sind wir hier?«

Ivan sah Ewa von der Seite an. »Köln Ostheim, aber du weißt ja sowieso nicht, wo das ist. Also was fragst du nach Dingen, von denen du keine Ahnung hast?«

So war es denn auch. Von Köln hatte Ewa noch nie gehört, und ihre geographischen Kenntnisse reichen immer genau so weit, wie ihr Blick reicht. Worte wie Münster, Brasilien oder Süd-Afrika sind für sie stets nur Worte ohne irgendeinen Bezug. Daran wird sich auch in Zukunft nichts ändern. Ihre Welt, das ist das, was Ivan mit ihr macht. Wie er sie kleidet und wie er sie benutzt.

»Schon mal was von Papua Neuguinea gehört oder gelesen? Wie komme ich nur auf lesen? So ein Quatsch. Also, schon mal was von Papua gehört?«

»Nee, keine Ahnung. Was soll das denn sein?«

»Dahin müssen wir auswandern, wenn es mir nicht gelingt, den Typen, die hinter mir her sind, die Lichter auszublasen, bevor die mir das Licht ausblasen«, veräppelt Ivan seine fürs Private abgezweigte Prostitutionssklavin auf nette Weise.

Mit ihr hat er so etwas wie eine Zweierbeziehung auf seine Art. Die Mädchen, mit denen er seinen Handel betreibt, können unter Umständen schon mal die widerlichsten angefickten Krankheiten mit sich herumtragen. Das muss er nicht haben. Ewa fickt gut und ist keimfrei, das reicht vollkommen.

»Papua? Klingt irgendwie schweinisch?«

»Da hast du ausnahmsweise mal so was von recht«, grinst er Ewa an. »Die Eingeborenen da sind ziemlich schwarz und laufen alle ziemlich nackend herum, jedenfalls die Männer.«

»Nackte Männer, was soll da besonderes dran sein?«

»Die Kraushaarigen und nicht nur unten herum, tragen ihre Schwänze in hohlen, langen Kürbisstangen eingeschoben vor sich her. Die Stangen ragen hochgebunden nach oben und unten lassen sie ihre Eier raushängen.«

»Du verscheißerst mich doch!«

»Nein! Ausnahmsweise einmal nicht. Hoppla, wir sind da!«

Jedenfalls nach dem, was das Navi anzeigt und die integrierte Dame sagt. Am Eingang des heruntergekommenen Hauses, ein altes Firmengebäude, gibt's keine Klingel, und da steht auch nirgendwo ein Name. Nur eine halb weggerostete Nummer 77, kaum noch zu entziffern. Ivan weiß, dass er hier richtig ist, obwohl er selbst noch nie in Köln war.

Hier residiert sie, seine russischstämmige Kundin mit dem deutschen Namen Christine Schwarz, ein Name wie Himmel und Hölle in der Szene. Ivan wählte die Nummer der Schwarz und nach einer geraumen Zeit öffnet tatsächlich ein gut gekleideter Kleiderschrank von einem Mann. Ivan wurde professionell abgetastet.

»Du kommst ungelegen und unangemeldet, Cukzarek«, sagt der Schrank wie beiläufig.

»Ich bin wegen dringender Geschäftsproblematiken hier. Also wollen wir hier draußen weiterquatschen?«

»Geschäftsproblematiken? Was für ein Wort!«

»Habe ich mir gerade ausgedacht«, Ivan will die Situation nicht unnötig komplizieren und lässt dem Muskeltypen den Spaß an seiner Arbeit. »Sonnenbrille!«, sagt er zu ihm.

»Hä?«

»Du solltest eine dunkle Sonnenbrille tragen, das würde richtig gut zu deinem Gesamterscheinungsbild passen. Ist nur so 'n Tipp unter Freunden.«

»Danke, den Gedanken hatte ich auch schon.«

»Das sage ich doch, damit kommst du noch cooler rüber.«

»Okay, come in!«

Vom Anblick der Schwarz ist Ivan dann doch überrascht. Ein Weib mit Muskeln, das sich gerade im Boxring mit einem Sparringspartner herumprügelt.

»Cukzarek, was willst du«, spricht die Frau mit den Proportionen einer russischen Zehnkämpferin durch den Vorhang aus herumsprühenden Schweißperlen. »Ich sehe dich überrascht, hast wohl einen Karrierefrauentyp erwartet. Ich bin Sportlerin«, kam es atemlos aus der Muskelpackung heraus.

»Warum habe ich dich dann noch nie bei einer Olympiade gesehen?«

»Ich kämpfe nicht für Blech und schöne Worte.«

»Kann ich verstehen.«

»Also … was?«

»Du hast mir ein Geschäft vermittelt, das zum Problem geworden ist.«

»Nicht mein Problem, aber ich habe schon davon gehört! Und? was willst du nun von mir?«

»Ich brauche Informationen über diese Typen. Ich bekämpfe nicht gerne Phantome.«

»Da bist du hier falsch, Cukzarek. Ich kenne die Auftraggeber auch nicht persönlich. Die sitzen irgendwo im Orient. Ich kenne nur einen Namen, Ibn Nassar, irgend so ein Stammesfürst.«

Die Schwarz, die ihr Gesicht, ihre Arme und Achselhöhlen nun mit einem mittelgroßen Badetuch abreibt, winkt Ivan an einen Tisch hinter dem professionellen Boxring. Ewa läuft eingeschüchtert hinter Ivan her. Ein Mädchen bringt Gläser und irgend so ein isotonisches Getränk oder etwas in der Art.

»Das ist nicht viel«, sagt Ivan. »Aber der Name war mir schon bekannt.«

»Das wird dir aber nichts nützen. Attentäter stellen sich nicht vor! Du wirst aufpassen müssen. Außerdem schuldest du mir noch die Vermittlungsprovision, zwanzigtausend fröhliche Scheinchen. Die muss ich nun leider sofort einfordern.«

»Du bekommst das Geld.«

»Klar bekomme ich das Geld«.

Die Schwarz hält auffordernd ihre offene Hand hin.

»Denkst du, ich trage zwanzigtausend mit mir herum.«

»Tust du nicht? Du hast Nerven, kreuzt hier bei mir ohne die vereinbarte Summe auf.«

»Ich sagte doch gerade, dass ich Probleme wegen dem Geschäft mit den Syrern habe. Glaubst du, ich fahre nur mal so zum Spaß nach Köln«, Ivan schaut sich nach allen Seiten um. »Und warum hast du dir eigentlich diese Ruine als Adresse ausgesucht?«

»Lenk nicht vom Thema ab, aber das liegt doch auf der Hand. Wie bist du hierher gekommen?«

»Na wie schon, mit dem Wagen.«

»Und da ist dir nichts aufgefallen. Ich lebe und arbeite hier inmitten eines größtmöglichen Autobahnkreuz- und Zubringergewusels. Damit habe ich die unschätzbare Möglichkeit, im Falle eines Falles schleunigst in jede denkbare Richtung abzuhauen, zu verschwinden, verstehst du!«

Ivan glotzte Christine Schwarz an wie ein Kind, das gerade gelernt hatte, alleine Aa zu machen.

»Ich kenne auch deine Location, Cukzarek. Zwei Polizeiautos, am Anfang und am Ende deiner Straße postiert, und du sitzt in der Falle.«

Ivan machte ein Gesicht, als trage er sich seit Kurzem mit dem Gedanken, mal wieder umzuziehen.

»Pass auf, Cukzarek, ich will ungern einen neuen Lieferanten suchen. Du hast drei Tage Zeit, danach werden wir über neue Konditionen sprechen müssen.«

Die Schwarz sieht interessiert zu Ewa hin. »Das wäre schon mal eine Anzahlung«, sagte sie mit ausgestrecktem Zeigefinger auf Ewa deutend.

Ivan blickt seiner Geschäftspartnerin in die Augen.

»Also, das geht schon mal gar nicht. Das ist meine Frau, die ist nicht verhandelbar.«

Ewa wäre beinahe vom Stuhl gefallen, als sie dieses Statement von Ivan hörte. Fühlte sie doch einige Sekunden lang die Angst in sich aufsteigen, in den Besitz dieser Zehnkampfsportlerin zu geraten.

Die Schwarz hat offenbar eine fröhliche Natur. Sie lacht offen und sagt leichthin:

»Ich mach doch nur Spaß, Cukzarek. Ich werde dir doch dein Püppchen nicht wegnehmen.« Doch dann verfinsterte sich ihr Blick, bis ihre Augen nur noch dünne Schlitze waren. »Drei Tage, alles klar, Cukzarek!«

»Sicher! Wie bist du eigentlich Sportlerin geworden?«, bog Ivan das Thema gekonnt in eine andere Richtung ab.

Christine Schwarz schien nicht irritiert, sie lächelte sogar versonnen.

»Damals, in den alten Zeiten des russischen Imperiums, hat mich Mütterchen Russland zur Gewichtheberin ausbilden lassen. Für Ruhm und Ehre der sozialistischen Sowjetunion.«

»Aber du wolltest dann lieber auf eigene Rechnung arbeiten.«

»Genau! Ich vergeude nicht gerne meine Gesundheit und mein Leben für irgendwelche Politbürohengste. Mich ficken keine Männer. Ich bin es, die die Kerle fickt!«

Der gut gekleidete Muskeltyp ohne Sonnenbrille schaut derweil wie zufällig in eine ganz andere Richtung. Ivan musste unweigerlich grinsen. Er stellte sich bildlich vor, wie Christine den Kerl fickt.

»Du schmunzelst?«

»Ach nichts, nur so ein Gedanke«, sagte Ivan mit einem erneuten Blick auf Christines Türöffner.

Die Schwarz ist aber durchaus in der Lage, Ivans Gedankengängen zu folgen.

»Übertreib es nicht, Cukzarek, du möchtest doch sicher wieder gesund und in einem Stück zurückfahren. Denke an die ausstehende Provision, und wir bleiben Freunde. Alles klar, Cukzarek?«

Wenn man solche Freunde hat, wer braucht dann noch Feinde, erinnert sich Ivan an den alten Spruch. Beim Hinausgehen nickte er dem breit gebauten Türsteher aufmunternd zu, nach dem Motto, du schaffst das schon, und sagte im vertraulichen Ton:

»Sunglasses! Nicht vergessen.«

5

Sie stiegen in den Wagen. Ewa schnallt sich an, in Erwartung, dass Ivan das Fahrzeug startet. Der aber saß da, bewegungslos, und sah geradeaus über das Lenkrad hinweg auf einen Punkt, wo es nichts zu sehen gab. Ewa zupft an ihrer Bluse, streicht sich eine Haarsträhne hinter ihr linkes Ohr, eine andere hinter das rechte. Nach einem kurzen Seitenblick fährt ihre Hand wieder nach oben, um die linke Strähne erneut hinter ihr Ohr zu streifen. Was ist los mit Ivan? Was geschieht, wenn er plötzlich nicht mehr funktioniert? Ewa wird von Existenzängsten beschlichen. Der Mädchenhändler und Schlepper ist ihr Anker, so unsinnig das im Grunde auch erscheinen mag. Aber für Ewa ist Ivan alternativlos. Vom Mitleid, das Mädchen ihrer Art von verbürgerten Menschen gelegentlich entgegengebracht wird, kann eine Zwangshure nicht Leben.

Und an diesem Punkt treten wieder die beiden maßgeblichen Menschentypen in Erscheinung. Für Reiche, Machtvolle, aber auch für überfütterte Bürger ist sie eine Aussätzige, die man zwar benutzen darf, dann aber schleunigst wieder zum Teufel jagen sollte, wo sie offenbar und auf jeden Fall hingehört. Schließlich ist sie ja irgendwie in diese Lage, in der sie sich befindet, hineingeraten und darum auch selber schuld daran. Unterstützung oder Hilfe wird einer wie ihr auf dieser Welt dann auch meist von jenen zuteil, die oft selber nicht genug zum Leben haben, aber trotzdem geben und teilen.

Was habe ich mir nur gedacht, was habe ich von der Schwarz erwartet, fragt sich derweilen Ivan. Was für eine blöde Idee, nach Köln zu fahren. Die Schwarz ist doch auch nichts weiter als eine Mittlerin. Die hat so wenig Ahnung über die Syrer wie ich selbst, will aber gerne mitverdienen, und ich bin so dämlich, mich zur Zielscheibe machen zu lassen.

»Ivan!«

»Hä!«

»Ivan, was ist mit dir? Du machst mir Angst!«

Irgendetwas in Ewas Stimme brachte Ivan dazu, den Schlüssel im Zündschloss zu drehen und loszufahren. Zu Urzeiten brachten die gellenden Schreie der Weiber die Männer dazu, sich den Feinden entgegenzustellen. Irgendwo in Ivans Gehirn sind diese uralten Synapsen offenbar noch aktiv. Ein leiser, melodischer Klang mahnte ihn, den Sicherheitsgurt anzulegen, und brachte Ivan endgültig zurück.

»Was ist los mit dir?«

»Sei ruhig, ich muss nachdenken.«

Daraufhin hält Ewa den Mund, sie hat sich daran gewöhnt, Ivan nach Möglichkeit nicht zu provozieren. Stumm rutscht sie eine ganze Weile mit ihrem Hintern auf dem Beifahrersitz hin und her.

Ein Schnellrestaurant taucht im Blickfeld auf.

»Ivan ich muss mal.«

Ivan steuert seinen Mercedes wie auf Kommando auf den Restaurantparkplatz, was Ewa doch etwas erstaunt. Ganz klar, Ivan ist nicht mehr er selbst. Er sagte nur:

»Das hättest du doch noch bei der Schwarz erledigen können!«

»Die Frau war mir unheimlich.«

Ivan geht nicht darauf ein. Aus einem unbedachten Impuls heraus nach Köln zu fahren ist eigentlich nicht seine Art und zeigt eindrücklich, wie ihm die Fäden zwischen den Fingern zu entgleiten drohen. Ivan muss wieder aktiv werden. War er doch schon auf dem Weg, hin zu einem halbwegs akzeptierten Mitglied der Gesellschaft zu mutieren. Aber damit ist es erst einmal vorbei, er wird sich seinen Feinden stellen müssen.

Sie betreten das Restaurant wie ein ganz normales Paar. Und wenn man es einmal unvoreingenommen betrachtet, sind sie davon nicht sehr weit entfernt. In Anbetracht dessen, was sich in bürgerlichen Familien und Ehen oft abspielt, geben Ivan und Ewa fast schon das Idealbild einer harmonischen Beziehung ab.

Verena Schnürle hängt ihren Hausschlüssel an das Schlüsselbrett, das direkt neben ihrer Wohnungstüre angebracht ist. Der Schlüsselbund hängt stets am gleichen Haken, dem ersten von rechts. Nur einmal hingen die Schlüssel vertauscht am Brett und prompt griff Verena nach dem falschen Schlüsseln, als sie eilig die Wohnung verließ. Die Türe fiel hinter ihr ins Schloss und in derselben Sekunde bemerkte sie ihren Fehlgriff. Nun ja, von diesem Tage an achtete die penibel veranlagte Verena noch penibler auf die kleinen Dinge des Lebens, die sich schnell zu unnötigen Katastrophen des Alltags entwickeln können. Ihr Ziel war es, eine gute Polizistin zu sein und sich in diesem Ehrgeiz weder von Nebensächlichkeiten oder von ins Schloss fallenden Türen aufhalten zu lassen.

Verena zieht die Wohnungstüre hinter sich zu, in dem Augenblick vibrierte das Smartphone in ihrer Jackentasche. Sie pfriemelt es hervor und schaut auf das Display, »Martin«, Verena nimmt an und sagt,

»Heu Martin!«

»Kommst du auf ein Bier runter, ich bin in unserer Kneipe im Künstlerviertel?«

»Hör mal, ich bin gerade erst nach Hause gekommen, ich hatte einen arbeitsreichen Tag. Ich muss erst mal wieder runterkommen!«

»Sage ich doch, komm runter!«

»Ich brauche jetzt erst mal Zeit, um mich zu entspannen!«

»Entspannen kannst du dich auch bei 'nem Bier.«

»Na schön, ich muss mich aber erst noch umziehen.«

»Warum denn?«

»Ich war heute in Uniform. Da denkt doch jeder sofort, ich komme dienstlich.«

»Dienstlich kommen, dazu fällt mir spontan was ein.«

»Werd jetzt bloß nicht anzüglich!«

»Sorry, tut mir leid. Ich warte auf dich, bis gleich.«

»Muss ich mir noch überlegen«, spricht's und drückt die Verbindung weg.

Kurz darauf setzt sich Verena neben den wartenden Martin und begrüßt ihn mit einem Kuss, gerade so, als hätten sie sich wochenlang nicht mehr gesehen, was natürlich nicht der Fall ist. Die Zwei treffen sich fast täglich und denken schon daran, zusammenzuziehen.

»Was ist es denn, was so aufreibend an deinem Job ist?«, begrüßt Martin seine Freundin.

»Polizeidienst ist doch kein Job. Manchmal zweifle ich am Verständnis, das du meiner Arbeit entgegenbringst.«

»Musst wohl einen Mord aufklären?«, antwortete Martin amüsiert.

»Genau so ist es, aber ich darf mit dir darüber nicht reden.«

»Auu! Die Tote im See!«

»Ich sagte doch, ich kann nicht drüber reden, wechseln wir lieber das Thema. Aber wieso weißt du überhaupt schon davon?«

»Steht doch in der Zeitung, was denkst du denn, ohne den täglichen Horror machen die doch keine Auflage.«

»Reden wir lieber mal über dich. Warum hast du heute so früh Feierabend gemacht?«

»Ich musste noch zur Bank, zehn Euro überweisen.«

»Zehn Euro, hast wohl wieder mal falsch geparkt?«

»Nee, ich war nur acht Kilometer zu schnell, und dafür kriegt jetzt der Landkreis Calw zehn Euro von mir. Das finde ich wieder mal äußerst unfreundlich von unserem Staat.«

»Quatsch, du warst zu schnell und bist somit selber schuld!«

»Du verstehst das nicht. Da bläst man kanisterweise Treibstoff zum Auspuff hinaus, damit unser Staat auch richtig fette Steuern abkassieren kann, und wie dankt man uns Autofahrern für diese Hilfe zur Staatsfinanzierung? Genau! man wird dafür auch noch bestraft!«

»Jetzt red' keinen Mist, das ist sicher eine gefährliche Stelle.«

»Nix da! Ein Kreisverkehr in freier Landschaft. Kein Baum, keine Hühner und keine Muttis mit Kinderwagen, nichts!«

»Okay. Das reicht jetzt, sag mir lieber etwas Liebes oder ich verschwinde gleich wieder. Ich bin heute ehrlich müde.«

»Ich liebe dich!«

»Ich liebe dich auch.«

»Ich liebe dich mehr, als du dir vorstellen kannst.«

»Das sagtest du gestern schon. Fällt dir denn nichts an mir auf?«

»Oh doch, du bist wunderschön.«

»Da hast du sicher recht, aber ich habe die Haare anders. Ich könnte sie auf zwei Zentimeter abschneiden und du würdest es trotzdem nicht merken.«

»Jetzt red' keinen Blödsinn. Natürlich sind mir deine Haare sofort aufgefallen!«

»Diese Frisur hatte ich aber gestern schon und da hast du sie auch schon nicht bemerkt.«

»Du bist also tatsächlich an diesem Mord dran?«, lenkt Martin nun lieber ab, bevor das Eis, auf das er sich regelmäßig immer wieder begibt, zu dünn wird.

»Ja, eine ganz böse Sache. »Danke Chiara«, sagte Verena zur Bedienung, die gerade das Pils vor ihr abstellt.

»Zum Wohl!«

»Wir trinken unser Bier und dann verschwinden wir, ich habe echt genug heute.«

Ob Verena von der Arbeit, vom Bier oder von Martin genug hat, sagte sie allerdings nicht.

»Scheiße! Was ist denn hier los?«, entfährt es Ivan, als im abendlichen Dämmerlicht Feuerwehr, Polizeifahrzeuge und ein regelrechter Menschenauflauf in ihrem Blickfeld auftauchen, eingetaucht in einem Blaulicht- und Blitzlichtgeflacker. Mit seinem Mercedes kommt er nicht näher als bis auf fünfzig oder sechzig Meter an den ehemaligen Schneidereibetrieb heran, den er für seine Geschäfte angemietet hatte. Zu Fuß gehen sie in Richtung der schwarzen Löcher weiter, die vormals Fenster und die Eingangstüre waren.

»Wo wollen Sie denn hin?«, werden Ivan und Ewa, die merklich zittert, von einem Uniformierten aufgehalten.

»Das ist meine Firma, was ist passiert?«

Der Polizeibeamte gibt einem Zivilgekleideten Zeichen und winkt ihn heran.

»Der Herr sagt, dass dies seine Firma ist.«

»Würden Sie mir bitte sagen, wer sie sind?«

Ivan nennt dem Kommissar seinen Namen.

»Ivan Cukzarek, Sie sind der Inhaber von was?«

»Ich führe eine Importfirma für Kunstgegenstände und Modeschmuck.«

»Hm ja, und die Dame?«

Diese Anrede auf sich bezogen hört Ewa heute zum ersten Mal.

»Das ist meine Lebenspartnerin, Ewa Krkova. Was ist denn passiert?«, fragt Ivan erneut.

»Es sieht ganz nach einem Brandanschlag aus, haben Sie Feinde Herr Cukzarek? Will Ihnen jemand Schaden zufügen?«

»Tja? Keine Ahnung«, lügt Ivan, ohne irgendeine Regung zu zeigen. »Jemand, der es auf mich abgesehen haben könnte? Da fällt mir spontan niemand ein.«

»Ich frage das, weil der Auslöser des Brandes eine Art selbstgebastelter Sprengsatz war. Das war offensichtlich ein Anschlag. Allerdings ein ziemlich amateurhafter.«

Ivan dämmert, dass sein unbedachter Ausflug nach Köln möglicherweise ihrer beider Leben gerettet hatte.

»Also, ich gebe Ihnen mal meine Karte, und wenn ihnen noch irgendetwas einfallen sollte oder wenn man Sie bedroht, dann können sie mich oder unsere Dienststelle jederzeit anrufen.« Kommissar Richard Jäger winkt einen jüngeren Kollegen heran. »Du nimmst die Personalien der Herrschaften auf.« Damit wendete er sich auch schon wieder ab.

»Wurde irgendjemand verletzt?«, fragt Ivan den Zivilpolizisten, der sich als Michael Fischer vorgestellt hatte.

»Da drinnen ist ziemliches Chaos entstanden, aber verletzte Personen wurden nicht gefunden. Aber Ihren Warenbestand, den können Sie abschreiben.«

Ivan hat tatsächlich einige Kunden für Nippes und Modeschmuck, der in seinen heimatlichen Provinzen von den Verwandten oder Nachbarn seiner Nachwuchshuren billig zusammengebastelt wird. Doch davon könnte er nicht mal den Unterhalt für seinen Mercedes bestreiten. Um den Anschein zu wahren und dass die Tarnung kein völliges Zuschussgeschäft ist, importiert er zusätzlich nachgemachte Ikonen und kirchliche Devotionalien. Dafür gibt es immerhin einen einigermaßen ertragreichen Markt, der doch etwas mehr abwirft als der Nippes und der Modeplunder.

»Sagen Sie, im Keller befinden sich zwei Räume mit Schlafgelegenheiten, Matratzen und solche Dinge, Was … äh?«

»Durch meinen Importhandel bin ich ziemlich bekannt in meiner Heimat. Wenn die Händler und Hersteller ihre Waren anliefern, dann lasse ich sie manchmal bei mir übernachten. Ich habe eben ein weiches Herz. Sie können sich ja vorstellen, dass mit der Herstellung von Dekoartikeln nicht viel zu verdienen ist.«

»Gut, dann bedanke ich mich erst mal für ihre Auskünfte. Wissen Sie, wo sie heute Nacht unterkommen?«

»Da müssen Sie sich keine Sorgen machen, wir finden etwas.«

Und mach dir mal nur keine Sorgen, denkt sich Ivan, und jetzt schieb ab in dein schönes Polizeipräsidiumsbüro, und dazu lächelte er den Kommissar freundlich an. Und das tut Kommissar Fischer dann auch ohne die unausgesprochene Aufforderung. Ivan schickt Ewa zurück zum Auto und stapft dann durch den Schutt, um sich in seinem ehemaligen »Warenlager« umzusehen. Man lässt ihn aber nicht in das Gebäude. Es sei zu gefährlich und er könnte etwaige noch vorhandene Spuren vernichten.

Ach so, na ja, dann eben nicht, denkt Ivan. Dem Polizisten in Uniform gegenüber die Lippen zu bewegen, um irgendeine

Antwort zu formen, hält er für unnötigen Aufwand. Er greift in seine Jackentasche, um sein Handy hervorzuholen. In einigem Abstand zu dem Uniformierten drückt er mit dem Zeigefinger auf Markos Namen, damit das Gerät eine Verbindung mit dem Besitzer des Namens herstellt.

»Hallo Chef«, hört er seinen Mitarbeiter sagen.

»Warum bist du nicht tot?«, fragt Ivan ganz unverblümt.

»Was soll das heißen Chef? Warum soll ich tot sein?«

»Du kriegst wohl gar nichts mit, hä? Hier hat jemand den Laden abgefackelt. Also, wo treibst du dich rum?«

»Ich bin im Kentucky, was essen!«

»Du solltest auf den Laden aufpassen! Schon vergessen?«

»Da gab's nichts zum Aufpassen! Die letzte Lieferung neuer Nutten war ja längst verteilt, worauf sollte ich da noch aufpassen?«

»Okay ich komme jetzt zu dir ins Kentucky, ich muss mit dir reden.«

Ivan schaltete ab. Einerseits ist er sauer auf seinen Handlanger, andererseits ist es ganz gut so, dass es nicht zu einer Schießerei gekommen war. Das hätte jetzt gerade noch gefehlt. Nichts könnte Ivan im Augenblick weniger gebrauchen als neugierige Bullen.

Karan Suliman und Sergej Krull reden miteinander. Gut, eine große Männerfreundschaft hat sich da nicht entwickelt. Aber das gemeinsame Ziel, mehr Geld aus dem Plutoniumdeal ihres Bosses herauszuschlagen, hat dieses kleine Wunder bewirkt.

Eine Woche und einen Tag, nachdem sie das giftige Zeugs verbuddelt hatten, befindet es sich wieder an Bord, und Kars, Karans Heimatdorf, liegt hinter ihnen. Bisher war es für die beiden ein Spaziergang, aber nun fahren sie ins türkisch-syrische Grenzgebiet ein. Die Verhältnisse, wie sie in Karans Jugendjahren noch Bestand hatten, haben sich jedoch in den vergangenen Jahren völlig verändert. Ganz besonders natürlich in den Grenzgebieten zu Syrien. Plötzlich begegnet man hier immer öfter Militärkonvois oder man wird an Kontrollpunkten angehalten. Man kann es förmlich riechen, wie nach Süden, den Siedlungsgebieten der Kurden hin dem Militär- und Polizeipersonal von Mal zu Mal gesteigerte, unterschwellige Nervosität anhaftet. Karan und Sergej befinden sich im Kurdengebiet. Die Gangster bringen weder der Politik noch dem Weltgeschehen gesteigertes Interesse entgegen. So ist es auch nicht verwunderlich, dass den beiden die Spannungen, die fast greifbar in der Luft liegen, ziemlich unerklärlich sind. Mit Karan als reinrassigen Türken kommen sie gegen alle Widrigkeiten gut voran in Richtung Al Qamishli, der nächstgrößeren Stadt, die sich bereits auf syrischem Territorium befindet.

Arabisch spricht keiner von beiden, da wird man sich dann mit den Beamten bei Bedarf wohl über Euronoten und Bakschisch verständigen. Selbst von Karan Suliman geht inzwischen eine leichte innere Unruhe aus. Man kann sich nur schwer ausmalen, was alles an oder hinter der Grenze geschehen kann. Ihre Pistolen haben sie in einer Zwischenwand in der Fahrerkabine unter dem Armaturenbrett verstaut. Eine Maßnahme, die nicht unbedingt notwendig wäre. Im Orient, also spätestens hinter der Grenze in Syrien, gehört eine Waffe zur Kleiderordnung eines Mannes. Trotzdem, nun ja, man weiß es nicht, wie die Grenzer auf bewaffnete Ausländer reagieren würden. In diesem Teil der Welt ist so ziemlich alles von momentanen Stimmungen und Befindlichkeiten abhängig.

Gut, so weit sind die beiden mit ihrem robusten Ford Transit noch nicht. Die Fahrt geht durch karges, hügeliges bis gebirgiges Land. Eine trockene Gegend, durchsetzt mit Militärlastern, Ziegenherden und Hirten im Kindesalter. In einem namenlosen Flecken legen sie einen Stopp ein, um den Benzintank aufzufüllen und um etwas Essbares zu sich zu nehmen. Vermutlich wird nur Hammelfleisch oder bestenfalls noch Lamm in Variationen auf der Karte stehen, falls es überhaupt eine Speisekarte gibt. Eine Getränkekarte ist dann wohl ebenso überflüssig für Ayran oder Tee und natürlich auch für das unverzichtbare, abgefüllte Trinkwasser in Kunststoffflaschen. Karan und Sergej machen es sich zwischen alten Männern, deren Ziegehütelizenz schon vor Jahrzehnten abgelaufen ist, und Unteroffiziersdienstgraden gemütlich. Karan kommt mit den Leuten ins Gespräch. Sergej wird erst gar nicht angesprochen, die Leute wissen, wie ein russisches Gesicht aussieht. Für die Anwesenden scheint der Russe Karans Handlanger und Kuli zu sein. Diese Konstellation erzeugt in dieser Gegend noch am wenigsten Aufsehen. Karan Suliman, ein Händler, und sein Fahrer und »Dolmetsch«[4], der nebenbei noch die anfallenden niederen Arbeiten erledigt. Damit wäre also alles im Lot. Doch ausgerechnet heute ist der Tag, an dem alles Unwahrscheinliche plötzlich wahrscheinlich wird, alles schiefgeht, was schiefgehen kann.

Mit dem innertürkischen Krieg werden die meisten Menschen in türkischen Landen Zeitlebens nicht konfrontiert. Davon liest man in der Zeitung. Auf Anschläge und Kämpfe wird im abendlichen Fernsehprogramm kurz Bezug genommen. Solche Nachrichten werden von den meisten Menschen schon bald gar nicht mehr wahrgenommen. Das ausgerechnet in dem kleinen Flecken, in dem Karan und Sergej so etwas wie ein Mittagessen einnehmen, die Ruhe unvermittelt erschüttert wird, gehört zu den großen Unwahrscheinlichkeiten des Lebens. Beispielsweise wie der Hauptgewinn in der Lotterie.

Auf der einzigen Durchgangsstraße fahren Einwohner und Leute aus dem Umland mit ihren billigen Kleinkrafträdern und Mopeds aus indischer und einheimischer Produktion. Dazwischen, vereinzelte Autos und Kombilimousinen, von denen in Europa nur die wenigsten noch eine Straßenzulassung erhalten würden. Der Polizeiposten für das gesamte grenznahe Gebiet befindet sich gut zweihundert Meter weiter unten, an der rechten Straßenseite neben dem Dorfladen. Wer wäre je auf den

Gedanken gekommen, dass sich in den türkischen Weiten der Krieg plötzlich und unvermittelt in diese unwürdige Dörflichkeit hineinverirren würde?

Der unscheinbare, ehemals blaue oder graue Renault zieht keine Blicke auf sich, als das Fahrzeug schräg gegenüber der Polizeistation geparkt wird. Der Fahrer steigt aus und läuft einige Male wie unschlüssig hin und her. Der Mann ist auch nicht scheinbarer als sein Fahrzeug. Plötzlich kommt ein Geländemotorrad neben dem Mann zum Stehen, den später niemand so richtig wird beschreiben können. Er springt auf den Soziussitz und augenblicklich fahren die Männer mit ziemlich hoher Geschwindigkeit davon. Erst jetzt drehen sich Passanten und Polizisten nach dem Motorrad um, Sekunden später explodiert der Sprengsatz im Inneren des Renaults.

Der Krieg ist unvermittelt angekommen und präsentiert im Bruchteil einer Sekunde seine ganze Hässlichkeit. Die Druckwelle dringt mit zerstörerischer Macht in die Fenster und Türöffnungen der umliegenden Häuser und in die Polizeistation ein. Menschen, spielende Kinder, Motorräder und die Waren der mobilen Händler werden wie Herbstlaub weggefegt. Gleichzeitig mit der Druckwelle kommen Metallteile wie Schrapnellgeschosse hinterhergeflogen, reißen Fleischstücke aus Müttern und ihren Kindern, strecken alte Männer und Polizisten nieder. Das Chaos ist von jetzt auf gleich perfekt und fegt auch über die zweihundert Meter entfernte Teestube hinweg. Die Gäste werden mitsamt den Tischen und Stühlen durcheinandergewirbelt.

Karan und Sergej rappeln sich mühsam auf und schauen an sich herunter, keine offensichtlichen Verletzungen. In solchen Situationen bemerkt ein Betroffener oft gar nicht sofort, wenn plötzlich ein Arm weg ist. Sergejs zweiter Blick gilt dem am Straßenrand geparkten Transit. Der äußerliche Zustand ihres Kleinlasters hat sich im Augenblick des Anschlages erheblich verschlechtert. Die Räder aber scheinen unbeschädigt. Sergej und Karan rennen geduckt durch das Durcheinander von Leibern und Stühlen auf ihr Fahrzeug zu und springen förmlich in die Fahrerkabine hinein. Sergej dreht den Zündschlüssel, der Kastenwagen springt ohne Probleme an. Der Russe setzt sein bösartigstes Grinsen auf und gibt Gas.

Mitten im Chaos beobachtet ein Offizier das Manöver der beiden Gangster und zieht Schlüsse. Wenn es auch die falschen Schlüsse sind, bringt er gedanklich den davonrasenden, schmutzig braunen Transit mit dem soeben erfolgten Anschlag in Verbindung. Der Mann greift zum Mobiltelefon. Wer hätte gedacht, dass die Gewohnheitsverbrecher ausgerechnet wegen einer Tat, für die sie nicht verantwortlich sind, in die Bredouille kommen könnten.

Ihre Route führt sie auf der Durchgangsstraße vom Anschlagsort fort, in der anderen Richtung würden sie sich wohl kaum durch das angerichtete Durcheinander von verkeilten Motorrädern, Autos, Toten und Verletzten schlängeln können. Zum ersten Mal grinsen sich die grundverschiedenen Männer gegenseitig an.

»Puh! Junge, Junge, was für ein Scheiß.«

Nach einiger Zeit lösen sich ihre inneren Anspannungen in Nichts auf. Der Motor verrichtet seine Arbeit ohne Murren und die trockene, gebirgige Landschaft eröffnet hinter jeder Biegung das immergleiche Déjà-vu-Erlebnis, dieses Tal doch gerade erst durchfahren zu haben. Das fortwährende Einerlei einer schönen Landschaft für Aussteiger ohne besondere Ansprüche.

»Ich denke, in der Kinderfickerszene werden wir nicht fündig werden. Immerhin war das getötete Mädchen schon 16 Jahre alt.«

»Du kannst als Beamtin nicht solche Worte benutzen«, sagt Eugen Haag mit leicht rügendem Ton zu seiner jungen Kollegin Verena Schnürle. »Das sind Pädophile.«

»Ich weiß, aber das hört sich für mich irgendwie an wie Philanthrop oder wie Philatelist, das erzeugt in mir nicht den richtigen Hass auf die Kerle!«

»Du sollst diese Typen nicht hassen, das trübt deinen Blick,

Verena. Du musst stets emotionslos und professionell an die Arbeit herangehen. Wir müssen der Staatsanwaltschaft klare Fakten und Ermittlungsergebnisse an die Hand geben. Das ist unsere Aufgabe.«

»Du hast recht, das weiß ich ja«, und leise wiederholt sie nochmals, »du hast ja recht.«

»Pass auf, Verena, ich weiß, dass es immer schwer bleiben wird, in solchen Fällen Abstand zu wahren, und du kannst es mir glauben. Egal wie lange wir unseren Beruf ausüben, solche Delikte lassen keinen von uns kalt. Aber ich sage dir Folgendes. Solange wir zwei unter uns sind, kannst du ein Dreckschwein ein Dreckschwein nennen, wenn es dir hilft. Geht das, ist das in Ordnung so?«

»Ja, Eugen, tut mir leid. Es schmerzt ganz einfach, wenn ich daran denke, wie Kinder gequält oder getötet werden, das darf es nicht geben«.

»Das geht uns allen so, Verena, und trotzdem müssen wir für unsere Aufklärungsarbeit sachlich bleiben. Ich möchte nie erleben müssen, dass aufgrund schlampiger Ermittlungen ein Unschuldiger einfährt und ein wahrer Täter frei herumläuft.«

»Ich hab schon verstanden Eugen«, sagte Verena mit Blick auf ihren Computerbildschirm. »Ich habe hier die Liste der Männer, die durch brutale Sexualattacken und -straftaten auf junge Frauen schon mal auffällig geworden sind, aufgerufen.«

»Gut, dann werden wir uns jetzt zuerst einmal auf die bekannten Verdächtigen konzentrieren. Du kannst schon mal eine Liste derer herausfiltern, die in das Täterprofil passen, und überprüfen, wer von denen im Augenblick nicht einsitzt und ob die Meldedaten verfügbar sind.«

»Mach ich, Eugen.«

Verena wendet sich ihrem Bildschirm zu und Eugen Haag beeilt sich, noch rechtzeitig das wöchentliche Meeting der Bereichsleiter zu erreichen.

Richtung syrische Grenze, inzwischen schon auf dem Gebiet des Mardin Distriktes hat sich die allgemeine Stimmungslage in dem äußerlich etwas lädierten Ford Transporters schnell wieder normalisiert. Seit Karan und Sergej eigene Ideen entwickeln, halten sich die beiden auf natürliche Art zu größeren Taten berufen. Dazu kommt noch das gefährliche Unverwundbarkeitssyndrom, bekräftigt dadurch, dass sie rein zufällig dem mörderischen Terroranschlag in jenem Provinznest unbeschadet überlebt haben. Sergej steuert den Transporter durch die eintönigen Landschaften, unter anderem auch, weil Karan hier im Grenzgebiet glaubwürdigkeitshalber den Part des Chefs übernehmen muss. Und dafür muss er sich noch nicht einmal übermäßig verstellen.

Sergej deutet nach rechts an Karans Nase vorbei auf einen Helikopter, der in einiger Entfernung parallel zu ihrem Fahrzeug fliegt. Karan schaut nach rechts.

»Hm, ja und?«

»Ich meine ja nur, ich habe den Hubschrauber schon ein paar Minuten lang im Rückspiegel.«

»Wird sicher Zufall sein, dies ist die einzige richtige Straße, wir befinden uns im Grenzgebiet und der fliegt seine routinemäßige Patrouille ab. Was sonst könnte der wohl wollen?«

Nur eine Minute später deutet Sergej nach vorne.

»Da vorn ist eine Kontrollstelle.«

Karan kneift die Augen zusammen, um gegen das blendende Sonnenlicht besser sehen zu können.

»Scheiße! Das ist kein Kontrollpunkt, das ist eine Straßensperre. Was soll das? Hier gibt's weit und breit nichts außer uns.«

Sergej geht automatisch mit der Geschwindigkeit herunter und sieht Karan an. Was ist zu tun?

»Fahr langsam weiter«, sagt Karan in Sergejs Gedanken hinein. »Ich muss nachdenken.«

»Aber denk nicht zu lange nach, ich habe kein gutes Gefühl, ich glaube, die warten auf uns.«

»Na, dann dreh um und fahr zurück, wir werden woanders die Grenze überqueren«, sagte Karan nur, um irgendetwas zu sagen.

Sergej wendete weitausholend in einem Stück. Doch in dieser Richtung schwebt der eben noch gedanklich ausgeblendete Helikopter, in 500 Meter Entfernung, knapp über der Straße.

»Das ist eine Falle. Was wollen die von uns?«

»Weiß ich nicht. Die Karre ist geländetauglich, wir fahren über Land an dem Heli vorbei.«

Karan und Sergej fingern nach ihren Pistolen unter dem Armaturenbrett, während sie mit dem Ford auf den Helikopter zuhalten und dann unvermittelt in die abseitige Landschaft abbiegen. Der Helikopter folgt ihnen mühelos und rattert ihnen dann eine MG-Salve vor den Bug.

»Die machen Ernst, gib Stoff!«

Karan nimmt durch das offene Seitenfenster den Helikopter ins Visier und gibt zwei Schüsse auf ihn ab. Im Grunde hatte er aber keine Chance, irgendetwas zu treffen. Und zurückzuschießen war nüchtern betrachtet und sowieso eine ziemlich dämliche Idee. Das Fluggerät, das heißt die Besatzung schoss zurück. In der offenen Seitenluke blitzt es auf und um den Russen und den Türken herum schlagen Geschosse mit unangenehmem Sirren in die Seite des Transporters ein. Sergej zirkelt das Fahrzeug in halsbrecherischer Weise zwischen verstreut liegenden Felsen auf die Straße zurück und tritt das Gaspedal voll durch. Im Außenspiegel, in dem, der noch vorhanden ist, sind Militärfahrzeuge zu erkennen, die ihnen folgen.

»Wir sitzen voll in der Scheiße, Karan!«

»Wir haben nur noch eine Chance, wir müssen das Dorf erreichen«, waren seine letzten Worte. Ein Projektil geht quer durch seinen Schädel hindurch. Karan fällt vornüber in den Fußraum.

»Scheiße!«

Ob Sergej damit Karans Tod oder die zersplitterte Frontscheibe meinte, wird er niemanden mehr verraten können. Das Fahrzeug wird förmlich von Geschossen zerfleddert. Das Militär hält sich nicht zurück, wenn es um vermeintliche Terroristen geht. Der Ford verlässt führerlos die Fahrbahn und knallt mit dem linken Vorderrad auf einen Felsbrocken. Der Kombilaster hebt ab, macht in der Luft und im Kugelhagel eine perfekte Pirouette und rutscht auf der Seite liegend weiter. Bevor das Fahrzeug endgültig zum Stillstand kommt, verhakt sich die Dachstrebe der Frontscheibe an irgendetwas unter ihr und der Transit produziert einen weiteren Überschlag über seine Längsachse. Dabei wird einer der beiden toten Insassen im hohen Bogen herausgeschleudert und zieht sofort das Feuer des MG-Schützen auf sich. Vielleicht dachte der Soldat, die Leiche wolle flüchten. Man weiß ja nie genau, was in Soldatenschädeln so vor sich geht.

Als die Truppe an dem zersiebten Schrotthaufen eintrifft, um das Ergebnis ihrer Arbeit zu begutachten, hat die Ladung des Transporters bereits damit begonnen, sein Strahlenpotenzial freizusetzen. Aber davon ahnen die Uniformierten in dem Moment nichts, und niemand wird ihnen jemals mitteilen, was sie da mit allen verfügbaren Mitteln eigentlich zum Halten gebracht haben.

Nachdem sich die beteiligten Militärs ausreichend gegenseitig beglückwünscht und auf die Schultern geklopft hatten, ziehen sie zufrieden weiter. Ihren Job des Kaputtmachens haben sie perfekt erledigt. Leichen zu begraben, traumatisierte Kinder oder Eltern zu trösten gehört ebenso wenig zu ihren Aufgaben wie das Wegräumen des Schrotthaufens. Vielleicht wird sich ein ambulanter Schrotthändler das Wrack aneignen oder Kinder werden drum herum Krieg spielen. Man kann ja nie früh genug damit anfangen, in die Fußstapfen der Väter zu treten.

Die Frage, ob jemals entdeckt werden wird, dass da strahlendes Material herumliegt, kann nicht beantwortet werden, weil es diese Frage nicht gibt.

6

»Verena kommst du?«

»Bin gleich so weit, Eugen, ich fahre nur noch den Rechner runter.«

Verena Schnürle und Eugen Haag machen sich auf den Weg, die einschlägig bekannten und vorbelasteten Frauenschänder und Männer, die bereits durch Gewalt gegen Frauen und Kinder auffällig geworden sind, zu interviewen und abzufragen.

Eugen und Verena zeigen ihrem ersten Kunden ihre Ausweise, was eigentlich nicht nötig wäre, denn Eugen hat Hausner schon mehrfach befragt. Man kennt sich. Alles Routine.

»Herr Hausner, wo waren Sie am Dritten und Vierten dieses Monats?«

»Auf euch habe ich direkt gewartet. Da habe ich einmal eine Frau ein wenig belästigt und jetzt bin ich für euch immer gleich ein Verdächtiger.«

»Jetzt spielen Sie Ihre Tat nicht herunter«, sagte Kommissar Haag ruhig und beherrscht. »Sie haben der jungen Frauen erhebliche Verletzungen zugefügt. Also beantworten Sie meine Frage.«

»Ich hab's eilig, ich muss zur Arbeit.«

»Es wird nicht lange dauern, also?«

»An den Tagen war ich arbeiten, im Baumarkt, Heim & Bau.«

»Das lässt sich nachprüfen und danach? Abends und in der Nacht?«

»Ich war die ganze Woche abends im Royal Kino. Da verdiene ich mir als Filmvorführer, Kassierer oder Saalaufsicht was dazu. Ich mache immer die erste Abendschicht. Die Anwältin meiner Ex-Frau saugt mich aus, ohne den Zusatzjob komme ich nicht über die Runden. Und zwischendurch muss ich auch mal schlafen.«

Verena kritzelte die Angaben in ihren Notizblock und Eugen sagt:

»Danke, war doch gar nicht so schwer, Herr Hausner.«

»Soll ich die Angaben überprüfen«, fragte Verena ihren Kollegen, während sie zu ihrem Fahrzeug zurückkehren.

»Im Moment noch nicht. Der Hausner ist im Grunde ein armes Schwein. Das Mädchen ist uns bekannt, sie hat ihm was vorgemacht und dann beklaut. Sie ist abgehauen, er hinterher, dann ist sie angeblich gestolpert und eine Böschung runtergekugelt. Der Hausner war dann der Dumme vor Gericht.«

»Warum das denn?«

»Nun ja, irgendwer muss nun mal die Zeche bezahlen und bei der Kleinen war nichts zu hohlen.«

»Heißt das, er hätte sie mit der Beute laufen lassen sollen?«

»Das wäre für Hausner auf jeden Fall besser gewesen. Du fährst, wir werden uns jetzt die richtigen Kaliber vornehmen.«

»Herr Steiner wir haben ein paar Fragen, können wir reinkommen?«, fragte Kommissar Haag wenig später den Mann an der Tür, der kurz vor elf Uhr Morgens noch nicht so richtig bei sich zu sein schien.

»Eigentlich nicht, was wollen Sie denn von mir?«

»Wo waren Sie am Dienstag den dritten und am Mittwoch den vierten März. Und das ziemlich ausführlich bitte.«

»Ich war hier, zu Hause, war's das?«

»Noch nicht. Sie waren also an den zwei Tagen ausnahmslos in ihrer Wohnung und haben diese auch nicht verlassen, wenn ich das recht verstanden habe. Wer kann das bestätigen?«

»Meine beiden Geschäftspartnerinnen können das natürlich bezeugen«, während er diese Belanglosigkeiten von sich gibt, fixiert er unablässig Verena, die sich unter Steiners Blicken irgendwie entkleidet vorkommt.

»Bezeugen dürfen Ihre ›Geschäftspartnerinnen‹ das gerne später vor Gericht. Im Augenblick und vorläufig genügt uns schon eine Bestätigung.«

»Eure Wortklaubereien sind mir schon immer auf die Eier gegangen. Könnt ihr euch nicht einmal mit einer ehrlichen Antwort zufriedengeben?«

Von dem Mann, der da im Türfutter seiner Wohnungstür lehnt, geht eine unterschwellige Bedrohlichkeit aus. Künstlich gebräunt und künstlich aufgeblasene Muskulatur unter einer wärmenden Fettschicht. Gold am Hals und am Handgelenk, schwarze Leder-Jeans, ach ja, und eine hübsche blaue Augenverzierung im Gesicht einer seiner »Geschäftspartnerinnen«, die im Hintergrund kurz erscheint. Ein Typ, der offenbar viel Wert auf seine körperliche Präsenz legt. Das genaue Gegenteil von dem armen Tropf von vorhin, der jetzt im Baumarkt zum Winterausklang die restlichen Brikettbunde und das Kaminholz in Jutesäcken von rechts nach links schichtet, nur um das Zeug dann morgen von vorne nach hinten umzusetzen.

»Ja, dann holen Sie doch jetzt bitte ihre »Geschäftspartnerinnen«, damit sie Ihre Aussage bestätigen können.«

»Chantal! Monique!« Steiners »Geschäftspartnerinnen« erscheinen prompt auf Zuruf. »Bestätigt doch den Herrschaften, dass ich Dienstag und Mittwoch zu Hause war.«

»Heinz war zu Hause und immer hier«, zwitscherten die beiden mit ihren lustig anzuhörenden Idiomen. »Ja wirklich«, legt Marcella Czypiova alias Chantal, wie die spätere Kontrolle ihrer Ausweispapiere zeigen, noch nach. Die zwei lockeren Mädchen würden für den Heinz so ziemlich alles abnicken.

»Ja gut. Dann lass dir die Ausweispapiere der Damen zeigen«, sagte Eugen zu Verena,

»Worum geht's denn eigentlich«, wollte Steiner wissen, während Verena, die sich immer noch unter Steiners entkleidenden Blicken wähnt, die Ausweise kontrolliert und recht froh um diese Ablenkung ist.

»Sie haben im vergangenen August eine junge Frau so brutal verprügelt, dass sie eine Woche lang im Krankenhaus behandelt werden musste.«

»Sabrina hatte keine Anzeige erstattet, weil's nichts zum Anzeigen gab«, antwortete Steiner mit Blick auf Verena. »Sag mal, ist deine Kollegin nicht etwas zu jung für den Bullenjob?«

Kommissar Haag fixierte das leicht verfettete Kraftpaket einen Augenblick lang.

»Meine Kollegin hat sich ordentlich in ihrer Funktion als Polizistin vorgestellt und nichts anderes will ich von Ihnen hören. Sind wir uns da einig?«

Okay, okay, ist ja gut!«

Verena notiert in der Zwischenzeit akribisch Namen und Nummern der Ausweise, die Steiner persönlich aus einem verschlossenen Schrankfach geholt hatte. Die Mädchen könnten die Papiere ja verlieren, erklärt er dazu fürsorglich. Haag drückte Steiner seine Karte in die Hand.

»Sie haben sicher schon in der Zeitung von dem toten Mädchen im See gelesen …«

»Ich lese keine Zeitungen.«

»Nun, ja dann, Sie lesen also nicht. Also dann haben Sie vielleicht davon gehört?«

»Nein.«

»Trotzdem, wenn Ihnen dazu etwas zu Ohren kommt, dann nehmen Sie bitte mit uns Kontakt auf.«

»Ich verpfeife keinen!«

»Das kann man so oder so sehen, ich möchte Sie nur als Täter ausschließen können. Wenn Sie kooperieren, helfen Sie sich auch selber.«

»Wie?«

»Sie entlasten sich, wenn Sie mit uns zusammenarbeiten.«

»Also doch verpfeifen.«

»Ich sagte schon, dass kann man so oder so sehen. Oder wollen Sie, dass wir Sie verstärkt in den Fokus nehmen?«

»Wie, in den Lokus?!«

»Dass wir ein Auge auf Sie und Ihre ›Geschäftspartnerinnen‹ haben werden, wenn Sie sich nicht kooperativ verhalten.«

»Ich weiß zwar nicht, was Sie überhaupt von mir wollen. Wir sind anständige Bürger, Herr Kommissar. Alles klar?« Sagt's und wirft die Türe zu.

»Was hältst du von dem, könnte der unser Täter sein?«, fragt Verena ihren Kollegen, während sie zum Wagen gehen.

»Eher nicht.«

»Ja, und warum nicht? Dem Typ traue ich alles zu.«

»Weil er dich mit seinen Blicken ausgezogen hat? Der Steiner ist ein einfach strukturierter Schlägertyp, dem ich auch Mord zutrauen würde. Aber unser Täter ist wahrscheinlich Intelligent mit einem fatalen Hang zur Perversion. Übrigens ein Zusammenhang, den man immer wieder beobachten kann.«

»Aha?«

Eugen sieht Verena von der Seite an.

»Dazu kommt noch die Reizüberflutung mit Bildern und Texten heutzutage. Das wird zwar gerne geleugnet, aber der Mensch richtet seine Taten nun mal an den Dingen aus, die sein Hirn unterschwellig überschwemmen.«

»Na, ich weiß nicht?«, zweifelt Verena.

»Versetze ein deutsches Kleinkind ins Zulu-Land und es wird sich zu einem prima Stammes-Zulu entwickeln.«

»Hä?«

»Hm? Oder denke doch nur mal an den Mogli im Dschungel.«

»Ja, der Mogli«, sinnierte Verena. »Das ist ein starkes Argument.«

»Du fährst wieder. Wir müssen arbeiten, das Philosophieren bringt uns auch nicht weiter. Wir fahren zurück zur Dienststelle und sehen uns nochmals die Fakten an. Außerdem brauche ich jetzt erst mal einen Kaffee.«

Wenig später sitzen sich Verena und Eugen an ihren Schreibtischen Auge in Auge gegenüber. Sie nippen an ihren Bechern und Eugen sagt zwischen zwei Schluck Kaffee, dass sie sich auf den Fundort konzentrieren sollten.

»Viel mehr haben wir ja ohnehin nicht«, bestätigt Verena.

»Wir werden einen Aufruf starten, das dürfte im Moment unsere beste Chance sein, weiterzukommen«, stellte Eugen einsichtig fest. »Die ehemalige Bundesstraße B14, herabgestuft zur einfachen Landesstraße, ist wenig befahren und wird in der Hauptsache von Ortskundigen genutzt. Anwohner gibt es keine, wenn man mal von den Kröten absieht. Auf der gegenüberliegenden Straßenseite zu den Seen hin gibt es Parkplätze für Freizeitsportler und Spaziergänger. Wir richten einen Aufruf an Autofahrer, Radfahrer und Wanderer, die in der Zeitspanne Montag bis Mittwoch ungewöhnliche Beobachtungen gemacht haben könnten.«

»Genau!«, bekräftigt Verena. »Jetzt ist die Erinnerung der Leute noch frisch, das müssen wir nutzen.«

»Du wirst das veranlassen, Verena. Ich gehe so lange die Berichte der Streifenbeamten nach etwaigen Auffälligkeiten durch, dann sehen wir weiter.«

Ivan Cukzareks Leben hatte sich in der letzten Zeit an so etwas wie Bürgerlichkeit angenähert. Er war drauf und dran, in die Bequemlichkeit abzugleiten. Ewas Existenz tut ihr Übriges dazu. Sie ist die Frau an seiner Seite. Im Bedarfsfall Geliebte oder Mutterersatz, Lebenspartnerin oder Vorzeigepüppchen. Doch jetzt hat sich mit einem Knall plötzlich alles geändert.

Ewa begleitete ihn, als er sich noch am Abend des Anschlages ins Eromania begab. Nicht weil er mal wieder die eine oder andere seiner ins Land geschleppten »Damen« wiedersehen wollte. Der Makler Helmut Zink hatte sein Büro an diesem Abend längst geschlossen, war aber bereit, sich mit Ivan, mit dem er nicht zum ersten Mal geschäftlich Kontakt hatte, in dem Erotikclub Eromania zu treffen. Ivan weiß, dass Helmut die vereinnahmten Maklergebühren regelmäßig in den umliegenden Bordellen und Clubs zu verjuxen pflegt. So bleibt das Geld im Umlauf und sichert obendrein Arbeitsplätze, alles zum Wohle der Bevölkerung. Was kann daran schlecht sein. Helmut hatte dann auch schon ein geeignetes Ersatzobjekt für Ivan im Angebot. Die Aussicht, eine lange leer stehende Bäckerei, Ladengeschäft, Backstube und Lagerräume an den Mann, also an Ivan zu bringen, heiterte Helmut dermaßen auf, dass er sogleich für Ivan und seine Begleiterin ein Fläschchen Schampus aufmachen ließ. Mit der Aussicht auf eine nette Provision im Hinterkopf brauchte Helmut an diesem Abend dann auch nicht den Bescheidenen zu geben. Heute Abend wird Helmut die Puppen tanzen lassen, wie es so schön heißt.

Und Tags darauf, fast noch etwas zu früh für den abgewichsten Helmut, waren alle Beteiligten bereits vor Ort auf den Fildern, um das Objekt in Augenschein zu nehmen. Die Zeit drängt, Ivan erwartet schon bald eine Lieferung junger Frauen, die vorübergehend untergebracht werden müssen. Und er findet das Objekt geeignet. Genügend Platz und Lagerräume für die demnächst ins Haus stehende Ladung frischer, unverbrauchter Mädchen. Dazu befindet sich der Stuttgarter Flughafen in unmittelbarer Reichweite, falls es doch nötig werden sollte, nach Papua Neuguinea abzuhauen.

Der Eigentümer der Bäckerei, in der von nun an niemals mehr kleine Brötchen gebacken werden, findet's auch gut. Endlich kommt wieder Geld ins Haus, das wird hoffentlich seine Frau etwas freundlicher stimmen. Denn der Frau war ja unversehens, mit dem Pleitegang des Backbetriebes, ihr wichtiger Status innerhalb der Kleinstadtgemeinde abhanden gekommen. Und der Helmut findet es sowieso gut, ist er doch gedanklich schon wieder im Club. Also sind an diesem sonnigen Morgen alle zufrieden. Ivan, Helmut, der Vermieter und sein giftspritzendes Eheweib.

Bereits am nächsten und auch am darauffolgenden Tag nach dem Aufruf, der zur Aufklärung des Todes des Mädchens im See beitragen sollte, gingen einige Zeugenmeldungen ein. Verena Schnürle erarbeitete eine Vorbewertung von Aussagen, die immerhin wichtige Ansatzpunkte bringen könnten.

Eine Aussage stammte von zwei Powerwalkerinnen. Sie hatten einen Mann beobachtet, den sie nicht näher beschreiben konnten. Mittelgroß, mittleres Alter. Angegraut mit blauer Freizeitkleidung. Als er die sportlichen Damen bemerkte, stieg er hastig in seinen dunkelblau lackierten, großen Wagen und fuhr überstürzt davon, wie es schien. Das veranlasste eine der beiden Frauen sich die Nummer des Autos einzuprägen, S-HJ 5372. Warum sie dies tat, kann die Frau nicht real sagen, es war einfach so ein Gefühl, sagte sie.

Die zweite Aussage kam von einem Radfahrer, der sich darüber wunderte, dass auf einem Parkplatz in der Nähe des Fundortes eine silberfarbene Limousine mit offenem Kofferraumdeckel und laufendem Motor stand. Er wunderte sich weiter darüber, dass sich niemand in der Nähe des Fahrzeuges aufhielt. Man würde ja am ehesten einen Autofahrer vermuten, der sich mal eben in die Botanik hinein erleichtern musste. Das ist menschlich und wird von dem Radfahrer auf seinen Fahrten über die Landstraßen in der Region immer mal wieder beobachtet, wie er beteuerte. Der offenstehende Kofferdeckel veranlasste den Zeugen einen Blick auf das Autokennzeichen zu werfen. Er kann sich aber nur noch Bruchstückhaft an die ersten drei Ziffern erinnern, aber völlig sicher ist er sich auch dabei nicht: S-AM oder S-AN. Kurz nachdem er das Fahrzeug passiert hatte, hielt er einem Impuls folgend nochmals an, um zurückzuschauen. Er sah aber nur noch, wie der Wagen wendete und in Richtung Stuttgart fuhr. Er dachte dabei an Leute, die ihren Müll bedenkenlos in die Landschaft entsorgen. Dann entschuldigte er sich noch dafür, dass er nicht ahnen konnte, was da in Wirklichkeit weggeworfen wurde.

»Nun haben wir immerhin zwei Ansatzpunkte«, bemerkte Eugen nach Verenas Zusammenfassung der beiden ergiebigsten Aussagen. »Du kannst dich schon mal bei der Zulassungsbehörde um die in Frage kommenden Fahrzeughalter kümmern. Gut gemacht, Verena!«

Ivan hatte von einem Secondhand-Händler einige Liegen, Bett-
gestelle und Matratzen erworben. Dazu noch andere Einrich-
tungsgegenstände wie Tisch, Stühle und weitere Möbel, um die
Bäckerei mit dem Allernotwendigsten einzurichten, was alles in
allem dem Gebrauchtwarenhändler viel Freude und freie Stell-
flächen in seinem Lager brachte. Seine Leute lieferten das Zeugs
prompt und halfen dann auch noch beim Aufbau. Höchste Zeit.
Ivans Leute standen bereits mit einer Ladung junger Frauen, die
längst keine Jungfrauen mehr waren, auf der A8 von Südosten
her im Stau.

Zwei Tage später hielt sich Ivan schon wieder geschäftlich im
Eromania auf. Dieses Mal ist er mit Geschäftsführer Harry Milke in Verhandlungen. Nur von wenigen Leuten, die zu seinem
engsten Kreis und ein adäquates Kampfgewicht auf die Waage
bringen, lässt sich Milke ungestraft Milka nennen. Man weiß es
nicht mehr genau, aber es zielte wohl einst auf die zartesten Ver-
suchungen im Club ab. Vielleicht auch wegen den schwarzhaa-
rigen Senegalesinnen, die er offenbar bevorzugt. Ivan, der zur
nachgeordneten Garde seiner Kumpels oder besser gesagt seiner
Bekannten zählt, hat immerhin das Privileg, den Harry Harry
nennen zu dürfen. Für Sie immer noch Herr Milke ist sein gän-
gigster Spruch. Bei Harrys gewichtigem Auftritt gebietet es sich
fast von selbst, sich tunlichst daran zu halten.

Die Lieferung und Besichtigung zweier neuer »Damen« für
Harrys Club geht professionell und flott vonstatten. Es wurden
noch ein paar Worte unter Bekannten gewechselt, dann empfiehlt sich Harry wegen anderer Geschäfte. Die Neuen waren
schon zuvor an die Puffmutti weitergereicht worden, ein ge-
schniegelter Typ namens Susi. Obwohl es offiziell im Club gar
keine Puffmutter gibt, weil alle »Damen« freischaffend und
selbstständig tätig sind. Unternehmerinnen also. Nun ja!

Ivan bleibt noch an der Bar sitzen, denn er hat noch ein Treffen mit Makler Helmut Zink. Warum hat den noch niemand
drauf gebracht, dass er seinen Maklerjob genauso gut von die-

sem Bar-Tresen aus erledigen könnte, was ja auf der Hand liegen würde. Etwas weiter hinten, in der Nähe der Treppe, sitzt ein einzelner Mann, der sich für Cukzarek sehr zu interessieren scheint. Er lässt den Schlepper kaum aus den Augen. Auch nicht als Zink in Begleitung eines weiteren, von »Boss« ausgestatteten Herrn das Eromania betritt und direkt auf Ivan zusteuert. Zink, hier und auch anderenorts als Busenliebhaber bekannt, stellt den Gutgekleideten als Doktor Rhesa Khan vor. Beiläufig nimmt er von Ivan den Umschlag mit der Provision in Empfang und kontrolliert die Summe mit einem oberflächlichen Blick. Zink lenkt dann das Gespräch sehr schnell auf seinen Begleiter:

»Doktor Khan ist ein bekannter Schönheitschirurg«, eröffnet Zink gegenüber Ivan. »Doktor Khan ist eine wahre Kapazität in Sachen Brustvergrößerung.«

»Interessant«, meinte Ivan daraufhin. Es war ihm anzusehen, dass ihn das Thema ziemlich gleichgültig war.

»Herr Zink hat mir erzählt, was für eine außergewöhnlich schöne Frau Sie haben«, dabei sieht Khan Cukzarek unverwandt in die Augen.

Damit wird Ivan mit einer Aussage konfrontiert, die ihm eine ganz neue Sicht der Dinge näherbringt. Eine schöne Frau hat er, also so etwas? Das erzeugt ein neues, ungekanntes Gefühl in ihm. Gedanken, die dem Mann bisher fremd waren. Ach Quatsch, denkt sich Ivan. Doch Dr. Khan redet weiter:

»Mit Herrn Zink haben wir einen gemeinsamen Bekannten. Wie Sie vielleicht wissen, ist Herr Zink ein großer Busenenthusiast, ein wahrer Verehren weiblicher Schönheit. Ich kann Ihnen daher ein sehr günstiges Angebot unter Freunden vorschlagen. In meiner Praxis kann ich Ihre Frau mit stramm hochstehenden Brüsten bestücken. Die Frau an Ihrer Seite wird zu einer wahren Augenweide werden. Jeder Mann und jede Frau wird Sie beneiden.«

Beneiden! Aha! Damit kann Cukzarek etwas anfangen. Der Gedanke findet widerstandslos seinen Weg in Ivans Gehirnwindungen und am Ende glaubt er gar, es wäre seine eigene Idee gewesen. Dass Helmut Zink Ivan noch aufmunternd zunickt, tut sein Übriges. Das Thema »Brüste« liegt ja ohnehin auf Zinks Wellenlänge. Unbewusst ordnet der seine Eier von links nach rechts und dann wieder zurück auf die andere Seite.

»Kommen Sie doch morgen gegen Mittag, so nach halb zwölf in meine Praxis, dann kann ich Ihnen zeigen, wie das Endergebnis aussehen könnte.«

Doktor Khan hat Cukzarek, der sich sonst von niemanden etwas »aufschwätzen« lässt, geknackt. Der Doktor verabschiedet sich und Zink bleibt noch, was nicht verwunderlich ist. Ist er doch hier so gut wie zu Hause.

Beim Verlassen des Etablissements kreuzt sich Dr. Khans verhärtete Mine mit dem Blick des Mannes, der Ivan schon die ganze Zeit über im Focus gehalten hatte. Dr. Khan kennt den Mann erst seit Kurzem. Er gehört zu Scheik Ibn Nassars erster Garnitur. Stellvertretend für den Scheik soll Omar Salman die Rache Nassars an Ivan Cukzarek zelebrieren. Dr. Khan nimmt dabei eine zentrale Rolle in der perfiden Bestrafungsaktion ein. Er hat keine andere Wahl. Zur Polizei zu gehen ist für den Mediziner keine Option. Die Polizeibehörden werden weder seine Frau noch seine Kinder schützen können. Auch der Rest der Familie Khan im Iran könnte in Gefahr geraten. Das ist für den Arzt nun mal Fakt und so nehmen die Dinge ihren Lauf.

Für Eugen und Verena gelangt der Besitzer der dunkelblauen Kombilimousine nur bedingt auf die Hauptverdächtigenliste. Im Augenblick ist der noch ein großes weißes Blatt Papier. Der Halter des Wagens, ein Galeriebesitzer, war noch nie in polizeiliche Ermittlungen verwickelt. Er kann den Stopp am See mit einem dringenden Bedürfnis erklären, und es täte ihm leid, aber er habe nun mal eine schwache Blase. Auf die beiden Kommissare machte er einen glaubhaften Eindruck.

»Darüber müssen Sie sich keine Sorgen machen, Herr Dolan,

wir sind nicht vom Ordnungsamt«, beruhigte Eugen den Galeristen.

Jan Mark Dolan befand sich auf dem Weg nach Konstanz und Basel, um die Kontakte zu seinen schweizerischen Kunden zu pflegen. Die Umleitungsstrecke nutze er des Öfteren, wenn es wieder einmal auf dem nahegelegenen Autobahnkreuz zu Behinderungen durch Stop-and-go-Verkehr kommt. Dolans Alibis sind belegt und glaubhaft. Auch Galeriebesitzer sind steuerpflichtig und mit einem Griff in die Kladde präsentiert er eine Tankquittung, Restaurantrechnungen und Kundenbelege. Da können Verena und Eugen sich nur noch freundlich nickend verabschieden.

Nun bleiben noch eine Anzahl großer, silberfarbener Limousinen, die mit den beiden möglichen Kfz-Nummern S-AM oder S-AN beginnen. Trotz Verenas Vorarbeit immer noch eine Sisyphusarbeit für den erfahrenen Kommissar und der eifrigen Jungkommissarin, die Eugen Haag inzwischen ganz gerne unter seinen Fittichen birgt. Wenn die Rede auf Verena kommt, antwortet er meist nur knapp, dass Kommissarin Schnürle einen guten Job macht. Was dann folgt, ist trockene Polizeiroutine. Daten abgleichen, Autobesitzer ermitteln und befragen. »Dürfen wir uns mal ihren Wagen ansehen?« Am Ende standen auf dem großen weisen Blatt zwei Namen. Personen, die nicht ausreichend erklären konnten, wo sie sich in der besagten Zeit aufgehalten hatten. Robert Folkerts und Kai Magella. Amtlicherseits unauffällige Bürger, aber im Moment nun mal die einzigen Verdächtigen.

Fifty-fifty, dass einer der beiden der Täter sein könnte. Eigentlich kein wirklich guter Ansatz, unbescholtenen Bürgern auf den Zahn zu fühlen. Eugen weiß, dass die Leute bei Befragungen nur ungern zugeben, dass sie sich mit einer Geliebten getroffen oder kleinere Gaunereien begangen haben. Man legt der Polizei gegenüber nicht gleich das ganze Leben offen. Es heißt ja, jeder hat irgendetwas zu verbergen, denn nur so bekommt das Spießbürgerdasein wenigstens ein Minimum an Würze. Und dann kommt auch noch Hauptkommissar Altinger, der Eugen ganz unverfänglich fragt, wie's denn um die Ermittlungen bestellt sei.

»Trotz des Aufrufes an die Bevölkerung eine eher dürftige Erkenntnislage«, kann dann Eugen nur eingestehen.

»Ja gut, dann wollen wir hoffen, dass der Täter nicht auf den Geschmack kommt und uns noch weitere Leichen liefert, bei unserer chronischen Unterbesetzung«, befürchtet Altinger und wendet sich anderen wichtigen Dingen zu.

Am folgenden Vormittag rückt ein Anruf von Dr. Khan das preiswerte Busenangebot wieder in Ivans Bewusstsein. Der Arzt war sich ziemlich sicher, dass es nicht schaden könnte Ivan Cukzarek das Gespräch vom Abend zuvor nochmals in Erinnerung zu rufen. Ivan gehört nicht zu dem Klientel, die dem Meister der abgehobenen Titten die Tür einrennen. Und Ivan hat im Moment sowieso ganz andere Sorgen und Probleme. Sergej und Karan haben sich noch nicht gemeldet. Er kennt ihren aktuellen Aufenthaltsort nicht und hat auch keinerlei Informationen über den Stand der Dinge. Da er nichts anderes unternehmen kann als abzuwarten, bestätigt er den Termin in Dr. Khans Praxis. Er macht sich mit Ewa, die keine Ahnung hat, was da heute ablaufen soll, auf den Weg.

Dr. Khan gibt den besonders Freundlichen und Jovialen. Er zeigt Beispiele von Brüsten, vor und nach seinen Behandlungen, schwenkt den Bildschirm seines Rechners immer wieder herum, um voller Stolz die Ergebnisse seiner Bemühungen zu visualisieren. Khan zeigt sein makelloses Gebiss und lobpreist die Schönheit Ewas, sodass es schon fast ins Peinliche abgleitet. Er ist halt Orientale, da ist man von Geburt an so. Und Ewa dämmert es langsam, was hier abgeht.

»Was, was wird das?«, fragt sie einsilbig und eingeschüchtert.

»Du wirst aufgepimpt, mein Schatz«, flüstert Ivan, eher für Khans Ohren als an Ewas Adresse gerichtet.

So etwas hatte Ewa aus Ivans Mund noch nie gehört. Für Ewa hat das etwas Beängstigendes, ja geradezu Unheimliches. Jetzt fehlt nur noch, dass sie schwanger wird, Kinder in die Welt setzt und mit Ivan zusammen Familie spielt, dann steht der Planet Kopf.

Um seine Kunstfertigkeiten weiter zu verdeutlichen, ruft Khan seine Assistentin herein. Deren hauptsächliche Aufgabe die Verkaufsförderung zu sein scheint. Unaufgefordert legt sie Kittel, Bluse und BH ab. Wie eine Erotikdarstellerin dreht sie ihren Oberkörper hin und her für die richtige Sicht der Dinge und auf die richtige Sicht auf ihre Dinger. Feste Kugelbrüste an schmalen Ansätzen und stramm hochgereckte Nippel. Ganz eindeutig zwei Kunstwerke, fehlt nur noch die Signatur des Meisters. Vielleicht der nächste Schritt in den voranschreitenden Moden einer prosperierenden Körperkultindustrie.

Mit einem »Danke Claudia« beendet Khan die Busenshow und an Ivan und Ewa gewandt: »Na, was sagen Sie?«

»Okay«, antwortet Ivan kurz. »Bauen Sie hinein, was geht. Aber versauen Sie's nicht, sonst gibt's Haue«, grinst er den Mediziner an, und schon gleiten seine Gedanken wieder in den Orient ab.

Kahn nimmt die freundliche Drohung durchaus Ernst, weiß er doch um Ivans mehr oder weniger ungesetzliche Aktivitäten. Er glaubt ihm aufs Wort und Ewa ist sprachlos, sie weiß nicht, was sie denken soll. Einerseits wird über ihren Kopf hinweg über sie bestimmt, aber sie kennt es ja auch nicht anders. Dann, mit einem Male, ist sie ein Schatz, sein Schatz. Andererseits wird sie mit gemachten Brüsten vor den anderen Mädchen erheblich aufgewertet. Aber auch das kann man natürlich so oder so sehen. Ivan würde sich den Busenanschaffungspreis wiederum über Ewas Kaufpreis zurückholen, falls er auf den Gedanken kommen sollte, Ewa- Schatz zu verkaufen. So und nicht anders ist nun mal die unwürdige Situation Ewas. In Ewas Welt und Selbstverständnis läuft eben alles etwas anders ab.

Nach Jan Kilmister spielt der CD-Wechsler Metallica an. In Verenas zartrosafarbenem Mädchenzimmer aus einer anderen Zeit hüpfen die alten, zerknuddelten Plüschtiere im Soundbeat der Anlage begeistert mit. Hasis Ohren sind drauf und dran, wegzufliegen. Aber nicht nur die.

»Verena! Kind!«

»Ja?«

»Warum musst du deine Platten so laut aufdrehen?«, tönt es von unten.

»Ich dachte, du freust dich, Mama, wenn ich mal wieder zu Hause bin!«

»Natürlich freue ich mich, Kind, man sieht dich ja kaum noch, selbst an Feiertagen bist du immer irgendwo im Einsatz«, sagt Frau Schnürle zu ihrer Tochter, inzwischen im Türrahmen des ehemaligen Mädchenparadieses stehend. »Aber dieser Lärm, Verena!«

»Ich werde es runterdrehen … ist es jetzt gut so?«

»Danke Verena. Kommst du zum Essen runter?«

»Ja gleich, Mama.«

Das rosa Zimmer ist längst nicht mehr Verenas Lebensmittelpunkt. Es ist ein Ort, um sich zum Schlafen zu legen und um ihre Jeans, Blusen und Schuhe aufzubewahren. Was neu hinzugekommen ist, ist der kleine Safe, um darin ihre Waffe sicher aufzubewahren. Es ist eine Art Übergangswohnheim in ein zukünftiges neues Leben. Aller Wahrscheinlichkeit nach wird das einmal ein Leben mit Martin sein. Martin!? Verena greift zum Handy.

»Heu Martin, ich bin's! Wie lange musst du noch?«

»…«

»Gut, dann bin ich nach acht bei dir«.

»…«

»Kuss! Ich liebe dich!«

»…«

Fünf Minuten später, am Esstisch in der gemütlichen Wohnküche ihrer Mutter.

»Tut mir leid, Mama. Aber ich komme sonst ja kaum noch dazu, meine CDs zu hören.«

»Ist schon gut.«

»Die kann man nicht leise abspielen wie eine Bachsonate.«

»Mich stört es ja nicht, aber Papa kann jetzt jeden Moment heimkommen.«

»Ist schon klar, Mama. Nett von dir, dass du wegen mir zum Abendessen nochmals gekocht hast. Danke Mama.«

Gegen zwanzig Uhr. Die Türe geht auf.

»Hallo Papa. Ich muss weg. Tschüss Mama. Tschüss Papa.«

»Auf Wiedersehen, Verena Kind!«, rief ihr die Mutter hinterher, schon wieder mit dem gebrauchten Geschirr und dem Besteck hantierend.

Verena hat ihre Mutter noch nie so richtig müßig erlebt. Wenn die Frau was auch immer in das Kellergeschoss hinunterträgt, denkt sie zugleich darüber nach, was sie von unten nach oben schleppen könnte, um einen Weg zu sparen.

Die Nacht ist schon angebrochen, als Verena ihren geliebten blau-weisen Mini in die Sindelfinger Rechbergstraße lenkt. Das Auto ist ihr Unabhängigkeitsvehikel und passte vor gar nicht all zu langer Zeit noch gut zu ihrer Polizeiuniform, bevor diese nun meistzeitig im Kleiderschrank vor sich hinmüffelt. Zu dieser abendlichen Zeit sind vor den Wohnblöcken schon alle Parkplätze belegt, die Straßenränder zugeparkt. Die übliche Parkplatzsuche nervt immer wieder aufs Neue. Sie musste dann tatsächlich zweimal um die Häuser fahren, bis sie ziemlich weit entfernt eine freie Stellfläche entdeckte.

Vor dem gelbgrauen Hintergrund der oberen Atmosphäre treiben schwarze Wolkenfetzen schnell und zielstrebig in Richtung Stuttgart. Verena wird vom Wind ordentlich durchgeblasen. Dieses Wetterszenario hätte jedem Schwarzweiss-Horror-Movie der alten Schule zu einem Ausstattungs-Oskar gereicht. Sie ist froh, als sie die windgeschützte Glastür des Hauses erreicht hatte. Auf ihr Klingeln hin musste sie kaum zwei Sekunden lang auf das Klacken des Türöffners warten. Martin hatte wohl direkt neben der Gegensprechanlage auf ihr Klingelzeichen gewartet. Drei Mal kurz, eine Angewohnheit, ohne dass sie es jemals miteinander verabredet hätten.

»Du drückst einfach so den Türöffner. Wenn das nun die Zeugen Jehovas gewesen wären. Die reden dir doch gleich einen Ast vom Königreich der Glückseligkeit.«

»Ich weiß, wie du klingelst und außerdem treiben sich bei so einem Wetter keine Glückseligkeitsverkünder auf der Straße herum. Und falls du's noch nicht begriffen haben solltest, das Königreich des Glücks befindet sich genau hier, bei uns.«

Verena stellte ihre Tasche ab und sie umarmten und küssten sich zärtlich. Vier Tage lang hatten sie sich nicht gesehen. Für junge, liebende Menschen, die voll im Saft der pulsierenden Lebenslust stehen, sind das Ewigkeiten. Da musste auch gar nicht viel rumgeredet werden. Die zwei flüchten, ohne Zeit zu verschwenden, vor dem tristen Alltag ins Bett. Es gilt verlorene Stunden und Tage aufzuholen. Wenige Augenblicke später räkeln sie sich zwischen Kissen und können ihre Finger nicht voneinander lassen. Verena fühlt Martins zärtliche Berührungen im Nacken, seine andere Hand gleitet über ihren Bauch nach Süden, streichelt über Verenas sauber ausrasierter und -geschnittener Venusbergfrisur und tiefer. Dabei wünscht sie sich nicht zum ersten Mal, von ihrem Schatz auch mal etwas härter angefasst zu werden. Sie liebt seine Zärtlichkeiten, aber manchmal hätte sie es ganz gerne, wenn Martin etwas dominanter mit ihr umgehen würde, dass er den ganzen Kerl gibt. Der Sex ist süß und nett. Aber da gibt es auch diese Dämonen, von denen sie immer wieder heimgesucht wird. Für Martin ist sie die zierliche Schutzbedürftige, das fühlt sie deutlich. Dabei kann Verena knallhart sein und einiges aushalten. Das beweist sie Tag für Tag im Dienst. Sie windet sich unter ihm heraus. Verena setzt sich auf Martin und bewegt ihren Unterkörper geschmeidig vor und zurück, gibt den Rhythmus vor. Die Geräuschkulisse, die dabei entsteht, das nasse Klatschen im Rhythmus ihrer Körper macht beide noch mehr an. Er hat nun die Hände frei und klatscht ihr auf die Pobacken. Er könnte ruhig noch etwas fester auf meinen Arsch hauen, aber das bleibt unerfüllte Hoffnung. Auch ohne diese Hochglanz BDSM-Magazine »Schlagzeilen«, die ihr vor Kurzem bei ihrer Freundin Susanne in die Hände geraten waren, weiß Verena, dass ihr in ihrer Sexualität etwas fehlt.

»Hau mir mal fester auf den Arsch, Schatz!«

»Das tut doch weh, stößt Martin keuchend hervor.«

»Quatsch! Ich bin doch nicht aus Porzellan.«

Verena gibt auf und ihre Gedanken schweifen ab. Laut ihrer Freundin Susanne ist »Schlagzeilen« das deutschsprachige Magazin für lustvolle Bondage-Spiele und Spielsachen für Paare. Dazu ästhetisch antörnende Kurzgeschichten und Bildbeiträge von Künstlern aus der Szene, die Lust auf mehr, als das immer gleiche Rein-und-Raus machen. Textbeiträge dominieren das Magazin. Es sind aber mehr die Fotos und die Bilder von Künstlern, die Verena fasziniert hatten. Schöne Knoten und Seilführungen, die die abgebildeten Damen unter Spannung halten und vollendete Körperformen erzeugen. Schöne, gefesselte Frauen. Auf deren Gesichtern erkennt man, dass die Damen wissen, was da mit ihnen geschieht und was sie unter den Blicken der zusehenden Männer und auch der Frauen anrichten. Verschnürte Frauenkörper ziehen nun mal alle Blicke auf sich. Man sieht es ihnen an, dass es ihnen Spaß macht, präsentiert zu werden, und auf eine besondere Art befriedigt. Verena ist ein ganz klein wenig neidisch auf die Frauen, stehen sie doch im Zentrum all dieser Rollenspielfantasien und nicht unbeachtet abseits des Geschehens.

Erst kürzlich hatte sie in einer TV-Sendung von einer Studie erfahren, dass Frauen sexuell viel schneller gelangweilt oder frustriert sind als Männer. Da wird wohl etwas dran sein, wenn so ein Mann fertig ist, dann ist er fertig und seine Gedanken schweifen sehr schnell wieder ab. Es soll sogar Exemplare geben, die nach dem Sex sofort wegdämmern und einschlafen. So weit darf es gar nicht erst kommen, Verena muss sich etwas überlegen. Und wie komme ich ausgerechnet jetzt auf diesen Gedanken, ob der Schmusesex mit Martin auf Dauer und ein Leben lang funktionieren wird, fragt sie sich, will aber diesen wichtigen gedanklichen Faden jetzt lieber doch nicht weiterspinnen.

Unbewusst quetscht und ziept Verena an ihren Nippeln und wünscht sich einmal mehr, dass der Kerl mal so richtig zupackt. Mann oh Mann, das kann ja noch was werden.

»Es ist zum Verzweifeln«, begrüßt Eugen Haag seine junge Kollegin zum Dienstbeginn, anstatt ihr einen guten Morgen zu wünschen. »Wir haben einfach keine verwertbaren Anhaltspunkte in der Sache. Mir gehen langsam die Ideen aus, wo wir noch ansetzen könnten. Ach ja, und guten Morgen.«

»Wir werden den Knopf⁵ schon irgendwie zerschlagen, Eugen«, erwidert Verena mütterlich tröstend.

Fehlt jetzt nur noch, dass sie ihm aufmunternd über die dünn gewordenen Haare streicht. Aber so weit gehen Verenas Fürsorglichkeitstendenzen dann doch nicht. Im Gegensatz zu dem hadernden Altkommissar ist Verena an diesem Morgen gelöst, gut drauf und macht einen befriedigten Eindruck. Da braucht der gute Eugen gar nicht lange nachzudenken.

»Wie geht's denn dem Martin?«

»Gut, gut!«

»Das kann ich mir denken.«

»Na dann weißt du ja Bescheid.«

»Okay, Spaß beiseite, Ernst her. Vielleicht hast du noch einen Einfall, wie wir weiterkommen könnten. Immerhin wurdest du ja nach den allerneuesten Erkenntnissen geschult!«

»Ich meine, wir sollten die Aussagen der Augenzeugen vom See nicht so schnell abhaken.«

»Das meine ich auch. Gutes Kind!«

»Das sagt meine Mutter auch immer zu mir, ergo muss da

tatsächlich etwas dran sein«, stellt Verena lakonisch fest. »Ich werde mir also die Aussagen der Zeugen und die wenigen Fakten nochmals vornehmen.«

Leider blieb es beim Faktenvornehmen, ohne neue, verwertbare Ansätze, und zwei Kommissare gingen später leicht frustriert in den Feierabend.

7

Da Martin mal wieder von seinem Computerabteilungsvor-
gesetzten für zwei Tage zur Schulung in die Zentrale geschickt
worden ist, hat Verena den heutigen Abend für sich. Eigentlich
hatte sie nicht vorgehabt, die Vernissage in Jan Mark Dolans
Verkaufsräumen zu besuchen. Verena ist sich nicht mal sicher,
ob die heutige Eröffnungsausstellung für einen jungen Künstler nicht ausschließlich für geladene Gäste reserviert ist. Sie hatte den Flyer, während sie zusammen mit Eugen die Befragung
Dolans durchführten, gedankenlos zur Hand genommen und
dann wieder zurückgelegt. Nun erinnerte sie sich wieder an die
Veranstaltung und beschloss spontan und auf gut Glück nach
Stuttgart zu fahren. Es kann ja nicht schaden, sich für die bildenden Künste zu interessieren. Man möchte ja auch in Kultur-
dingen mitreden können.

Für diesen Abend sind dann tatsächlich ausgewählte Gäste
und Stammkunden, also ein Kreis von Kunstsammlern geladen.
Verena hat trotzdem kein Problem, die Räumlichkeiten zu betreten. Man nimmt es offenbar nicht so genau und vermutlich
ist sie als junge, hübsche Frau nicht unwillkommen, um die
Atmosphäre in den Räumen verkaufsfördernd aufzulockern.
Prozente wird sie für ihre verkaufsfördernde Anwesenheit wohl
trotzdem keine bekommen. Verena angelt nach einem Kelch
Sekt-Orange und sieht sich neugierig um. Großflächige Gemälde in Mischtechnik von einem Jason Mutter. Gedanklich hakt sie
das, was sie sieht, nach zehn Sekunden ab. Na ja!?

Höflichkeitshalber positioniert sie sich mit der Faust unter
dem Kinn vor einem der Bilder, die allesamt mehr oder weniger
dasselbe Thema in Rosa auf Blau darstellen. Verena versucht sich
einen Reim auf roséfarbene Rhinozerosse in blauen Stadtland-
schaften zu machen. Schwierig für eine Frau, die Tag für Tag mit
harten Polizeifakten konfrontiert wird. Doch Hilfe naht. Unver-

mittel tritt ein Kulturbeflissener an ihre Seite. So zwischen vierzig und fünfzig Jahre alt, von nettem Äußeren und aufdringlich nach jugendlichem Axe duftend. Er nennt auch gleich seinen Namen, Mike van den Plaas, was für Verena so viel bedeutet wie, ich bin nicht von hier.

Verena lässt sich darauf ein, sich von Mijnheer van den Plaas über die Kunst eines Jason Mutter aufklären zu lassen. Sie lauscht seinen Worten, doch um das Gesagte zu verstehen, ist sie wohl doch noch nicht zur Genüge abgehoben. Was für sie jedoch einigermaßen einleuchtend klingt, ist die Tatsache, dass sich Mutter mit der Lichteinwirkung auf unsere Sehnerven beschäftigt. Kurz gesagt, die Farben, die wir ein Leben lang wahrnehmen, entsprechen keinesfalls den Realitäten. Es sind bestimmte elektromagnetische Wellen des Wellenspektrums, deren jeweilige Länge im Sehzentrum die Reflexe für das Band der sichtbaren Regenbogenfarben erzeugen.[6]

Die Tür zu einem weiteren Ausstellungsraum wird kurz geöffnet, aus der ein anderer Besucher heraustritt. Verena erblickt Erotisches, was ihre Sinne schon eher anspricht. Eine Notiz an der Tür weist allerdings darauf hin, dass dieser Bereich »off limits« ist, nur für geladene Gäste und Mitglieder. Aha! Das ist er also, der Teil, der den geladenen Gästen vorbehalten ist. Verena blickte van den Plaas unschuldig an. Sie würde nur zu gern auch einen Blick in den anderen Raum werfen. Kein Problem für van den Plaas, der zu Dolans besserer Kundschaft zählt, wie es scheint. Und als dessen Begleiterin, nun ja, eigentlich Gesprächspartnerin – auch nicht ganz richtig, also als seine Zuhörerin stehen für Verena die Türen wie selbstverständlich offen. Zu sehen ist in diesem Raum weitestgehend die Frau als Objekt der Künste und Muse des Künstlers. Van den Plaas steuert ein Gemälde an, eine moderne Interpretation eines Bildes von Ingres.

1819 malte Jean Auguste Dominique Ingres eine nackte Schöne in felsiger Meeresbrandung, mit überkreuzten Handgelenken an den Felsen geschmiedet. Bedroht wird die nackte Dame in ihrer Hilflosigkeit von einem Drachen, einem recht kleinen nur, und von der ansteigenden Flut. Oder von beidem. Aber der Retter, mit einer überdimensionierten Lanze bewaffnet, naht schon. Ganz nebenbei erwähnt, trennt die Lanze das Bild diagonal in zwei Bereiche, einen dunklen und einen erleuchteten. Titel des Originals, das im Louvre hängt: »Rüdiger befreit Angelika«. Das Bild ist wohl einer der Vorläufer von Fantasykino und Comic und wird darum auch immer wieder von modernen Künstlern gerne aufgenommen. Diese Angelika steht mit seltsam zurückgeneigter Kopfverrenkung am Fels. Mit einem Hals, den man auch als ausgewachsenen Kropf deuten könnte. Ihre Kugelbrüste sind dagegen fast schon in die Achselhöhlen hoch gerutscht. Da kann man schon mal beiläufig fragen, wo hat der Rüdiger, beziehungsweise der Ingres da nur hingesehen. 1862, also viele Jahre später, malte Ingres das berühmte Bild »Das türkische Bad«. Format füllend, dicht an dicht angehäufte nackte Fräuleins zur beliebigen Auswahl. Ebenfalls zum Teil in Verrenkungen, was offenbar Ingres plakative Sicht auf sein Bild der Frau offenbart. Damen, die immerzu nackt und in verrenkten Posen »aufwarten«, wie man es damals wohl nannte.

Verena hört geduldig, aber abgelenkt den Ausführungen des Kunstsammlers zu. Ihr Blick streift immer wieder über die Exponate an den Wänden und bleibt letztlich an dem Bild eines blonden Mädchens hängen. Es steht an einen Baum, angebunden in einer natürlichen Umgebung, und sieht direkt den Betrachter an. Passt thematisch irgendwie zur Bilderwelt eines Ingres. Der Blick des Mädchens erinnert Verena an etwas, dass sie im Augenblick nicht einzuordnen vermag. Während sie weitergehen und van den Plaas sich selber beim Reden zuhört, macht Verena so unauffällig, wie's nur geht, ein Handyfoto von dem Mädchenbild, indem sie so tut, als hätte sie gerade eine Nachricht empfangen. Was auch ihrem Begleiter nicht entgeht.

»Mein Verlobter«, erklärt Verena unaufgefordert. »Er kommt

nun doch viel früher von einer beruflichen Informationsveran-staltung zurück.«

Van den Plaas hebt verstehend das Kinn.

»Und? Jetzt müssen Sie wohl gehen?«

»Ja leider. Es tut mir wirklich leid, aber mein Verlobter hat keine Hausschlüssel bei sich. Ich möchte nicht, dass er lange vor dem Haus warten muss. Ich bedanke mich, Mijnheer van den Plaas. Es war eine Freude, Ihren Ausführungen zu lauschen«, lügt Verena ohne rot zu werden. Nochmals bedauernd neigt Verena ihren Kopf zur Seite und kneift die Lippen zusammen, gibt dem Manne die Hand und verlässt die Vernissage.

Auf der Heimfahrt ruft sich Verena das Mädchengesicht wie-derholt in Erinnerung und kann es doch nicht einordnen. Im-mer noch in Gedanken gelangte sie schließlich zu Hause an. Als sie die Wohnungstür hinter sich zuzieht, einhergehend mit einem gedanklichen break, macht es nicht nur im Türschloss klick. Schlagartig überfällt sie die Erkenntnis der Ähnlichkeit des Mädchengesichtes mit einem Vermisstenplakat im Präsidium. Das Mädchen wurde im Spätsommer des vergangenen Jahres als vermisst gemeldet. Verena nimmt ihr Smartphone zur Hand und wählt Eugens Privatnummer.

Assistentin Claudia, die mit dem strammen Vorbau, empfängt und geleitet Ivan mit Ewa im Schlepp gleich durch in Dr. Khans Büro. Sie dürfen sich nochmals Beispiele von Implantat aufge-rüsteten Brüsten ansehen, obwohl das ja eigentlich bereits abge-hakt war. Aber der Mensch will ja unterhalten sein, und sehr viel mehr als dicke Busen gibt es hier nicht zu sehen. Der Mediziner kommt dann auch schon eilig herein und fragt nach den Befind-lichkeiten, doch Ivan hat im Moment andere Dinge im Kopf als belanglose Konversation. Er gibt beiläufig sein OK. Ewa wird da-gegen von niemandem gefragt, ob sie die Verbesserungsaktion nur schön oder sehr schön findet, und im Grunde interessiert es auch keinen der Beteiligten. Khan weiß, dass Ewa Krkova Cukzareks Eigentum ist, mit dem er tut oder auch nicht tut, was ihm gerade so einfällt. Dann wären da nur noch einige schwammig formulierte Papiere zu unterzeichnen. Ivan verschwindet, er hat Wichtigeres zu tun, und Ewa kritzelt ihren Namen unter die Formulare. Etwas, das sie heute zum ersten Mal macht, Papiere Unterzeichnen, was dann auch verständlicherweise einige Minuten in Anspruch nimmt. Dr. Khan übt sich in Geduld, es ist ja gleich geschafft und auch nicht das erste Mal, dass eine nicht weiß, wie herum man einen Kugelschreiber hält.

Ewa wird als Patientin aufgenommen und darf auch gleich ihr Patientenzimmer in Augenschein nehmen. Da die Operation sofort nach der Mittagspause angesetzt ist, fällt für sie das Mittagessen aus. Ab dem Abend wird sie dann normal verpflegt werden. Ewa sieht sich etwas unsicher in der ungewohnten Umgebung um. Ihre Bedenken und Ängste werden aber von Assistentin Claudia professionell zerstreut:

»Da passiert schon nix«, versichert sie und wackelt dazu mit den aufgeblasenen Fleischbällen unter ihrer etwas zu engen Bluse vor Ewas Augen herum. Womöglich hilft das und macht es für Ewa etwas leichter, zu akzeptieren, dass der Herr Doktor nachher an ihr herumbasteln wird.

Der erledigt sein heutiges Handwerk sehr konzentriert und platziert die Kissen mit äußerster Sorgfalt. Wir vermuten einfach einmal, dass er die Haue, die ihm im Falle des Versagens angedroht wurden, noch im Hinterkopf hat. Er ist Arzt, er denkt pragmatisch. Hübsch platzierte Kissen! Keine Haue. So einfach ist das. Aber im Grunde ist es dann doch noch etwas komplizierter. Verbunden und relativ schmerzfrei kommt Ewa zurück ins Leben.

»Wo bin ich denn hier? Ach ja!«

»In einigen Tagen wird alles gut verheilt sein und dann wird es von Tag zu Tag besser werden«, lautet Khans Standartspruch für seine Patientinnen.

Am nächsten Tag war Assistentin Claudia und das restliche Personal der Privatklinik doch sehr überrascht, dass der Herr

Doktor von jetzt auf nachher und ohne Vorwarnung Frau und Kinder zusammenpackt und seine Sachen dazu und mit unbekanntem Ziel abreist.

»Ja und die Praxis? Herr Doktor! Und die Frau Reinhardt hat doch jetzt ihren Termin! Was wird denn nun?«

»Machen Sie sich keine Sorgen, Claudia. Sagen Sie den Termin ab. Doktor von Rother hatte ja schon lange vor, eine eigene Praxis zu eröffnen. Der wird die Praxis und Sie übernehmen, Claudia, für den Anfang wenigstens. Da bin ich mir ganz sicher. Kopf hoch, Claudia!«.

Und weg war er mit all seiner Bagage.

Für Scheik Ibn Nassar leistet Omar Salman Agentendienste im gesamten Nahen Osten und gelegentlich führen ihn seine Aktivitäten auch bis nach Europa. Salman hat sich das Vertrauen Ibn Nassars über Jahre hin erarbeitet, und über die Jahre hat er sich dafür ein eigenes Informationsnetz geschaffen. Seine Arbeit, also das, was er im Orient so alles verbricht, ist für einen Mann wie Salman nie ganz ungefährlich. Die unterschiedlichsten Religionsgemeinschaften, Stämme und Machtbünde können sich nicht nur gegenseitig nicht leiden, sie hassen sich regelrecht und abgrundtief, und das mit allen Konsequenzen. So gesehen ist dieser »Ausflug« nach Deutschland für Salman fast schon so eine Art Wellnessurlaub. Ein Kinderspiel für ihn, drei winzige Überwachungskameras in Cukzareks neuer Unterkunft mit angegliedertem »Auslieferungslager« zu platzieren. Nicht weit entfernt davon bewohnt Omar Salman ein Hotelzimmer direkt am Stuttgarter Flughafen. Über sein Notebook kann er bequem den Frauenhändler in dessen Räumen überwachen und beobachten. Direkt von Dr. Khan weiß er dann auch, zu welchem Zeitpunkt die Frau mit dem teuflischen Inhalt aus dessen Praxis entlassen wird.

»Hallo!«

»Ja?«

»Das Taxi mit der Frau ist unterwegs.«

Wenig später sieht er auf seinem Display, wie Cukzarek, telefonierend das Handy am Ohr, mit der freien Hand Ewa zu sich heranwinkt und sie mit einer kreisenden Handbewegung auffordert, sich auszuziehen.

Ewa öffnet ihre Bluse, damit Ivan und auch Omar sich ein Bild von Dr. Khans Körperkunst machen können. Einen passenden BH hat Ewa natürlich noch nicht, und das scheint augenscheinlich auch nicht nötig zu sein. Über den langsam verheilenden Wunden unter ihren Brüsten, kleben nierenförmige Pflaster, auch Pads genannt, aber das tut dem Anblick, der sich Ivans Augen bietet, und auch Omars, keinen Abbruch. Ewa scheint völlig verändert.

Ivan ist nicht wenig erstaunt ob dieser Wandlung. Er erinnert sich der Worte des Arztes, dass er eine wunderschöne Frau hat. Ivan sieht Ewa nun zum ersten Mal mit ganz anderen Augen an und bedauert es fast, dass er seine Zustimmung zu dieser Operation gegeben hatte. Der Körperpfuscher hatte recht. Ewa hat wundervolle schwarze Haare, große, offene grün funkelnde Augen. Allein die Augen geben dem Pfuscher recht. Dazu verfügt Ewa über sechs sanft schwellende Lippen von seidig-sinnlichem Schimmer. Im Grunde ist Ewa eine klassische Schönheit.

Trotz dem immer noch anhaltenden Spannungsgefühl in ihren Brüsten beginnt jetzt auch Ewa Gefallen an ihren neuen Titten zu finden. Sie dreht ihren Oberkörper, wie von Dr. Khans Assistentin Claudia abgeguckt, dicht vor Ivans Augen hin und her. Es macht ihr mehr und mehr Spaß, ihre neuen, strammen Superbusen vor seinen Augen tanzen zu lassen. Ganz besonders gefällt ihr dabei die Aussicht, dass Ivan demnächst mit ihr eine Shoppingtour unternehmen muss, um passende, neue Klamotten für sie als sein Vorzeigeobjekt zu kaufen.

Omar Salman sieht sich die Szene ebenfalls an und übermittelt die Bilder zeitgleich an Scheik Ibn Nassar. In diesem Augenblick ist Omar besonders stolz, seinem Scheik diese Bilder zeigen zu können. Ibn Nassar und Salman betrachten sich in aller Gelassenheit die letzten Sekunden Cukzareks und der Frau, die nicht zählt. Eine Sekunde später ist Cukzarek schon Geschichte. Salman gibt den Funkbefehl zur Zündung der beiden Zündkapseln in der Nitrogelatine von Ewas Brüsten.

In selben Augenblick sehen Ivans Augen, wie sich im Bruchteil einer Millisekunde Ewas Brüste zu enormer Größe aufblähen. Vielleicht hätten diese Riesendinger Ivan für einen Moment sogar entzückt, wer weiß? Doch der Impuls von den bombastischen Eindrücken findet nicht schnell genug den Weg in das Sehzentrum von Ivans Gehirn. Was aber keinen grundsätzlichen Mangel an Ivans visuellen Fähigkeiten darstellt. Denn die aufregenden Busenvisionen und Ewas und Ivans Leben wurden in derselben kaum messbaren Nanosekunde ausgelöscht, als Ewas hübsche neue Bombentitten tatsächlich explodieren.

Sie, Ewa und Ivan, wurden von der Wucht der Explosion geradezu zerfetzt und in ihre Bestandteile aufgelöst. Ihre Fleischfetzen und Körperflüssigkeiten über alle Wände des Zimmers verteilt. Der Druck der Explosionswelle bahnte sich einen Weg durch die beiden Fensteröffnungen nach draußen. Sie reißt Fleischstücke, Knochenfragmente, vermischt mit Glassplittern und Teilen der Einrichtung mit sich auf die Hauptstraße hinaus. Vor der ehemaligen Bäckerei entsteht kurzfristig ein mittleres Verkehrschaos.

Ivan hätte den Gedanken, nach Papua Neuguinea abzuhauen, vielleicht nicht nur scherzhaft in Erwägung ziehen sollen. Nun ist es dafür zu spät.

Ewa und Ivan sind nun doch noch für immer, wenn auch nur im Tode, vereint. Und die Leidtragenden sind wie immer die kleinen Leute auf der Straße, denen die Fetzen nur so um die Ohren geflogen sind. Und natürlich auch der traurige Bäckermeister im Ruhestand, dem es noch nicht einmal vergönnt war, wenigstens die erste Miete zu kassieren.

Dr. Khan weilt nun wieder im Iran und hat mit nur einer Operation, Frau, Kinder und seine ganze weitläufige Familie vor den Hassausbrüchen eines Scheiks bewahrt.

ZWEITER TEIL

DIE KOMMISSARIN UND DAS MÄDCHEN

1

»Du warst nochmals bei Dolan, in seiner Galerie … wieso?«

»Nicht offiziell, Eugen.«

»Was soll das denn heißen, nicht offiziell?«

»Ich hatte nichts anderes vor. Martin war beruflich für zwei Tage weg. Da habe ich eben aus purer Neugierde die Eröffnung der Verkaufsausstellung eines jungen Künstlers namens Mutter besucht … privat!«

»Heilige Mutter, hat man dich erkannt?«

»Nein … nein … ich glaube nicht.«

»Du hast mir am Telefon etwas von einem Gemälde und einem vermissten Mädchen erzählt. In der Galerie hinge ein Gemälde von diesem Mädchen.«

»Ja sicher. Das heißt, ich glaube schon. Es ist jedenfalls dasselbe Gesicht. Da bin ich mir absolut sicher. Und damit haben wir eine Verbindung, wenn auch in eine andere Richtung. Ist doch ganz gut als Ansatzpunkt, oder?«

»Kennst du den Namen des Künstlers, ich meine den, der das Mädchen gemalt hat.«

»Der hat so einen Allerweltsnamen, Albert Steinbruck.«

»Hm? … Also, das mit der Spur wird sich noch herausstellen, Verena.«

»Ich habe schon mal ins Internet reingeguckt. Der Steinbruck hat sein Atelier in Esslingen.«

»Gut, ich will dir keinen Vorwurf machen, aber solche Alleingänge können gefährlich werden. Ich möchte, dass du dich mindestens mit mir absprichst oder mich informierst. Sind wir uns da einig?«

»Ja, ja. Klar Eugen, ist klar!«

»Okay! Dann werden wir den Künstler mal ganz unauffällig unter die Lupe nehmen.«

Wenig später hält Verena Albert Steinbruck den Ausdruck ihres Handyfotos unter die Nase.

»Ist das eines ihrer Gemälde?«

»Ja, richtig. Das hing in der Galerie Dolan. Das Bild war eine Auftragsarbeit, aber die hat der Auftraggeber heute Morgen überraschend abgeholt.«

»Warum haben Sie es dann in die Ausstellung gegeben, wenn es doch nicht zum Verkaufsangebot gehörte?«

»Ich habe es im Rahmen einer nichtöffentlichen Themenausstellung, die parallel gezeigt wird, eingebracht. Nur für handverlesene Sammler, die seit Jahren zum engsten Freundeskreis des Kunsthauses gehören. Ich erhoffe mir damit den Kreis derer, die an meinen Arbeiten interessiert sind, zu verbreitern.«

»Verständlich«, pflichtete Eugen bei. »Auch ein Künstler muss von irgendetwas leben. Dann nennen Sie mir doch bitte den Namen des Auftraggebers«, fügte Eugen beiläufig an.

»Den kann ich Ihnen nicht nennen. Das ist vertraulich. Sie verstehen.«

»Eigentlich schon, aber trotzdem benötigen wir den Namen und die Adresse des Herrn!«

»Dazu bin ich nicht ermächtigt …«

»Es geht um Verbrechensaufklärung, und wir kommen spätestens morgen mit einem Beschluss zurück. also besser, Sie arbeiten mit uns zusammen und geben uns die Informationen gleich jetzt.«

»Hm … Es geht also tatsächlich um ein Verbrechen und Genaueres können Sie mir natürlich nicht sagen.«

Eugen nickt die Erkenntnis des Malers ab.

»Darf ich Ihre Ausweise nochmals sehen.«

Bereitwillig zeigten der Hauptkommissar und die Jungkommissarin erneut ihre Ausweise. Man sieht förmlich, wie es im Künstlergehirn arbeitet und es scheint nicht so, als hätte Steinbruck jemals einen richtigen Polizeiausweis zu Gesicht bekommen.

»Ja dann«, sagte er mehr zu Verena gewandt. »Heiner Täuber, so heißt der Auftraggeber.«

»Adresse und Telefonnummer?«, bohrte Eugen weiter.

»Habe ich nicht. Herr Täuber nannte mir nur seinen Namen. Er bezahlte immer in bar und holte die Bilder stets nach vorheriger telefonischer Kontaktion persönlich ab.«

»Und das kommt Ihnen nicht komisch vor?«

»Nein. Kunstsammler sind von ihrem Naturell her eher schreckhaft. Sie meiden weitestgehend die Öffentlichkeit und Publicity … Nein!«

»Haben Sie noch weitere Gemälde für Herrn Täuber in ihrem Bestand?«

»Nicht mehr. Das war das letzte, das er heute abgeholt hat.«

»Das letzte? Wie viele waren es denn insgesamt?«

»Sechs.«

»Und alle mit demselben Modell?«

»Ja.«

»Sie wissen nicht, in welcher Beziehung Herr Täuber zu dem Modell steht?«

»Das hat er mir nicht gesagt.«

»Sie hat Ihnen aber Modell gestanden?«

»Überhaupt nicht. Herr Täuber brachte mir für jeden Auftrag großformatige Fotos aus verschiedenen Perspektiven. Herr Täuber war mit meinen Arbeiten stets sehr zufrieden. Das brachte er immer wieder zum Ausdruck.«

»Schön für Sie.«

»Schön ja. Kunstwerke verkaufen sich nicht von selbst. Einen Namen in der Sammlerszene muss man sich erarbeiten. Sie sagten es ja vorher selbst schon. Auch als Künstler muss man von etwas leben.«

»Ja-ja, es ist immer das Geld. Wer weiß das besser als ein Kommissar«, philosophiert Eugen.

»Was heißt denn das jetzt wieder?«

»Hat nix mit Ihnen zu tun, Herr Steinbruch.«

»Steinbruck!«

»Oh Verzeihung, Herr Steinbruck. Ich war einen Moment lang in Gedanken«, beeilte sich Eugen, sich zu entschuldigen, und man sah es ihm an, dass ihn der verbale Ausrutscher unangenehm war. »Das wäre dann vorläufig alles, Herr ›Steinbruck‹. Ach ja, wenn Sie uns noch eine Beschreibung Ihres Klienten geben könnten!«

»Da gibt's nicht viel zu beschreiben … hm … mittelgroß«, Steinbruck hielt dazu die flache Hand in die Höhe. »Dunkelbraune Haare mit leichten Geheimratsecken, wie man so sagt, und er spricht Deutsch ohne speziellen Akzent. Ja, das ist schon alles. Ach ja, er hat ein paar Kilo zu viel auf den Rippen«, fügt Steinbruck mit einem Blick auf den Kommissar noch an.

»Ein richtiger Durchschnittsmensch also?«

»Jou, kann man so sagen.«

»Und sein Alter?«

»Den kenne ich nicht. Oh Sorry, Sie meinen, wie alt der Herr Täuber ist«, Steinbruck schielte kurz zur Decke hinauf. »So gegen vierzig, würde ich sagen«, dazu nickte er bekräftigend.

»Auto? Fahrzeug?«, hakt Eugen noch kurz angebunden nach.

Steinbruck zieht die Schultern hoch.

»Mittelklasse, dunkelgrau.«

»Also rufen Sie uns an, falls Herr Täuber nochmals bei Ihnen auftauchen sollte. Und bewahren Sie Stillschweigen, gell!«, sagte Verena und klappte ihren Notizblock zu.

»Mach ich!«, antwortete Steinbruck locker und schien froh, die Besucher wieder los zu sein.

»Ist dir irgendetwas aufgefallen an seinen Antworten, Verena?«, fragte Eugen, als sie zum Wagen gingen.

»Ich würde sagen, die Beschreibung von diesem Täuber ist äußerst vage und das Gegenteil von Steinbruck selbst.«

»Das hast du gut beobachtet, Verena. Gutes Kind.«

»Lass das, Eugen, ich bin kein Kind!«.

»Nein, natürlich nicht. Schau mal da … und da, so viele Verdächtige auf die Steinbrucks Beschreibung passt. Müssen wir die nun alle verhören?«

»Jetzt red' keinen Stuss, Eugen. Wir wissen beide, dass der Künstler uns Müll erzählt hat«.

»Gutes Kind.«

»Noch einmal! Und wir sind wieder per Sie, Eugen!«

»'tschuldigung! Ist klar. Aber was anderes, du wirst jetzt diesen Steinbruck und die Kunstliebhaberszene ein wenig durchleuchten. Du kannst besser mit den Inhalten im Net umgehen.«

»Mach ich, was ist mit dem Mädchen, was glaubst du, könnte es noch am Leben sein?«

»Wollen wir's hoffen, ich meine hoffentlich. Aber die Erfahrung spricht eher dagegen.«

Verena steigt über die Seiten der Galerie Dolan in die Materie ein. Zunächst stößt sie auf Jan Mark Dolans Präsentation zum Verkauf stehender Exponate. Gemälde, Skulpturen und Installationen. Es sind aber auch Fotos vergangener Veranstaltungen auf den Seiten zu finden. Offenbar nicht unwichtig für die Selbstdarstellung. Man demonstriert Offenheit und freundliches Ambiente. Situationsaufnahmen suggerieren distinguierte Glücksmomente der anwesenden Kundschaft.

Verena lädt allesamt herunter und isoliert die offensichtlichen Macher von den Randfiguren. Doch schon nach Kurzem erweckt ein Gemälde im Hintergrund ihr Interesse, es zieht ihren Blick unwiderstehlich an. Das Bild zeigt ganz offensichtlich wieder dasselbe, vermisste Mädchen. Doch war das blonde Mädchen nicht wie auf dem ersten Gemälde in ihrer Körperhaltung ganz im Stile eines Ingres an einen Felsen geschmiedet, sondern an einen Baum gebunden. Den Part des Drachen hatte ein süßer kleiner Terrier inne. Nur der Retter fehlte in der Bildkomposition. Andererseits steht der ja möglicherweise direkt vor dem Gemälde. Verena kommt in dem Zusammenhang die Symbolik in den Sinn, warum der Auftraggeber und mögliche Entführer selbst nicht bildlich in Erscheinung tritt. Er hat die Macht über das Mädchen. Er kann sie erretten oder auch nicht. Ihr Leben liegt in seiner Hand, was im Grunde nur bedeuten kann, dass sie noch am Leben ist und irgendwo gefangen gehalten wird.

Im Übrigen nehmen die Künstler der verschiedenen Genres die Vorbilder älterer bekannter Werke immer mal wieder gerne auf. Wie der englische Comiczeichner und Illustrator Don Lawrence 1991. Er zeichnete eine junge Frau in der U-Bahn. Die hält sich an der durchgängigen, oberen Haltestange fest und träumt sich in die Situation des Bildes von Ingres hinein. Es ist alles vorhanden. Sie selbst ist die an eine Burgmauer geschmiedete Schöne. Dazu der Drache und der Ritter. Nur dass der Ritter die Hilflosigkeit der Schönen schamlos auszunutzen sucht. Der Drache ist aber ein ganz lieber, er fackelt den zudringlichen Ritter ab und küsst am Ende das Mädchen oder umgekehrt sie ihn. So weit die Bildergeschichte. Aber darüber hinaus betrachtet, hat diese Konstellation von Gut und Böse durchaus gesellschaftliche Symbolkraft.

Dieses zweite Bild zeigt das Mädchen in einem historisch anmutenden Kostüm einer kurfürstlichen Mätresse in adäquater Kulisse. Das halboffene Dekolletee offeriert dem Betrachter die oberen Rundungen ihrer roséfarbenen Brustwarzenhöfe. In einer angespannten Körperhaltung bleiben die Arme des Mädchens zur Gänze hinter ihrem Rücken verborgen. Das Gemälde von Steinbruck taucht auf zwei Fotos auf. Auf einem ist ein Mann vor dem Bild zu sehen, so um die vierzig, mit dunklen Haaren und leichten Geheimratsecken.

Hat Steinbruck doch eine relativ korrekte Beschreibung des Auftraggebers geliefert, denkt sich Verena. Und sie spinnt den zuerst gefassten Gedanken weiter. Ist das der Entführer, der sein Opfer hier vor aller Augen vorführt? Als Objekt öffentlich zeigt? Einer, der mit seinem Opfer seine Spielchen treibt? Hat ihnen Steinbruck doch keine Geschichte vom Pferd erzählt, wie man so sagt?

Mal sehen, was Eugen zu ihrem Gedankengebilde sagen wird. Sie winkt Eugen, der soeben den Dienstraum betritt, zu sich heran.

Bald darauf besprachen Verena Schnürle und Eugen Haag ihre Erkenntnisse mit den ermittelnden Beamten im Kommissariat der

Stuttgarter Kollegen. Es ist deren Fall. Sie sind mit dem Fall des vermissten Mädchens betraut und bearbeiten die Ermittlungen.

»Der Fall liegt auf Eis. Im Grunde gab es nie verwertbare Spuren«, klärt Kommissar Michael Fischer die Böblinger Kollegen auf. »Bis jetzt, wenn ich Sie richtig verstanden habe. Zeigen Sie mir doch bitte, was Sie haben.«

Verena legte die Ausdrucke aus dem Internet und den ihres Handyfotos auf den Tisch.

»Wir haben den Maler befragt, denn die Ähnlichkeit seiner Werke mit dem Mädchen aus der Vermisstenkartei könnte ja eine rein zufällige sein.«

Kommissar Fischer nickte, sagte aber nichts und lauschte Verenas Worten zu der Vorgeschichte mit der Toten aus den Hinterlinger Seen, die auf der Sindelfinger Gemarkung liegen und an denen beliebte Wander- und Sportpfade vorbeiführen. Die Pinkelpause des Galeriebesitzers zur fraglichen Zeit. Ihr privater Besuch in der Galerie und dem heimlich gemachten Foto mit ihrem Handy.

»Der Maler sagte aus, dass es sich um Auftragsarbeiten handelte, sechs Stück an der Zahl«, übernahm nun Eugen die weiteren Ausführungen. »Angefertigt nach vergrößerten Fotoaufnahmen aus mehreren Perspektiven. Das Modell selbst hätte er nie zu Gesicht bekommen. Aber sein Auftraggeber habe vor allem die perfekte, annähernd fotorealistische Physiognomie vor leicht verwaschenen Hintergründen zu schätzen gewusst.«

Fischer nahm das Material in Empfang und bedankte sich. »Ich werde jetzt zuallererst einmal den Herrn vor dem Gemälde ausfindig machen, und dann sehen wir weiter.«

»Dann sind wir hier erst mal fertig«, stellte Eugen unnötigerweise fest.

»Ja, ich bedanke mich jedenfalls und werde mich bei Bedarf melden. Nochmals danke.«

Auf der Rückfahrt sieht Verena geradeaus über das Lenkrad hinweg.

»Dreimal hat er sich bedankt, aber die Stuttgarter werden nun die Lob-Ehren für sich ernten!«

»Lorbeeren!«

»Sagte ich doch.«

»Jetzt warte doch erst mal ab. Immerhin hast du die entscheidenden Hinweise gegeben, und wir wissen ja noch gar nicht, ob an der Sache wirklich etwas dran ist.«

»Was soll denn da nicht dran sein. Eindeutiger geht's doch nun wirklich nicht!«

»Beruhige dich, Verena. Zur Not werde ich mein Gewicht für dich in die Waagschale werfen.«

Jetzt musste Verena doch lachen.

»Das könnte funktionieren. Gewicht hast du ja.«

»Werd bloß nicht frech. Achtundachtzig Kilo kosten Geld, die kriegt man nicht umsonst hinterhergeworfen.«

»Oh, vielen Dank Eugen, dass du für mich mit deinem Gewicht werfen willst.«

»Tja, jetzt müssen wir uns eben wieder verstärkt unserer Wasserleiche zuwenden. Aber recht hast du schon. Wenn man es objektiv betrachtet, sind das alles doch ein bisschen zu viele Gereimtheiten. Ein Galerist, der am Ablageort pinkelt. Gemälde von einer jungen Vermissten. Zwei weibliche Opfer und eine Gesellschaft von Kunstliebhabern. Vielleicht haben wir es mit mehreren Tätern zu tun. Verena, wir behalten den Kulturverein auf jeden Fall im Auge. Es würde mich schon sehr wundern, wenn es da keine Zusammenhänge gibt.«

Die Dolans wohnen im Norden, in der Weißenhofsiedlung. Innerhalb des Weltkulturerbes zu wohnen, scheint durchaus angemessen für einen bekannten Stuttgarter Kunsthändler und Auktionator. Wer auf dem internationalen Kunstmarkt erfolgreich agieren will, darf nicht kleckern. Die geneigte Kundschaft orientiert sich sonst ganz schnell um.

»Ja bitte?«

»Entschuldigen Sie die Störung«, gibt sich Eugen verbindlich. »Wir sind von der Polizei und hätten ein paar Fragen an Herrn Dolan.«

»Sie wollen meinen Mann sprechen?« Die Frau sieht Verena und Eugen abschätzend an. »Jean Dolan«, stellt sie sich vor und sieht sich die Polizeiausweise zwei Augenblicke zu lang an.

»Wer ist es denn Darling?«, hören Verena und Eugen die bekannte Stimme des Kunsthändlers aus dem inneren des Hauses.

»Hier sind zwei Leute von der Polizei.«

Darauf hin ist es erst einmal ruhig.

»Jan?«

»Schon wieder? Okay, dann bitte die Herrschaften doch herein!«

»Können wir Sie einen Augenblick allein sprechen, Herr Dolan«, fragte Eugen freundlich.

»Das ist nicht nötig. Wir haben keine Geheimnisse voreinander.«

»Es wäre aber trotzdem besser, denn wir müssen Sie ins Vertrauen ziehen, und je weniger Mitwisser. Na ja, Sie wissen schon!«

»Ich gehe dann mal in die Küche, möchten Sie Kaffee?«

»Gern«, antwortete Verena und blickt Dolans Frau hinterher. Sie ist beeindruckt. Für eine Frau in den Vierzigern hat sie eine geradezu aufregende Figur, erstaunlich. Verena beschließt in diesem Moment, in ihren sportlichen Aktivitäten keinesfalls nachzulassen. Was ihre Kleidung anbelangt, ist die Jungkommissarin eher leger unterwegs, aber in ihren Fitnessbemühungen, da ist sie kompromisslos. Sie sieht sich interessiert um. Die Wohnung erscheint ihr wie das erweiterte Warenlager der dolanschen Galerie, und wahrscheinlich ist es das auch. Noch ihren Gedanken nachhängend, zieht Verena das Bild von dem Gemälde der jungen blonden Frau und dem Mann davor heraus, um es dem Händler vorzuhalten.

»Das habe ich heute schon mal gesehen. Es waren bereits zwei ihrer Kollegen hier, um Erkundigungen über den Mann auf dem Foto einzuholen.«

»Das war die hiesige Polizei, die in einem Vermisstenfall ermittelt«, erklärt Eugen. »Wir sind aus Böblingen und ermitteln in einem Mordfall. Wir hätten ganz gerne die Identität des Herrn auf dem Bild.«

»Die habe ich schon ihren Kollegen gegeben.«

»Ja, aber wie gesagt, wir ermitteln in einem anderen Fall. Und möchten Sie gleichzeitig bitten, ganz allgemein Stillschweigen zu bewahren.«

»Nun gut, das ist Heiner Täuber, Privatdetektiv. Er ermittelt hauptsächlich in Sachen Kunstdiebstahl, Beutekunst, aber auch bei Versicherungsbetrugsfällen. Sein Arbeitsgebiet ist weit gestreut. Ich schreibe Ihnen seine Daten auf.«

Eugen bedankte sich für die Informationen, und weil Dolans Frau gerade den frisch aufgebrühten Kaffee hereinträgt, wäre es unhöflich, die Frau des Hauses mit dem Gedeck einfach so stehen zu lassen. Da kann ein wenig Smalltalk nicht schaden.

»Herr Dolan«, begann Eugen, während er vorsichtig an seiner Tasse nippt. »Ihr Name ist aber auch nicht gerade ein schwäbischer?«

»Nein, ich bin in den Niederlanden geboren. Mein Vater war Engländer. Nach dem Krieg ist er dann in Holland hängengeblieben. Mein Vater war vor dem Krieg Restaurator, und in Holland bestand damals gerade ein Bedarf an Spezialisten, die sich auf die Restauration alter Meister verstanden«, antwortete Dolan freimütig. »Aber das können Sie alles in unserer Biografie nachlesen. Ich war damals drei Jahre alt, als meine Eltern nach Süddeutschland umgezogen sind. Holland wurde ganz einfach zu eng für uns. Meine beiden Cousinen betreiben die Geschäfte in Rotterdam und dem Stammhaus in Amsterdam. Mein Bruder ging nach London, wo ich auch meine Frau kennenlernte. Wie Sie sehen, sind wir eine echte europäische Kunsthandelsdynastie.«

»Äußerst interessant, Herr Dolan. Wir bedanken uns für ihre Offenheit und für den hervorragenden Kaffee, Frau Dolan«. Eugen verabschiedete sich wie üblich mit seinem Standartspruch: »Falls Ihnen noch irgendetwas einfallen sollte, dann rufen Sie uns bitte an.«

»Gern. Ich werde dann beide Kommissariate informieren«, witzelte Dolan lächelnd. »Ich möchte Sie aber auch bitten, diskret vorzugehen. Wir haben einen guten Namen in der Branche. Sie verstehen.«

»Ja, keine Sorge. Das alles betrifft Sie ja im Grunde nur am Rande.« Das Kommissarsteam verabschiedete sich damit endgültig.

Auch Heiner Täuber war nicht wenig überrascht, dass an ein und demselben Tag zwei Polizeibehörden in der gleichen Personalie bei ihm auftauchten. Täuber, der freiberuflich seine Dienste anbietet, hatte im Auftrag eines Klienten, der in jeder Beziehung anonym bleiben wollte, die Gemälde bei Steinbruck in Auftrag gegeben. Da er an ungewöhnliche Aufträge gewöhnt ist, bestätigte er, dass er die Gemälde in seinem eigenen Namen bestellt hatte.

»Darüber haben Sie sich nicht gewundert?«

»Nicht im Geringsten. Es handelte sich ja nicht um Kopien gestohlener Werke oder anderer erkennbar unlauterer Machenschaften. Der Herr hatte wohl seine Gründe.«

»Hm …« Eugen kratzte sich an der Backe.

Täuber sah den Kommissar zwei Sekunden lang mit leicht zur Seite geneigtem Kopf an und redete dann ungefragt weiter:

»Sehen Sie, Herr Kommissar, Kunstsammler horten ihre Schätze eifersüchtig und oft im Geheimen, werden von Ängsten umgetrieben, dass ihnen ihre Exponate auf irgendeine Art abhanden kommen könnten.«

»Sie meinen Diebstahl?«

»Zum Beispiel!«

»Trotz alledem brauchen wir die Identität ihres Klienten.«

»Ein Prinzip meiner Arbeit ist die absolute Diskretion. Sie verstehen!«

»Verstehe«, pflichtete Eugen dem Detektiv bei. »Aber wir ermitteln in einer Mordsache.«

»Mord?«

»Ja, Mord. Sie wissen, was das heißt?«

»Ja dann! Der Herr stellte sich etwas zögerlich als Heinrich Clemann vor.«

Verena klappte ihren Block auf.

»Ich hatte den Eindruck, dass er den Namen in dem Augenblick frei erfunden hat.«

»Wie sah er denn aus?«

»Dunkelblond, schlanke Erscheinung. Ein Meter achtzig zirka, und jenseits der Dreißig dürfte er sein … ja.«

»Sonst noch irgendwelche auffälligen Details?«

»Nein, eigentlich nicht … doch, auffällig hellblaue Augen hat er.«

»Was ist mit seiner Kleidung?«

»Nix. Er kleidet sich wie tausende Büroangestellte, die mittags aus ihren Büros herausquellen.«

»Hat ihr Klient hier in ihren Räumen irgendetwas angefasst oder in den Händen gehalten? Ich frage dass, um Ihnen die Leute von der Spurensicherung zu ersparen. Wir bräuchten dann aber auch ihre Fingerabdrücke zum Vergleich. Denken Sie nach.«

Täuber lehnte sich zurück und schloss die Augen. Er atmete gleichmäßig und ruhig. Eugen sah zu Verena hin und dachte, hoffentlich schläft der jetzt nicht ein. Doch wenig später schlug Täuber die Augen wieder auf und erhob sich schwer aus seinem abgewetzten Bürostuhl. Der Mann ist ein Schreibtischdetektiv, das lässt sich unschwer an seinem Körperumfang ermessen. Er deutete auf eine hässliche Vase. Die wurde wohl irgendeiner chinesischen Dynastie nachempfunden. Es ist ja auch allgemein bekannt, dass China keine authentischen antiken Kunst- und Kulturgegenstände mehr außer Landes lässt.

»Ein Geschenk meiner Mutter, hat sie vom Flohmarkt mitgebracht. Die Gute glaubte, sie hätte einen sensationellen Fund gemacht. Darum kann ich das Prunkstück weder für drei Euro verkaufen noch wegschmeißen, was ich am liebsten damit tun würde. Sie wissen ja, wie das ist, falls das Ding eines Tages nicht mehr an seinem Platz stehen sollte.«

»Ja-ja, die Mutterliebe ist manchmal eine schwere Bürde«, bestätigte Eugen mitfühlend.

»Und die Tantenliebe«, legte Verena nach.

»Dürfen wir die Vase ins Labor mitnehmen? Sie bekommen sie auch bestimmt wieder zurück.«

»Aber natürlich, selbstverständlich!«, antwortete Täuber auf Eugens Bitte hin beglückt.

»Pack sie ein«, wies Eugen daraufhin Verena an.

Täuber machte dazu ein geradezu glückliches Gesicht. Hoffentlich zerdeppern die Deppen das Mistding, wird er sich dabei wohl gedacht haben.

»Eine letzte Frage. Wie ist Ihr Klient zu Ihnen gekommen, was für ein Fahrzeug benutzt er?«

»Also der Herr kam immer zu Fuß um die Ecke. Nahm dann die Bilder jeweils in Leinen verpackt mit«, Täuber legte eine kurze Gedenksekunde ein. »Bevor er das zweite Gemälde abholte, war ich zu Fuß auf dem Weg hierher ins Büro und erkannte ihn zwei Straßen von hier in seinem Wagen. Ein ziemlich auffälliger übrigens. Ein alter, weinroter Bentley, wissen Sie, noch aus der Zeit, als sich Bentley und Rolls Royce aus Kostengründen die Karosserieform miteinander teilten.«

»Haben Sie die Autonummer?«

»Nein, aber definitiv ein Bentley Continental aus den Achtzigern. Soviel ist sicher.«

Als die Kommissare ins Freie treten, spricht Eugen aus, was Verena denkt:

»Dieser geheimnisvolle Auftraggeber ist doch sehr bemüht, möglichst alle seiner Spuren zu verwischen. So etwas ist halt immer sofort verdächtig. Gell!«

»So is' es Eugen! Ein alter Bentley? Englische Noblesse, ein Kulturmensch also. Norddeutsches Geld fährt gerne mit solchen Limousinen durch die Lande. Vielleicht alter Adel?«

»Na, du kennst dich aber aus!«

»Ich war ja auch auf der Polizeischule«, antwortet Verena nicht ohne Ironie. »Aber die Kenntnis von dem Wagen könnte der einzige taugliche Hinweis auf den Entführer sein«.

»Na, dann kennst du ja deine Aufgabe«.

»Ich weiß schon, Computerrecherche ist nicht deine große Stärke, Eugen. Ich werde mich auch gleich an die Arbeit machen.«

»Ich bitte darum.«

»Dann bleibt mir ja wohl keine Wahl.«

2

Heinz Clemens, so hatte ihn immer seine Mutter gerufen. Heinz Clemens ist Heinz Clemens. Nie würde es ihm in den Sinn kommen, sich mit Heinz Borgwald oder mit Clemens Borgwald vorzustellen. Das wäre ja auch zu abenteuerlich.

Bettina hatte den Nachmittagskaffee vorschriftsmäßig vor Heinz Clemens auf dem Beistelltisch abgestellt. Den Kaffeetassenhenkel nach links ausgerichtet, zehn Zentimeter von der Tischkante. Dazu das Schälchen mit Gebäck, das er sowieso nur selten mal anrührt. Nun kniet sie auf ihrem Kissen, abrufbereit neben seinem Sessel, und wartet darauf, abräumen zu dürfen, falls ihm nicht doch noch eine Idee zu ihrer nachmittäglichen Verwendung einfällt. Nachmittags trägt Bettina meist eine Art Zofen-Kostüm aus Latex, das er, wie Bettinas alle anderen Kostüme auch, von »SM Fetisch- Arts« in Frankfurt auf Maß hatte anfertigen lassen. Nach dem Abräumen hat Bettina noch in der Küche zu tun, danach darf sie sich meist bis zum Abend in ihrem Mädchenzimmer aufhalten.

Nur Anfänglich hatte Bettina einige Male widersprochen. »Ich heiße Margit!« Aber das hatte Heinz Clemens nicht gelten lassen. »Dein Name ist Bettina!« Dann hatte er in einem Kellerraum mit der Reitgerte seiner Mutter ihren Hintern mit einigen Striemen verziert. »Das Personal hat nicht zu widersprechen«, klärte Heinz Clemens das verdutzte Mädchen dazu beiläufig auf.

So ist das also, dachte Margit damals und hatte gleich so einen Verdacht, dass Heinz Clemens nicht ganz knusper durchgebacken war oder eine schwere Kindheit hatte oder beides! Natürlich hatte Margit den Gedanken an Flucht all die Monate hindurch nicht aufgegeben. Der Gedanke lässt sich aber nur schwerlich umsetzen, wenn man in geheimen Räumen eingeschlossen gehalten wird.

Das Telefon machte auf sich aufmerksam und Kommissar Haag hob ab.

»Haag!«

»Hallo! Hier ist Fischer, Kripo Stuttgart, erinnern Sie sich?«

»Natürlich, Herr Fischer, worum geht's denn?«

»Hier hat sich einiges getan. Die Ereignisse überschlagen sich regelrecht. Oben in Filderstadt sind in einer Gewerbeimmobilie bei einer Explosion zwei Personen ums Leben gekommen. Es hatte eine Weile gedauert, aber Schlussendlich konnten wir die Identität der Personen ermitteln. Ein Ivan Cukzarek, ein Schlepper und so eine Art Frauenhändler, der junge Frauen als Sexarbeiterinnen in die einschlägigen Etablissements im Land vermittelt. Er und eines seiner Mädchen wurden zusammen regelrecht zerfetzt. Offenbar handelte es sich dabei um einen Anschlag, denn nur wenige Tage zuvor wurde auf seine vorherigen Geschäftsräume einen Brandanschlag verübt.«

»Ja und … äh?«

»Gleich kommt's. Wir haben eine Reihe Nutten befragt.«

»Prostituierte?«

»Genau! Zwei haben das tote Mädchen aus dem See wiedererkannt. Das dass Mädchen tot war, hatte die beiden ziemlich geschockt. Unabhängig voneinander haben sie ausgesagt, dass Cukzareks Fahrer sie unterwegs aufgelesen und mitgenommen hatte. Das Mädchen machte einen ziemlich verwirrten und hilfsbedürftigen Eindruck. An wen der Fahrer das Mädchen dann weitergegeben hatte, konnte aber keine sagen. Sie wissen es nicht.«

»Also hatte der Fahrer von diesem Cukzarek wahrscheinlich einen Kunden an der Hand, der ihm das Mädchen ohne Ausweispapiere abgenommen hat?«

»Eine junge Frau ohne Papiere. Da steht zu befürchten, dass sie ohnehin verschwinden sollte.«

»So sehen wir das auch, Herr Haag. Glücklicherweise sind wir mit Ihrer Hilfe nun wieder am Ball.«

»Danke, dass Sie uns gleich ins Bild gesetzt haben, Herr Fischer.«

»Nichts zu danken. Wir schicken Ihnen dann die Kopien unserer Ermittlungsakten zu. Auf Wiederhören!«

»Ja danke! Wiederhörn.«

Nach dem Gespräch ging Eugen Kaffee holen. Immer vorausgesetzt, dass der Automat heute ausnahmsweise mal nicht schon wieder spinnt. Dabei ließ er sich das eben Gehörte nochmals durch den Kopf gehen. Kurz darauf kam er mit seiner und mit Verenas Kaffeetasse zurück, stellte beide auf ihrer Arbeitsfläche ab und zog seinen Stuhl zu ihr hin.

»Das ist ja nett, dass du an meinen ausgetrockneten Hals denkst, Eugen«, sagte sie, ohne ihren Blick vom Bildschirm abzuwenden.

Eugen wartete ab und nimmt durch das Fenster das Finanzamtsgebäude und den Bahnhof ins Visier.

»Na!«, sagte Verena nach einem kurzen Moment und weiterhin mit einem Auge am Schirm.

»Ja … äh«, raffte sich Eugen zusammen und gab das weiter, was er gerade von Kommissar Fischer gehört hatte. Das Geklapper der Tastatur verstummte abrupt.

»Oha!« kam es daraufhin aus Verenas Mund. »Das ist ja …«

»Ja genau! Plötzlich kommt Dynamik in die Sache.«

»Ob es die Stuttgarter da mit einem Bandenkrieg zu tun bekommen werden?«

»Hm ja, könnte durchaus sein.«

Das Telefon auf Eugens Schreibtisch klingelte. Er rollte mit seinem Stuhl hinüber und nahm ab. Nach wenigen Augenblicken stellte er das Gerät laut, damit auch Verena mithören kann.

» … in seinem Büro erschossen aufgefunden.«

»Heiner Täuber«, flüsterte Eugen erklärend dazwischen.

»Unser Waffenexperte stellte fest, dass der Kunstdetektiv wahrscheinlich mit einer Vorderladerwaffe erschossen wurde. Das verwendete Bleigeschoss hatte vermutlich das Kaliber 44.

Naturgemäß ist es schwierig, das Projektil einer bestimmten Waffe zuzuordnen, weil sich die Kugel beim Eindringen stark verformt oder gar zerlegt.«

»Hat ihr Waffenexperte eine Ahnung, was für …«

»Hat er! Er tippt auf einen Trommelrevolver Bauart 1860 bis 1870.«

»Wieso Bauart?«

»Er denkt an eine Art Colt. Die Dinger werden oder wurden im Westernkino verwendet. Machen ordentlich Rauch und spucken Feuer. Die Kammern werden mit formgepresstem Schwarzpulver, einer Bleikugel und einem Stück Filz gestopft. Mit dem Umlenkhebel unter dem Lauf wird dann die Ladung fest in die Kammer der Trommel gepresst. Dann werden noch die Zündhütchen hinten an der Trommel aufgesteckt, fertig und schussbereit ist der Revolver.«

»Wie kommt man denn an so etwas ran?«

»Diese Waffen sind getreue Nachbauten. Man hatte sie beispielsweise schon in den Siebzigern für die Italowestern in Cinecittà verwendet. Und man konnte sie damals tatsächlich samt Munition in Deutschland frei erwerben.«

»Is ja unglaublich!«

»War aber so.«

»Die Dinger schießen doch so ungenau.«

»Auf Distanz ja, aber aus der Nähe, absolut tödlich. Weil das Pulver mehr abbrennt anstatt zu explodieren, bekommt das Geschoss eine relativ geringe Austrittsgeschwindigkeit mit, reist dafür aber unheimliche Löcher. Man kann der Kugel fast schon hinterher sehen, wie sie sich auf den Weg macht. Dabei schwirrt sie taumelnd vorwärts und macht so ein Scht-scht-scht-Geräusch.«

»Na dann herzlichen Dank und Gruß an ihren Waffenexperten.«

»Danke, werd's ihm ausrichten.«

Eugen legte auf.

»Das war nochmal der Fischer, Verena. Hast du so etwas schon mal gehört. Aber nein, dafür bist du zu jung.«

Verena machte einen schiefen Blick in Eugens Richtung. »Ich kenne mich auch mit alten Waffen aus. Hättest du nicht gedacht, stimmt's! Und was dir der Fischer erzählt hat, hättest du auch von mir erfahren können.«

»Der Täuber … verdammt«, lenkt Eugen seine Rede gekonnt in eine andere Richtung. »Das heißt, wir müssen den Täter jetzt völlig anders einschätzen.«

»Eigentlich nicht. Wer junge Mädchen aus niederen Beweggründen entführt und wer weiß was für gruselige Dinge mit ihnen anstellt, dem ist alles zuzutrauen. So einer schreckt auch vor Mord nicht zurück.«

Während sie das spricht, legt Verena unbewusst die Hand an ihre Waffe. Sie befindet sich da, wo sie hingehört. Beruhigend.

»Wie kommst du mit der Recherche für den Bentley voran?«

»Da gibt es schon einige, aber nicht alle sind zum Straßenverkehr angemeldet. Darum checke ich auch die, die abgemeldet in den Garagen stehen. Der Täter könnte ja ein unangemeldetes Fahrzeug mit falschen Kfz-Kennzeichen für seine Taten benutzt haben.«

»Kluges …«

»Was?«

»'tschuldige.«

Draußen wird es langsam Dunkel. Bald wird Heinz Clemens Margit in ihr Zimmer schicken. Tag für Tag dasselbe Ritual. Irgendwann zwischen Einbruch der Dunkelheit und Mitternacht wird sie in dem rosa Mädchenzimmer eingeschlossen. TV und Radio, Kuscheltiere und Getränke im Kühlschrank. Schminkutensilien aller Art und diese nuttigen Klamotten. Da hat sie keine Wahl, Margit muss dieses Zeug anziehen, etwas anderes hat sie nicht. Früher, zusammen mit ihren fünfzehn-, sechzehnjährigen Freundinnen ihrer Jahrgangsstufe, hatten sie sich solche

Sachen im Internet angesehen und davon geschwärmt, gutaussehende Männer zu verführen oder zu provozieren. Margit wusste um ihre Erscheinung und bemerkte auch das wachsende Interesse der Jungs, aber auch der Männer. Sie hielt sich selbst für ein besonders hübsches und süßes Ding, und darum mussten ihr natürlich und selbstverständlich alle zu Füßen liegen.

Als Margit in diesen Räumen wieder zu sich kam, gefesselt und geknebelt und nicht wusste, was mit ihr geschehen wird, da war sie nur noch ein Bündel Angst gewesen. Sie dachte an Vergewaltigung, an Tod oder daran, verkauft zu werden. Das Familienprogramm im Fernsehen liefert ja täglich die abwegigsten Horrorgeschichten zu solchen Themen. Dass sie von diesem Irren Heinz Clemens wie ein Püppchen behandelt wurde, trug in den ersten Wochen zu ihrer Erleichterung bei und ihre Ängste schwanden nach und nach. Doch etwas später, nach einiger Zeit, kam dann die weibliche Wut fortdauernder Missachtung ins Spiel. Was ist los mit dem? Wieso begehrt mich der Typ nicht? Und auf einmal war ihre größte Angst, die Angst vor den Eltern. Hatte sie sich von ihrer Mutter nicht immer wieder anhören müssen, »pass bloß auf, mit wem du dich einlässt!« Okay. Sie hatte sich mit niemandem eingelassen, was immer das auch bedeuten mag, und war trotzdem hier gelandet.

Margit hatte sich mit ihren Mädels bestens amüsiert, in der Disko, das wusste sie noch. Irgendwann ging sie kurz raus, weil ihr leicht übel war. Zum Glück war da der Typ, der sie gestützt hatte, sonst wäre sie der Länge nach auf das dreckige Pflaster vor der Disco hingeknallt. Wie sah der Kerl überhaupt aus? Keine Ahnung! Absoluter Filmriss. Meine Eltern werden furchtbar sauer sein, wenn ich wieder Zuhause sein werde. Falls ich jemals wieder zu Hause sein werde. Das dachte sie damals.

Margit geht den abendlichen Weg in ihr rosarotes Mädchengefängnis. Hinter einer einen Spalt breit offen stehenden Türe im Erdgeschoss sieht sie für Sekundenbruchteile zwei nackte Frauen in Handschellen mit hochgereckten Armen vor einer

Wand stehen. Und einige gut gekleidete Herren, die sich angeregt miteinander unterhalten. Sie registriert auch unterbewusst, dass die Frauen auf teuer aussehenden, edlen Stilettos stehen. Seltsam. Margit verhält für einen Augenblick in ihrem Schritt.

»Weiter Bettina. Ich habe noch zu tun!« Mit diesen Worten schiebt H.C. das Mädchen nachdrücklich zum Weitergehen an.

Margit, die sich inzwischen etwas traut, fragt ganz unverblümt:

»Was sind denn das für Leute, Heinz Clemens?«

»Tauschbörsen und Auktionen haben das Personal nicht zu interessieren!«

Aha?! Tauschbörsen und Auktionen, denkt sich Margit. Hier werden nackte Frauen getauscht oder versteigert wie Briefmarken? Was ist das nur für ein perverser Club? Und warum nennt mich der Spinner schon wieder »Personal«? Was hat das alles zu bedeuten?

Margit hatte schon einige Male Getränke für Heinz Clemens Besuch aufgetragen. Frauen waren bei diesen Zusammenkünften nur selten mal dabei, und nackte schon gar nicht. Ihr ist aber auch schon bald klar geworden, dass sie von Heinz Clemens Bekannten keine Hilfe zu erwarten hatte. Außerdem genierte sie sich stets vor den Leute wegen ihres nuttigen Lackoutfits. Aber nach dem, was sie soeben gesehen hatte, relativiert sich das fast schon von selbst. Es ist halt alles relativ, hatte die Oma immer gesagt. Oma wusste bescheid. Oma … Margit überkam Traurigkeit bei dem Gedanken an ihre Großmutter.

Margit war sich dann auch ziemlich sicher, was das für Leute sind. Genügend Horror- und Vampirfilme hatte sie ja gesehen, um mitreden zu können und eine Meinung zu den Dingen zu haben. Andererseits sorgten die neuen Erkenntnisse erneut für Beunruhigung und Ungewissheit. Und was geschieht eigentlich mit den Frauen, die sie soeben gesehen hatte? Verkauft, versklavt oder werden sie aufgefressen. Himmel und Hölle, Margit hält inzwischen alles für möglich. Und was meint Heinz Clemens nur, wenn er mich immer wieder Personal nennt. Ich habe doch keinen Arbeitsvertrag. Ich bin hier gefangen, ganz ohne Vertrag.

Was Margit nicht ahnen konnte, ist Heinz Clemens Obsession für eine gewisse Bettina, die vielleicht die einzige Liebe seines Lebens war. Als Heinz Clemens Vater noch lebte, in den achtziger Jahren, hatten die Borgwalds noch Personal, das stets verfügbar im Seitenflügel des Borgwaldschen Anwesens in Renningen, nordwestlich von Stuttgart wohnte. Personal für die Küche bis hin zur Pflege des parkähnlichen Geländes rund um die Gebäude, was aber jetzt nicht im Einzelnen alles aufgeführt werden muss. Heinz Clemens Eltern schliefen in getrennten Zimmern, die weit genug voneinander entfernt waren, damit man sich möglichst nicht zu oft über den Weg lief. Das traf sich insofern gut, weil man sich eh nichts zu sagen hatte. Aufgrund der Industriebeteiligungen der Familie floss stets reichlich Geld auf die Konten, und das war auch gut so, denn so war jedem Genüge getan. Der Vater verbrachte die Nächte zumeist auswärts und wurde dann oft im Morgengrauen von seinem Chauffeur sanft nach Hause kutschiert, in der Regel mehr oder weniger angetrunken. Beim gemeinen Volk würde man den Zustand als besoffen bezeichnen, aber das gehört sich in den besseren Kreisen nicht.

Interessant war für den jungen Heinz Clemens eigentlich nur, dass die Chauffeursfamilie direkt über der Garage und dem Bentley wohnte, in welchem sich Heinz Clemens Erzeuger bevorzugt chauffieren lies. Aus dem Fenster seines Zimmers hatte Heinz Clemens einen direkten Blick in das Zimmer das Chauffeurstöchterchen Bettina. So hatte der zwölfjährige Heinz Clemens aus seinem abgedunkelten Zimmer heraus regelmäßig Sicht auf das ahnungslose, sechszehnjährige und gut entwickelte blonde Mädchen. Was Heinz Clemens nicht ahnen konnte in seiner Einfalt: Die gut entwickelte Blonde wusste sehr wohl, dass der Sohn des Patriarchen sie heimlich beobachtete. Und so zog Bettina bei jeder sich bietenden Gelegenheit eine Show ab. Probierte erst den blauen, dann den rosefarbenen BH, und natürlich musste der Slip ja

124

dann auch wieder zum BH passen, man weiß ja nie? Und so vollführte sie vor dem armen, leidenden Jungen allerlei Verrenkungen und Posen, die jeden Herrenmagazin-Editor entzückt hätte. Damit wäre schon so ziemlich alles über die Talente Bettinas gesagt. Wie konnte das durchtriebene Früchtchen auch nur im Entferntesten ahnen, wie sich ihre Gratisvorstellungen Jahre später auf ihre Geschlechtsgenossinnen einmal auswirken würden. Dass es eine andere, unfreiwillige Bettina geben würde. Einmal abgesehen von gelegentlichen Ausrastern seitens Heinz Clemens, die schon mal zum Tode eines Menschen führen können. Das aber ist Heinz Clemens andere Seite und hat nichts mit Bettinas hervorragenden Erotikdarbietungen zu tun.

Als dann kurze Zeit später der Vater, seines überstrapazierenden aushausigen Lebenswandels wegen, den nächtlichen Strapazen erlag, wurde der Bentley eingemottet. Das heißt, abgestellt und vergessen, und die Chauffeursfamilie, da nun nicht mehr ohne echte Aufgaben, entlassen.

Heinz Clemens erlitt daraufhin einen Knacks in seiner Psyche. Nie mehr würde er der Chauffeurstochter beim Entsteigen aus dem Bentley zusehen können, nachdem der gute Papa sie von der Schule abgeholt hatte. Noch schlimmer, die abendlichen Verrenkungen des Mädchens, eigens zu seiner Unterhaltung, hörten damit schlagartig auf und ließen einen verstörten Jüngling zurück.

Nach dem Tode ihres Mannes ließ die nun Alleinerziehende ihren ganzen Frust an ihrem Sohn aus, der nunfort für alle tatsächlichen oder auch nur eingebildeten Verfehlungen seines Vaters ordentlich büßen musste. Aber auch diese schlimme Zeit ging irgendwann zu Ende und Heinz Clemens konnte seine Mutter zu Grabe tragen.

Zu ihren Lebzeiten war die Mutter eine begeisterte Reiterin, die auch schon den einen oder den anderen Pokal oder Stallburschen einkassiert hatte. Ob nun Heinz Clemens das hochgezüchtete, nervöse Tier vorsätzlich verschreckt hatte, wurde nicht in Betracht gezogen, als der Gaul mit der Mutter obenauf, die sich mit dem Stiefel im Steigbügel verfangen hatte, durchging und die arme Frau zu Tode schleifte. Es konnte nie geklärt werden, worüber der Gaul sich dermaßen erschrocken hatte, dass er alle Trainingserfolge vergessen konnte und mit seiner Besitzerin mehrere hundert Meter weit durch die Gegend galoppierte. Durch Buschwerk und über Stein und Schotter hinweg, blieb letztlich nicht viel Kleidung und Haut an der Frau, als das Tier dann ganz harmlos zu seiner Stallung zurückgetrabt kam. Jedenfalls musste dann niemand nach der Frau suchen. Das Pferd war so freundlich, den Kadaver bis vor die Stallung zu schleifen.

Personen, die von der Polizei befragt wurden, sprachen von einem Knall. Einige meinten, einen Schuss gehört zu haben, waren sich aber nicht ganz sicher. Das Geräusch war ein lautes, aber kein typischer Knall einer Schusswaffe eher ein lautes Plopp. Tatsache ist, die Ermittlungen verliefen im Sande und wurden zum Unfall erklärt.

Heinz Clemens geriet daraufhin vorübergehend unter die Vormundschaft des alten Familienanwaltes und das Personal wurde ein weiteres Mal reduziert. Die Pferde wurden verkauft, die Gebäude verwaisten weitestgehend. Ein gutes Jahr verging, dann wurde Heinz Clemens dem Kalender nach erwachsen und war fortan niemandem mehr verpflichtet. Ab dem Zeitpunkt lies wiederum Heinz Clemens gelegentlich unschuldige Frauen für die Boshaftigkeiten seiner Mutter büßen. Bevorzugt Prostituierte, anfänglich gegen gute Bezahlung. Später soll dann auch schon mal die eine oder andere Dame gänzlich von der Bildfläche verschwunden sein. Junge Frauen von irgendwoher, nach denen kein Hahn kräht und von niemandem vermisst. Da wird auch nur halbherzig nachgeforscht, gesucht oder ermittelt. Bis zu jenem Schicksalstag eben, als einige Krötenschützer auf eine Leiche stießen, die eigentlich nicht mehr auftauchen sollte. Jedenfalls nicht so schnell.

3

»Ja?«

»Hallo Martin, ich bin's!«

»Heu Schatz, was gibt's?«

»Ich habe morgen dienstfrei und würde mit dir heute Abend gerne ins Kino gehen.«

»Ich bin doch erst heute zurückgekommen, ich hab noch nicht einmal ausgepackt.«

»Du kannst doch auch morgen noch auspacken.«

»Schatz, ich war zehn Stunden mit dem Flieger unterwegs und dann noch zwei Stunden im Intercity, und nun soll ich noch zwei Stunden lang einen Film ansehen, den ich garantiert nicht sehen will.«

»Och, bitteee! Der Film läuft doch nur noch heute und ich will ihn sehen, und zwar mit dir!«

»Das muss wohl sein?«

»Ja unbedingt!«

»Na gut, gehen wir in die Spätvorstellung um elf?«

»Ja. Prima Schatz, ich freu mich. Wir können dann ja morgen ausschlafen und im Bett frühstücken.«

»So machen wir's, aber du machst dann Frühstück als kleinen Ausgleich.«

»Mach ich. Ich komme dann nachher nach Sindelfingen ins Cinemaxx, ins Sterncenter. Okay!«

»Klar Schatz, ich warte dann im Kassenvorraum auf dich.«

»Das Wochenende ist also verplant, Verena.«

»So ist es, Eugen. Tschau, mach's gut!«

»Na dann viel Spaß.«

Das aber hörte Verena schon nicht mehr. So soll es sein! Denkt sie mit typisch weiblicher Vorausplanung der Dinge, die genau so wie erdacht und nicht irgendwie geschehen sollen.

Martin hat die Plätze bereits bezahlt und wartet jetzt nur noch auf Verenas Erscheinen. Um ihn herum kommen junge Frauen mit ihren widerwilligen Begleitern, aber in der Mehrzahl sind es doch Freundinnen, die gemeinsam den soft- erotischen Frauenfilm anschauen wollen. Irgendwas mit fünfzig Grauschattierungen oder so?

Der Zulauf ebbt nach einer Weile merklich ab, die Minuten verstreichen und dann befindet sich Martin plötzlich allein in dem Kinovorraum. Es wird ihm immer unbehaglicher, je mehr Zeit verstreicht. Er tritt von einem Bein aufs andere. Was könnte Verena nur aufgehalten haben? Wiederholt versucht er, mit dem Handy seine Freundin zu erreichen, es kommt aber keine Verbindung zustande. Sie geht nicht ran, aber warum? Das tut sie doch schon aus Prinzip nicht. Drinnen hat der Hauptfilm inzwischen begonnen und im gleichen Maße, wie die Minuten verrinnen, wird Martin immer unruhiger. Es war noch nie ihre Art, eine Verabredung nicht einzuhalten, und schon gar nicht den Kinobesuch, den sie ja selber so nachdrücklich angeleiert hatte. Martin steht ziemlich dumm da, nicht ungewöhnlich innerhalb der Generation Smartphone, wenn plötzlich Isolation droht. Da kann ganz schnell Panik aufkommen.

Er entschließt sich, seiner Freundin entgegenzugehen. Sie kann zwar ganz gut selber auf sich aufzupassen, aber wer weiß? Martin steppt locker die Wendeltreppe zum Parkdeck hinunter. Unten angekommen ist er erst mal erleichtert. Er sieht Verenas Mini nicht allzu weit entfernt stehen. Doch von ihr ist nichts zu sehen, also wieder hoch, irgendwie haben wir uns wohl verpasst. Oben angekommen ist Verena auch hier nirgends zu sehen.

Verflucht, was ist das für ein Mist! Martin ist ratlos, also nochmals runter aufs Parkdeck. Martin umrundet den Mini und späht zum Beifahrerfenster in das Innere des Wagens hinein. Verblüfft bemerkt er, dass Verenas Autoschlüssel mit dem Polizeianhänger im Zündschloss steckt und ihre Tasche auf dem Beifahrersitz liegt. Martin greift automatisch an den Türöffner. Der Mini ist unverschlossen. Er beugt sich in das Innere des Wagens und zieht den Schlüssel ab, dabei sieht er sich im Innenraum um. Hm? Nichts? Er geht um den Wagen herum, als auf die Fahrerseite unter seinem Schuh etwas knirscht. Martin macht einen Schritt zurück, um besser sehen zu können. Die Zwischenräume zwischen den Fahrzeugen liegen im Dunkeln. Er schaut zu Boden, seine Augen passen sich schnell an die anderen Lichtverhältnisse an. Sieht aus wie Abfall, was da vor seinen Füßen liegt. Nur ein kurzer Moment, dann erkennt er die blauen, zertretenen Einzelteile von Verenas Smartphone.

Sein Magen krampft sich zusammen, ihm wird es plötzlich heiß bis unter die Haarspitzen. Was war hier los? Wo ist Verena oder was ist mit ihr geschehen? Martin ist wie gelähmt, was soll er nur tun? Er fühlt sich ziemlich hilflos, seine Gedanken überschlagen sich und finden keine Erklärung. Reflexartig öffnet er ihre Handtasche und blickt hinein, sein Blick fällt auf ihre Geldtasche. Martin zögert einen Moment, dann zieht er sie heraus und blättert sich durch Verenas Notizzettel- und Visitenkartensammlung hindurch, bis er Eugen Haags Karte in den Fingern hält. Das ist der Kollege, mit dem sie zusammenarbeitet. Verena redet zwar nicht viel über ihre Arbeit, aber der Name ist ihm trotzdem geläufig. Mit zitternden Fingern tippt er die Nummer des Kommissars in sein Handy ein.

»Haag!«

»Em … ja ich.«

»Wer ist denn da?«

»Herr Haag! Ich bin's … hier ist Martin Spengler.«

»Verenas Freund?«

»Ja ich … ich bin im Parkhaus des Sterncenters. Verena ist weg, sie ist verschwunden. Ihr Auto ist nicht abgeschlossen, ihre Handtasche liegt im Wagen, der Schlüssel steckt und Verenas Handy liegt neben der Fahrertür am Boden und ist kaputt getreten«, Sprudelt es aus ihm heraus.

»Bleiben Sie, wo Sie sind, ich komme! Und vermeiden sie irgendetwas anzurühren, bis ich bei ihnen bin!«

»Ja, natürlich!«, beeilte sich Martin zu bestätigen, aber da war die Verbindung schon unterbrochen.

Martin kann sich im Anbetracht der Umstände nur eine Entführung vorstellen. Sein Herz klopft fast hörbar, und er erlebt etwas, das er bisher nur für eine Redensart hielt. Er bekommt weiche Knie und muss sich abstützen. Nur einen Moment lang, dann zuckt er von der Dachkante des Mini zurück. Er soll ja nichts anfassen, und schon gar nicht Verenas Auto.

Hässliche Ahnungen und die schlimmsten Vorstellungen marodieren durch seine Gehirnwindungen. Martin kann sich nicht erinnern, jemals so eine Angst verspürt zu haben, einmal abgesehen von den Märchengeschichten, die ihm seine Tante vorgelesen hatte, als er drei Jahre alt war oder so in etwa.

Eugen Haag fährt sofort los, ohne sich viele Gedanken um seine Garderobe zu machen. Er hat nur schnell Hose und Jacke über seinen Schlafanzug gestreift. Was interessieren ihn die Blicke der Leute, wenn's um Verena geht. Nach allem, was er soeben von Verenas Freund gehört hat, scheint Verena in Gefahr zu sein. Ein schwer zu beschreibendes Gefühl der Hilflosigkeit nimmt von ihm Besitz. Ein Fall ist ein Fall, aber eine entführte Kollegin, das ist etwas ganz anderes. Das betrifft ihn jetzt persönlich. Immerhin ist ihm so etwas wie die Verantwortung während ihrer Einarbeitungszeit übertragen worden. Auch wenn er zu seinem Vorgesetzten Bernd Langer ein gut freundschaftliches Verhältnis hat, wird der Bernd ihm seine Meinung geigen, so viel ist sicher. Der zu erwartende Anschiss tritt aber weit hinter seine Sorge um Verena zurück. Der Mord an dem Kunstagenten Täuber signalisierte ja schon unmissverständlich, dass man mit einer Eskalation der Situation rechnen musste. Haag gibt Stoff.

Das kann eine lange Nacht werden, doch das beschäftigt den Kommissar im Augenblick nicht. Seine Sorgen werden ihn sowieso nicht so schnell zur Ruhe kommen lassen. Haag hatte sich sichtlich nervös nochmals Martin Spenglers Version von Verenas Verschwinden angehört. Dann treffen auch schon die Kollegen ein, teils aus dem Nachtdienst, teils vom Fernseher weg oder aus dem Bett geklingelt. Sie beginnen augenblicklich damit, das gesamte Areal penibel abzusuchen. Später werden dann noch die zurückkehrenden Kinobesucher befragt.

Um es kurz zu machen, der ganze Aktionismus brachte am Ende so gut wie nichts. Positiv war nur, dass keine Blutspuren gefunden wurden. Und ein Paar, das vom Thema des Films schon sichtlich angeregt nach unten kam, konnte sich immerhin an die Ankunft des Mini erinnern, als sie auf dem Weg nach oben waren. Haag fragte das Paar in den Vierzigern, ob sie sich an Details erinnern können. Alles könne von Wichtigkeit sein! Aber nein, das konnten sie nicht. Doch dann erzählte die Frau ganz nebenbei, dass direkt danach, nach dem blauen Mini, ein großer, eleganter roter Wagen eingetroffen ist.

»Können Sie sich an den Typ oder an die Nummer erinnern«, fragte Haag hoffnungsvoll. Aber natürlich nicht, wer notiert sich schon Autonummern, wenn er auf dem Weg ins Kino ist. War zu erwarten. Aber immerhin deutete die Frau auf die freie Stelle, die der rote Wagen angesteuert hatte.

Das bisschen an Informationen war für Haag und Kollegen doch ziemlich unbefriedigend. Und auch die Stimmung des auskunftsfreudigen Paares hatte sich danach merklich abgekühlt, was ja auch nicht unerwähnt bleiben sollte.

Gegen Morgen war allen klar, dass eigentlich nichts klar war. Damit rückte der rote Bentley als Ansatzpunkt wieder in den Focus, die womöglich einzige brauchbare Spur. Da musste man nun ansetzen. Verena hatte zu »ihrem Fall« ja schon gute Vorarbeit geleistet. Haag setzte sich mit müden Augen an ihren Schreibtisch, um die Suchergebnisse nach dem Auto zu sichten.

Verena lenkte ihren Wagen auf einen freien Platz und stellte den Motor ab. Vor allen anderen Dingen warf sie noch schnell einen prüfenden Blick in den Make-up-Spiegel. Ein ganz normaler weiblicher Reflex und eigentlich nicht nötig, denn es ist ja Nacht und im Kinosaal ist es dunkel. Und natürlich auch, weil sie sich zu Hause schon die volle Packung gegeben hatte, obwohl der Begriff »volle Packung« nicht so recht auf Verena anzuwenden ist. Denn sie mag es ja eher natürlich und minimalistisch.

Während sie ihren Blick auf ihr Spiegelbild richtete, hatte sie kein Auge für den Kinobesucher, der, ganz die Ruhe selbst, an ihrem Wagen entlangging. Auf Höhe der Fahrertüre machte die Person plötzlich auf höflich und öffnete für Verena die Autotür. Verblüfft wendet sie ihr Gesicht nach links und denkt für einen kurzen Augenblick an Martin, schaut dann aber in den Lauf eines Vorderladerrevolvers. Es bedurfte nur eines weiteren Augenblicks, um sich zusammenzureimen, dass ihr hier die Waffe vors Gesicht gehalten wird, mit der Heiner Täuber umgebracht worden ist.

Plötzlich ist der Film die banalste Nebensache der Welt. Sie weiß, wen sie vor sich hat, und sie weiß in dem Moment auch, dass sie nun ganz schlechte Karten hat. Unterbewusst registriert sie die Filzpfropfen in den Trommelkammern. Das Ding ist geladen und selbst ohne Bleikugeln, nur mit Pulver und Filz in den Kammern, würde sie einen Schuss aus nächster Nähe vermutlich nicht oder nur schwerst verletzt überleben.

»Aussteigen!«

Tja, was denn sonst wohl? Verena beschließt, ohne lange zu überlegen der nachdrücklichen Bitte Folge zu leisten. So langsam und so umständlich wie möglich. Doch dafür fehlt dem Kerl offenbar die Geduld. Der ungeduldige Typ in den Vierzigern umklammert Verenas Oberarm und zerrt sie förmlich aus dem Wagen heraus. Fast wäre sie dabei hingefallen, aber da ist ja die helfende Hand, mit der sie mühelos zum Auto ihres Entführers hingeleitet wird. Was für ein Zufall, ist es doch genau so ein Bentley, nach dem sie schon den ganzen Vormittag lang gefahndet hatte. Tja, gut, nun hat sie ihn ja gefunden, und dazu auf ganz andere Weise und schneller, als sie es sich hätte vorstellen können.

Die Fahrt geht über die Wendelauffahrt nach oben. Der Wagen biegt zwei Mal kurz hintereinander nach links ab und fährt dann eine geraume Zeit lang gleichmäßig geradeaus. Dann folgt ein langgezogener Schlenker auf die A81 in Richtung Stuttgart. Nur wenig später fährt der Bentley in einer langen Schleife auf die A8. Rechts lang, links kurz, also in Richtung Karlsruhe. Dass der Wagen auf die Autobahn rund um das Stuttgarter Kreuz gefahren ist, macht sich in einem erhöhten Verkehrsaufkommen bemerkbar. Auch das charakteristische Abrollgeräusch der Reifen auf diesem Autobahnabschnitt, ta-tap, ta-tap, passt in das Bild, das sich Verena von der bisherigen Fahrt gemacht hatte. Damit hörten allerdings ihre Möglichkeiten, sich anhand der Fahrgeräusche und Bewegungen zu Orientieren, auf. Die Fahrt im Kofferraum geriet immer mehr zum »Blindflug« und endete nach einer guten halben Stunde in einer Garage mit automatischem Toröffnungsmechanismus.

Als Tor und Tür in die Schlösser gefallen waren, legte sich beängstigende Stille über die Szenerie: Eine alte, unaufgeräumte Indoor-Garage, ein hübscher alter Bentley, der so manchem Autoenthusiasten die Tränen in die Augen treiben würde, und eine stinksaure, angepisste Verena, von der allerdings momentan noch nichts zu sehen ist. Zornig zerrt sie an den Seilen, mit dem ihr Entführer sie gefesselt hatte. Ein aussichtsloses Unterfangen.

Verdammte Scheiße! So ein Mist, geht Verena mit sich selber ins Gericht. Ich habe mich überrumpeln lassen wie so eine überkandidelte Tussi. Und obwohl ihr klar ist, dass man gegen so eine Überraschungstat kaum etwas unternehmen kann, schalt sie sich selber eine dämliche Kuh. Verena denkt an die Sorgen, die sich nun ihre Eltern wegen ihr machen werden, und an Martin, der ja nie da ist, wenn man ihn einmal braucht. Und natürlich tut es ihr sofort wieder leid, so von Martin zu denken. Der kann ja wirklich nichts dafür und macht sich sicher genau so viele Sorgen. Hoffentlich vergisst der perverse Spinner mich nicht. Ich hätte sonst alle Chancen hier drinnen zu vermodern. So einem beknackten Typen ist ja alles zuzutrauen. Wiederholt sucht sie sich durch Gewichtsverlagerung in eine bequemere Position zu winden.

Angestrengt lauscht sie nun schon minutenlang in die Stille hinein. Dann hört sie wie der Typ zurückkommt und kurz darauf wird der Kofferraumdeckel geöffnet. Ihr Entführer hält wieder den pseudoantiquierten Revolver und ein ziemlich beängstigendes Messer in den Händen. Nach einem ersten prüfenden Blick auf die verschnürte Frau, schiebt er den Revolver in den Hosenbund. Mit dem ekeligen Messer in der Hand beugt er sich zu ihr hinunter, Verena wird es heiß und kalt und sie würde jetzt losschreien, wenn sie könnte. Urängste überkommen sie, obwohl ihr die Logik sagt, dass er sie kaum bis hierher gekarrt hätte, um sie dann in seiner Garage abzustechen. Beinahe schon erleichtert registriert Verena, dass er dabei ist, mit dem Messer ihre Fußfesseln durchzuschneiden. Allerdings ohne dabei besondere Rücksicht auf ihre Kleidung zu nehmen. Zerrissene Jeans sind zwar in dieser Saison Up to date, aber nicht am unteren Ende. Das wird der Schweinehund mir bezahlen, schwört sie sich, so oder so!

»Na, komm schon raus da!«

Kaum dass sie sich auf die Kofferraumkante hochgeplagt hat, schnappt er schon wieder nach ihrem Oberarm und zerrt Verena in einen Gang und dann quer durch das Gebäude. Es scheint relativ groß zu sein und war offenbar früher mal eine recht elegante Bleibe. Augenblicklich vermittelt es aber nicht den Eindruck, als ob hier eine glückliche Familie zu Hause sei. Dann ist die Besichtigungstour der Korridore schon zu Ende und sie wird in einen fensterlosen Raum geschoben. Der ist mit dem Nötigsten ausgestattet, also mit einem Eisengitterbett. Regale vor den Wänden zeugen davon, dass es sich früher mal um eine Art Vorratskammer gehandelt haben könnte. Netterweise nimmt er ihr den Knebel heraus. Ein paar Haare hatten sich in der Schnalle hinter ihrem Kopf verfangen und machen sich nun ziepend bemerkbar. Währen Verena schluckt und hustet, werden auch ihre Handfesseln durchschnitten. Jetzt, wo sie ihre Sprachfähigkeit wiedererlangt hat, sagt sie das Dümmste, was ihr im Augenblick einfällt:

»Was wollen Sie von mir? Lassen sie mich gehen!«

»Wir haben miteinander zu reden«, sagt der Mann, anstatt auf ihre Worte einzugehen. »Mach es dir gemütlich.« Damit verlässt er die Kammer und eine ratlose Frau zurück.

Gemütlich machen, der hat sie doch nicht alle. Sie schaut sich um. Eine Tür führt in einen Toilettenraum mit Waschbecken. Hier gibt's alles, was ein Mensch braucht, aber auch nicht mehr, Bett und WC. Na ja!

Die leeren Regale vor Augen grübelt Verena, wie sie dem Spinner entkommen kann. Ich könnte den Kerl angreifen, sobald er zur Türe hereinkommt. Sie versucht sich eine Vorstellung davon zu machen, wie kräftig der Mann tatsächlich sein könnte und kommt ihrem Selbstverständnis entsprechend zu dem Schluss, dass das Kräfteverhältnis wohl ziemlich ausgeglichen sei. Das fühlt sich dann auch gleich viel besser an. Sicher stehen meine Chancen gegen den Kerl gar nicht so schlecht. Aber der ist bewaffnet und weiß garantiert, dass ich Polizistin bin. Aus was für einen Grund sonst hätte er ausgerechnet mich entführen sollen. Ich geh jetzt erst mal aufs Klo, danach kann ich besser denken. Probehalber betätigt sie die Spülung. Sie funktioniert. Den Daumen hoch. Top.

Dann sieht sie sich um, ob man hier irgendetwas als Waffe verwenden kann. Verena rüttelt an den Regalen, aber da gibt es nichts zu rütteln. Die Regale sind an den Wänden verankert und die Einlegeböden mit den Auflageflächen verschraubt. Es geschehen einfach zu viele tödliche Unfälle wegen umstürzender Regale. Besonders Kinder fallen der wenig beachteten Gefahrenquelle in den Haushalten zum Opfer. Da hat der Kerl noch mal Glück gehabt. Ein Regalbrett in den Händen einer wütenden Verena kann eine ganz reale lebensbedrohliche Gefahr sein und nachhaltige Eindrücke hinterlassen. Tja, schade. Und das Gitterrahmenbett gibt auch nicht viel mehr her. Die einzelnen Metallteile sind verschraubt und wie aus einem Guss.

Das Einzige, was hier drinnen beweglich ist, bin ich, das Handtuch und das Stück Seife auf dem Waschbeckenrand. Das... Stück... Seife? Hm!

Die Zeit zwischen den Regalen wird dann doch lang. Verena sieht irgendwann nur noch Regale und ist fast schon froh darüber, als die Türe geöffnet wird. Erwarteterweise erscheint ihr Feind, der Mädchenschänder im Türrahmen und hält natürlich auch wieder das Schießprügelding in der Hand. Verena hat keinen Zweifel daran, dass der Mann von dem Revolver auch Gebrauch machen würde. War vermutlich er es doch, der den arglosen Kunstagenten gnadenlos über den Haufen geschossen hatte. Und wie Verena vermutet, wohl nur, um seine wahre Identität zu verschleiern und Spuren zu verwischen. Doch dann fällt Verena nicht nur bildlich das Kinn herunter. Denn es tritt noch eine weitere Person ein. Na so was auch! Das vermisste Mädchen, Margit Simmons, in einer schwülstigen Latex-Zofen-Kostümierung. In dem Augenblick ihres Erscheinens erkannte Verena das Mädchen, als wäre es ihr eigenes Spiegelbild. So vertraut sind ihr inzwischen ihre Gesichtszüge geworden.

»Margit!«, entfährt es ihr.

Margit zuckt beim Erwähnen ihres Namens unwillkürlich zusammen und blickt über ihre rechte Schulter ängstlich zu Heinz Clemens hin. Aber der ist ganz auf Verena fixiert.

»Ich heiße Bettina«, sagte Margit bestimmt.

Und Verena hält daraufhin intelligenterweise erst mal den Mund. Sie wird schon noch dahinterkommen, was hier läuft. Margit trägt ein Tablett herein und schiebt es auf einen der Regalböden. Kommentarlos verlassen sie dann die Kammer wieder, machen praktisch auf dem Absatz kehrt.

»Was wollen Sie von mir? Geben Sie mir eine Antwort!«

Es nützt nichts, die Türe fällt wieder ins Schloss. Die Ungewissheit bleibt zurück. Trotzdem, dass das vermisste Mädchen am Leben und bei Gesundheit ist, wie es scheint, gibt ihr Auftrieb. Es stärkt ihren Willen, sich und Margit in Sicherheit zu bringen, ganz entscheidend. Die aufs Neue erwachte Sorge um Margit Simmons lenkt sie von ihren eigenen Sorgen ab und gibt ihr mentale Stärke. Verena hat nun ein klares Ziel vor Augen, das ihr die nötige Kraft verleihen wird, hofft sie zuversichtlich. Auf Hilfe von außen wird sie wohl kaum hoffen können.

Die überraschende Namensnennung Bettinas durch die Polizistin bestätigt Heinz Clemens, wie wichtig es war, das Plappermaul Täuber auszuschalten. Es gibt zwar keine direkte Verbindung zwischen Täuber und ihm, aber das hat er nur seiner eigenen weisen Voraussicht zu verdanken. Heinz Clemens schickt Bettina in ihr Zimmer. Er befiehlt ihr, sich die sexualisierte Schulmädchenuniform anzuziehen. Heinz Clemens zieht sich in die Nachempfindung seines ehemaligen Jugendzimmers zurück. Die beiden Großbildschirme flammen mit seinem Eintreten automatisch auf. Er macht es sich bequem und sieht zu, wie Bettina ihre Zofentracht aus weißem und schwarzem Latex langsam ablegt und die Teile sehr sorgfältig zusammenlegt und auf ihrem Bett drapiert. Sie begutachtet anschließend ihr Werk und scheint zufrieden. Nackt verteilt sie dann die einzelnen Stücke in die Schrankfächer und Schubladen, wo sie hingehören. Das bisschen an Unterwäsche wirft sie in den Wäschekorb im Bad. Sie scheint einen Augenblick zu überlegen, die Schulmädchenuniform, ja, die soll es sein. Nun holt Margit/Bettina die einzelnen Wäschestücke aus dem Schrank und den Schubladen der Kommode und breitet sie ebenso sorgfältig auf ihrem Bett aus. Margit betrachtet ihr Werk und scheint auch damit zufrieden zu sein, dann begibt sie sich in die Duschkabine.

Bettina 1 wusste ganz genau, dass das pickelige Söhnchen vom Chef immer dann aufgeregt zusah, wenn sie sich vor dem offenen Fenster produzierte. Dass sie mit ihren provozierenden Showeinlagen dem pubertierenden Knaben da oben einen lebenslangen Knacks mit auf den Weg gab, wer hätte das schon ahnen können. Am wenigsten die Protagonistin, also die zentrale Figur in Heinz Clemens jungem Leben selbst. Mit dem Auszug der Chauffeursfamilie war das Thema für Bettina damit sowieso erledigt. Sie wandte sich fortan den realen Dingen des Zwischenmenschlichen zu. Bettina 2 ahnt immerhin etwas. Denn wenn sie einmal nicht genau nach Plan das Aus- und Ankleiden zelebrierte, wurde ihr auch schon mal der nackte Hintern versohlt.

Heinz Clemens verfolgt nicht jedes Mal die Umkleidezeremonien Bettinas auf den Bildschirmen. Aber wenn, dann ist H.C. weit weg in seinem eigenen Universum. Er wird wohl zeitlebens mit Bettina im Kopf leben müssen. Verwunderlich ist das nicht, wenn man in Betracht zieht, dass das Mädchen Bettina mit ihren Performances einen unerfüllbaren Traum in Heinz Clemens verstümmelte Gefühlswelt einpflanzte.

Weder der ständig abwesende Vater, noch die selbstbezogene, ausschweifend egoistische Mutter brachten dem einsamen Kind irgendeine Art von Elternliebe oder die nötige Empathie entgegen. Sie waren einfach nur mit sich selbst und ihrer gegenseitigen, zerstörerischen Abneigung beschäftigt. Kein Elternteil gönnte dem anderen den sprichwörtlichen Dreck unter den Fingernägeln. Mehr muss dazu nicht gesagt sein.

Am frühen Nachmittag brachte Margit ein weiteres Tablett mit Brotscheiben und wieder die eingeschweißten Wurst- und Käsespezialitäten. Tomate und Gürkchen fehlten auch nicht, dazu quaderförmig abgepackten Tee und Saft in Schachteln, fast schon ein American Breakfest. Wo bleibt das Ei? Jedenfalls Folter durch Nahrungsentzug scheint ausgeschlossen. Margit greift sich das Tablett vom Vormittag und entschwindet wieder, verfolgt von Heinz Clemens strengen Blicken, dann wird die Türe wieder verriegelt. Verenas Fragen bleiben auch dieses Mal unbeantwortet. Sie isst alles auf, was man zu ihr hereingetragen hat. Der Hunger ist zwar bald gestillt, aber sie will nicht schwächeln, wenn es zur Entscheidungsschlacht mit diesem Scheißtypen kommt.

Nur durch Zufall entdeckt Verena den kleinen Zettel unter dem Wurstkäseteller, als sie sich ernsthafte Gedanken darüber machte, wie sich ein Plastiktablett, Plastikbesteck und zwei Getränkeschachteln waffentechnisch verwenden lassen. Nachdenklich betrachtet sie das Papier. »Ich heiße Margit Simmons«, steht da in krakeliger Schrift. »Heinz Clemens nennt mich Bettina, ich weiß nicht, warum er das tut. Aber wenn ich meinen richtigen Namen ausspreche, schlägt er mit einer Gerte meinen Popo. Bitte verraten Sie mich nicht.« Soso! Heinz Clemens also! Und dazu ein Mädchenschläger! Man kann nur hoffen, dass mit der hochkochenden Wut nicht Verenas Verstand auf der Strecke bleiben wird.

Heinz Clemens bildet sich etwas auf seine Cleverness ein. Er hat stets alle Fäden in der Hand und niemand kann ihm das Wasser reichen, soviel steht für ihn fest. Nur ist ihm im Augenblick noch nicht klar, wie er mit dieser Polizistin Verena Schnürle verfahren soll. Größere Sorgen bereitet ihm dagegen die Frage, wie die Bullentante auf seine Fährte gestoßen ist.

»Den Täuber können wir ja jetzt nicht mehr befragen, und überhaupt, wie stehen wir jetzt da? Wir sollen die Bevölkerung schützen und können das nicht mal bei unseren eigenen Leuten. Hast du wenigstens etwas über den Bentley herausgefunden, Eugen?«

Es ist offensichtlich, dass die Entführung Kommissar Langer ziemlich mitgenommen hat.

»Ich war ja schon froh darüber, dass ich zwei Bentleys gefunden habe, die einigermaßen ins Schema passen«, antwortete Eugen seinem Freund Bernd Langer, der in diesem Moment nur mehr sein Vorgesetzter ist und nun von ihm schnelle Ergebnisse erwartet. »Die Eigner wurden überprüft, aber es haben sich keine Verdachtsmomente ergeben. Ich bleibe jedenfalls dran.« Viel mehr blieb ihm nicht zu sagen.

»Nehmt euch auch die Zuhälter, Schleußer und Schlepper vor. Unter Umständen ist dieser detonierte Cukzarek zu einem Risiko für die Menschenhändlerszene geworden.« Langer klatscht in die Hände. »Macht euch ans Werk und stochert im Sumpf. Ich will Ergebnisse sehen!«

»Wir stochern«, antwortete Franz Altinger für alle anderen.

Langers aufgebrachte Stimmung überträgt sich direkt und unweigerlich auf die versammelten Kollegen. Nur der mental neutralisierte Otto Neuhans wird nicht von der allgemeinen Unruhe mitgerissen. In aller Ruhe besprüht er nach der Rede seines Chefs die Blätter seiner botanischen Pflanzensammlung am Fenster hinter seinem Platz. Seit seine Tochter in den Drogen- und Prostitutionssumpf abgetaucht, ja geradezu versunken ist, ist er nicht mehr der Alte und kaum noch für anspruchsvolle Polizeiarbeit zu gebrauchen. Zu Franz Altinger hatte er einmal gesagt: »Wie kann ich wissen, ob nicht einer der Oberen aus Politik und Wirtschaft, die ich beschützen soll, nicht gerade dabei ist, meine abhängig gemachte Tochter totzuficken.«

Selbstverständlich wird Otto Neuhans Tochter nicht von den erklärten Größen der Region totgefickt. Die junge Frau zu benutzen ist kein schwerwiegender Tatbestand. Da bekommen die Herrschaften höchstens Ärger mit ihren Ehefrauen, verlieren ihre Reputation oder einen Vorstandsposten. Schuld am elenden Ende eines jungen Lebens sind immer andere, die Dealer zum Beispiel oder das Opfer selbst.

Wenig später greift unversehens Kommissar Zufall ins Spiel ein. Auf dem Hofgelände bleibt Eugen plötzlich wie angewurzelt stehen und starrt den Dienstwagen an, den Polizeimeister Balinger während einer Einsatzfahrt rechtsseitig verschrammt hatte. Folienfetzen hängen unansehnlich von dem Blechkleid herab.

Polizeiautos sind seit einigen Jahren silberfarben lackiert. Die typischen blauen Farbabsetzungen der Motorhaube und der seitlichen Karosserieteile sind heutzutage mit Autofolien beklebt. Nach Außerdienststellung der Fahrzeuge lassen sich die Folien leicht entfernen und die Autos können dann auf dem Gebrauchtwagenmarkt als ganz normale, silberfarbene Limousinen angeboten werden.

Eugen erkennt augenblicklich, was sie bisher nicht in Betracht gezogen hatten. Der gesuchte Bentley könnte ursprünglich in jeder x-beliebigen Farbe lackiert worden sein. Er eilt zurück an seinen Schreibtisch, plötzlich hat er einen neuen, aussichtsreichen Ansatz gefunden. Eugen bittet die Polizeidienststellen im erweiterten Umkreis, Firmen, die Autofolien verarbeiten, aufzusuchen und zu ermitteln, ob ein Bentley Continental aus den 80ern mit roter Folie überzogen wurde. Die ortsansässigen Betriebe wird er selber aufsuchen, so viele können es ja nicht sein.

Da Eugen nun einen aussichtsreichen Ansatzpunkt gefunden hat, vertreibt das augenblicklich seine Lethargie, es beflügelt ihn geradezu. Er stürzt sich in die Arbeit. Aber eine Frage beschäftigt Eugen dann doch noch. Wie hatte der Mädchendieb überhaupt so schnell von ihrer polizeilichen Ermittlungsarbeit Wind bekommen? Wer könnte ihm das gesteckt haben? Eugen hat keine Antwort parat. Ihm kommt einzig Dolan in den Sinn, was man sich eigentlich nicht so richtig vorzustellen vermag. Dolan? … Hm? Oder vielleicht jemand aus dessen Umkreis? Verena hatte doch von einem niederländischen Sammler gesprochen, der sich ihr geradezu aufgedrängt hatte! Kunst, Kultur und Mädchenmörder?

Eugen fährt los, um die nächstliegenden Lackier- und Autofolienbetriebe abzuklappern. Rein gefühlsmäßig setzt er auf Autofolie, weil's einfach cleverer ist, wenn es darum geht, seinen Wagen vorübergehend vor aller Augen zu verstecken.

4

Für ihre Kunden nennt sie sich Emma, was sie von ihren Kolleginnen doch schon und in gewisser Weise abhebt. Denn diese verleihen sich vorzugsweise Namen wie: Leticia, Jacqueline oder wenigstens Sabrina. Emma heißt eigentlich mit Vornamen Tiziane, was ihre Kundschaft aber bitteschön nicht das Geringste anzugehen hat. Die vorübergehende Benutzung ihres Körpers, ihrer Vagina und ihres Mundes ist eine rein geschäftliche Angelegenheit. Ihr Name Tiziane dagegen ist heilig, privat und hat mit dem zeitweiligen zur Verfügung Stellen ihrer Körperlichkeiten nichts zu tun.

Der Termin mit Mike van den Plaas kam privat zustande. Er hatte sie angerufen und danach getroffen, um sie für eine »Art-Performance« zu gewinnen. Die Agentur bleibt für dieses Mal außen vor. Was zwar von der Agenturbetreiberin nicht gerne gesehen wird, sich aber bei freischaffenden Damen der exquisiteren Sorte nie ganz verhindern lässt. Für Emma/Tiziane ist es ein verlockendes Geschäft und Abwechslung zugleich, weil es in die Richtung ihrer innersten fesselnden Sehnsüchte zielt.

Mike van den Plaas, der in Tizianes Augen offensichtlich und geradezu nach Geld stinkt, wie es so schön heißt, hatte ihr den Job als darstellendes Objekt einer Art-Performance angeboten. Aufgrund ihrer unverwüsteten und perfekten Schönheit sei sie die ideale Darstellerin, um vor einem kleinen Kreis erlauchter Kunstsammler aufzutreten. Er fand deutliche Worte: Für ihn sei es schlicht unmöglich, für diese erotische Darbietung vor Freunden und hervorragenden Kunstkennern ein weibliches Objekt mit Tattoos, Piercings oder sonstigen Verunstaltungen aufzurufen.

»Darstellerin«, das war das Wort, bei dem es bei Tiziane klick gemacht hatte. Hat sie doch seit jeher eine Affinität und den Drang, im Filmbusiness Fuß zu fassen. Geschlechtsverkehr wurde als Option ausgeschlossen. Sie wird zum Ende der Zusammenkunft als Objekt einer szenebekannten Shibari-Meisterin im Rahmen ihrer Aktionskunst auftreten. Die Dauer der Aktion wird sich auf 30 bis 45 Minuten erstrecken. Das Honorar beträgt 1500 Euro, zahlbar in zwei Tranchen im Voraus.

Für Tiziane ist diese Summe ein willkommener weiterer Teilbetrag hin zu ihrer Unabhängigkeit von den Zwängen und Lästigkeiten, sich für Geld zu prostituieren. Tiziane wähnt sich auf einem Weg nach oben, wo immer das auch einst einmal sein wird.

Die Mitglieder des Kreises von Sammlern und Händlern um Mike van den Plaas und Heinz Clemens Borgwald treffen ab den frühen Abendstunden nach und nach in der Borgwaldschen Villa ein. Es gibt viel zu besprechen. In der Hauptsache geht es um den anstehenden USA-Trip in das Guggenheim nach New York und in die Washingtoner National Gallery of Art. Dann der große Sprung weiter nach San Francisco in das Fine Art Museum. Und, wenn es der Terminplan noch erlaubt, auch noch nach Ottawa, in die National Gallery of Canada. Also alles in allem ein volles Programm.

Mike und Heinz Clemens beabsichtigen jedoch Washington pfeifen zu lassen, um kurzzeitig eigene Wege zu gehen. Sie werden einen Abstecher nach Louisiana einlegen. Einer ihrer Gleichgesinnten im geheimen Netzwerk von Ritualmördern und derer, die dem mörderischen Treiben als Zuseher beiwohnen, hat zugesagt, ihnen Filmaufnahmen schwarzer Messen von religiösen Eiferern und die Originalmitschnitte von Opferungszeremonien in den Mangrovensümpfen Louisianas und Alabamas zugänglich zu machen. Ist doch in den Mangroven seit jeher so ziemlich alles möglich. Angefangen von den Moonshine-Brennern bis hin zu geheimen Snuff-Movie-Produzenten mit Verbindungen bis nach Mexico. Die Mangrovensümpfe und die Wüsten Mexicos, Orte wohin Recht und Ordnung noch nie so richtig vorgedrungen sind.

Für Heinz Clemens sind die Vorbereitungen für das nächtliche Treffen längst Routine. Zu Beginn, also nach 19 Uhr und bis 22 Uhr, sorgt eine Cateringfirma für ein perfektes Dinner und für die Getränke. Nach Ende der Zusammenkunft, die sich bis gegen Mitternacht langsam auflösen wird, wird dann nur noch der harte Kern um van den Plaas und Borgwald in der Villa verbleiben. Heute sind es sechs Männer und eine Frau, die sich ihren etwas anderen, speziellen Neigungen hingeben wollen. Heinz Clemens würde ja nach Mitternacht Bettina mit einbeziehen. Sie kennt das schon, Heinz Clemens Gäste in Lack oder Leder kostümiert mit Getränken zu versorgen. Aber die muss sich heute um die Polizistin kümmern.

Verena ist mit einer altertümlich anmutenden Schelle um ihr Handgelenk in ihrem temporären Gefängnis angekettet. So kann sie sich zwar frei bewegen, aber eben nur in einem begrenzten Radius. Weil Heinz Clemens nicht weiß, wie lange sich seine Abwesenheit hinziehen wird, wird sich Bettina um seine Gefangene kümmern müssen. Fluchtgefahr besteht sowieso nicht. Dieser Teil seines Anwesens ist eine abgeschottete, in sich geschlossene Wohneinheit. Bettina kann den Bereich von sich aus nicht verlassen. Die Fenster aus verspiegeltem Sicherheitsglas sind nicht zu öffnen.

Um diesen Teil des Hauses breitet sich ein parkähnlicher Garten aus, früher mal der gepflegte Stolz seiner prunk- und geltungssüchtigen Mutter. Heute allerdings befindet er sich in einem Zustand wie so viele andere Vorgärten in der Republik auch. Man könnte es die Gartenkultur der Erben nennen. Die Natur erobert sich große Teile Deutschlands in kleinen Parzellen zurück, was per se ja auch nicht das Schlechteste ist.

Yuki O und Emma/Tiziane machen sich für ihren Auftritt vor dem inneren Kreis bereit. Die beiden unterschiedlichen Frauen reden in einem etwas holperigen Englisch miteinander. Was zum einen an den wenig fundierten Englischkenntnissen Tizianes liegt und zum anderen daran, dass Yuki Os Englisch stark japanisch eingefärbt ist. Yuki O erklärt so gut, wie sie es vermag, den Ablauf der Show. Auch um Tizianes Nervosität und Lampenfieber etwas abzumildern. Tiziane wird am Halsband von Yuki O auf die provisorische Bühne geführt werden. Doch Tiziane windet sich, um ihren kurzen Rock bis über ihre Hüften

144

hochzustreifen, und zieht dann ihren Slip aus, sodass die Shiba-ri-Meisterin einen Blick auf ihr Geschlecht werfen kann.

Da bedurfte es keiner weiteren Erklärung. Yuki O nickte respektvoll und wusste sofort, wie sich Tiziane ihren Einlauf auf die Bühne vorstellt. Ab diesem Moment schätzte Yuki O Tiziane als eine natürlich veranlagte Protagonistin für ihre Kunst. Trotz ihren unterdrückten Veranlagungen ist das Kommende für Tiziane eine gänzlich unbekannte neue Welt. Sie will sich aber ihre Unerfahrenheit und die Ängste vor dem, was nachher geschehen wird, nicht anmerken zu lassen. Und wer weiß, vielleicht findet sie sogar richtig Spaß und Gefallen daran, das willenlose Opfer der Begierden zu spielen.

Yuki O erklärt ihr in der kurzen verbleibenden Zeit, was sie mit ihrer Kunst ausdrücken will und worauf sie sich gründet. Es geht um die unterworfene, gefesselte Schönheit. Die Frau als Beute des Kriegsherrn im alten Japan. Wozu sollte sonst Krieg geführt werden, wenn nicht darum, schöne Frauen zu erobern. Das leuchtet einer Tiziane, die sich auf ihre Schönheit und Anmut etwas einbildete, auch sofort ein. Männer kämpfen und erobern Frauen. Klar - so ist es.

Der erweiterte Kreis der Gäste, Kunstliebhaber, Händler und Sammler aus der Peripherie des weitläufig verzweigten Kunstmarktes ziehen nun schon seit einiger Zeit nach und nach ab. Echte Kunstschaffende sind bei diesen Händler- und Sammlertreffs traditionell sowieso nicht vertreten, einmal von Yuki O und ihrer Shibari-Show abgesehen. Dafür gibt es andere Veranstaltungen, wie die Vernissagen in Dolans Verkaufsräumen zum Beispiel.

Yuki O und Tiziane sind in diesen späten Stunden also die einzigen Künstlerinnen vor dem inneren Zirkel. Eine Szenebekannte, eingeflogen aus Japan, die in Deutschland und England einige Auftritte absolvieren wird und für diesen Abend einer privaten Einladung von van den Plaas gefolgt ist. Und ein unbekanntes, hoffnungsvolles Nachwuchsmodel, das aber wegen Auftragsflaute vor Kurzem ins Prostituiertenmilieu abgeglitten ist. Zum Teil auch, um vor ihrem Vater nicht blöde dazustehen. »Ich habe es dir ja immer gesagt.« Aber es musste wohl so kommen. Einst hyperaktiv, ist das schöne Kind in seiner jetzigen Phase hyperattraktiv.

Yuki O, im traditionsreich angehauchten Outfit einer Palastwächterin oder so etwas in dieser Art, führt Tiziane an der Leine herein. Die trägt ein enggeschnittenes, weinrotes Businesskostüm. Yuki O befiehlt ihr, sich vor dem exklusiven Zirkel zu bewegen. Sie gibt Tiziane das Ende der Leine in die Hand und macht eine den Befehl unterstreichende Bewegung mit ihrem ausgestreckten Zeigefinger, sich zu drehen und ihre körperlichen Vorzüge ins Licht zu rücken.

Tiziane hat tatsächlich eine perfekte 90-60-90 Figur vorzuweisen. Sie verfügt über wohlgeformte lange Beine, um es einmal klassisch auszudrücken, und trägt keine Unterwäsche unter ihrem Kostüm, jedenfalls keine, die sich abzeichnet. Soviel lässt sich schon erahnen. Das gut geschnittene Jackett hält ihre Brüste im Ausschnitt auf Augenhöhe des eher klein geratenen Albert Sovien. Die Anwesenden sind ausnahmslos fasziniert von Tizianes Schönheit, was ihr natürlich nicht verborgen bleibt und sie zusehends beflügelt. Tiziane steht auf wundervollen, beige- und goldfarbenen High Heels von Christian Louboutin, die mit den roten Sohlen. Gekrönt wird die Erscheinung Tizianes von einer perfekten, blauschwarzen Betty-Page-Frisur.

Mit jedem ihrer knapp bemessenen Schritte bewegen sich Tizianes Hüften dezent aber anmutig hin und her. Offensichtlich ist es der Frau gar nicht möglich, sich auf eine andere Weise als dieser zu bewegen. Dann entledigt sie sich betont langsam ihrer Jacke und lässt sie achtlos aus den Fingern gleiten, während sie ihre Zuschauer mit Blicken fixiert. Genauso lasziv, beinahe schon umständlich, öffnet Tiziane den Reisverschluss des Rockes hinter ihrem Rücken. Sie windet ihren Unterkörper, wobei sich ihre Schenkel aneinander reiben, bis das beengende Kleidungsstück endlich, so könnte man meinen, nach unten weggleitet. Die Brüste bleiben weiterhin auf Augenhöhe von Albert Sovien.

Tiziane startete sehr früh eine Modelkarriere gegen den Widerstand des Vaters, war aber in ihren Ambitionen nicht aufzuhalten. In ihrem aktuellen Modelvertrag ist ihr ja unmissverständlich vorgeschrieben, keinerlei Tattoos, Pircings oder sonstige Körperschmuckarbeiten an sich machen zu lassen. Für die Agenturen wird es ganz einfach immer schwieriger, für spezielle Aufträge Spitzenmodelle mit unverstümmelter Körperoberfläche zu finden. Fotoarbeiten können ja nachträglich retuschiert werden, aber Live-Auftritte sind nun mal live, da lässt sich nachträglich nichts optimieren. Den Vertrag zu unterschreiben war ihr nicht leicht gefallen. Denn insgeheim beneidete sie Frauen, deren Körper am Nabel, an den Brüsten oder sonst wo, geschmückt sind, wie sie meint. Vor einem Arschgeweih hatte sie noch ihr Alter bewahrt. Zu der Zeit, als am Strand noch alle möglichen und unmöglichen Figuren ihr Arschtattoo stolz zur Schau trugen, da gehörten ihre Barbies und Teddys noch zu den wichtigsten Dingen in ihrem jungen Leben. Vor einem kompletten, mit bunten Unsinnigkeiten vollgetackerten linken Arm, hatte sie dann in gewisser Weise ebenfalls ihr Alter bewahrt. »Ich schlage dich tot und danach schmeiß ich dich aus dem Haus. Dann kannst du unter der Brücke wohnen!«, sagte damals ihr Vater zu ihr.

Die offensichtliche Unsinnigkeit, tot unter einer Brücke zu leben, ist ihr damals nicht aufgegangen. So helle war Tiziane/ Emma zu der Zeit noch nicht. Aber dass junge Mädchen, die bereits über einen sich entwickelnden Busen und angedeutete Taille, Hüfte, Schenkel und Hintern verfügen, nicht unter Brücken leben, das war ihr dagegen zu der Zeit schon völlig klar. Da gibt es viele Möglichkeiten.

Tiziane wurde begierig betrachtet, man könnte auch sagen angeglotzt. Aber das war ja nichts Neues für sie. Was den Männern an ihr, in dem Augenblick, als ihr Rock zu Boden glitt, die Augen förmlich aus den Höhlen saugte, war ihre vaginale Fesselung.

Tiziane hatte der Modelagentur ein Schnippchen geschlagen.

Da, wo man es unter normalen Umständen nicht zu Gesicht bekommt, hatte sie sich acht Schamlippenringe einsetzen lassen. Das Piercing & Tattoo Studio Love & Order war ihr dabei außerordentlich behilflich. Für die heutige Show hatte sie sich die Ringe entfernt und eine gewachste Schnur aus Yuki Os Bestand, nach Art wie man Schnürsenkel einzieht, durch die Schmucklöcher gezogen. Beginnend von hinten, kreuz und quer bis nach vorne, und in der letzten Überkreuzung hat sie einen Chrom glänzenden Stahlring eingebunden. Daran ist der Karabinerhaken der roten Führungsleine eingeklinkt, die sie nun wieder in den Händen hält.

Tiziane läuft einige Male anmutig vor den anwesenden Herren und der Dame vor und zurück. Nur ein, zwei Minuten lang, denn nun hatte Shibari-Meisterin Yuki O ihren Auftritt. Sie beginnt Tiziane routiniert zu verschnüren. Gekonnt legt sie Doppelstrang um Doppelstrang ober- und unterhalb und zwischen Tizianes Brüsten an ihrem Körper an. Sie bindet Tizianes angewinkelte Arme hinter ihrem Kopf zusammen, was sogleich ihre Brüste weiter anhebt. Yuki O fesselt die angewinkelten Schenkel und dann ihre Füße mitsamt den High Heels stramm und kompliziert an Tizianes Hintern fest. Christian Louboutins wunderbare Kreationen kommen, hübsch anzusehen, links und rechts neben ihren festen Hinterbacken zum Liegen.

Yuki O weiß, was sie tut, sie ist Meisterin ihres Faches und unter Kennern der Szene in USA, Europa und Japan nicht unbekannt. Am Ende bringt sie an der verschnürten Frau ein geflochtenes Seil wie ein Tragegriff hinter Tizianes Rücken an. Die liegt bäuchlings auf einer Anrichte und wartet nun offenbar darauf, dass sie von jemandem wie ein Gepäckstück weggetragen wird.

Es sind dann auch schon die Letzten der Besucher des engeren Kreises, die sich nun verabschieden. Das Taxi für Yuki O wartet schon auf die Künstlerin. Heinz Clemens und Yuki O verabschieden sich hastig voneinander. Er versichert ihr, zu wissen, wie Tizianes Fesseln zu lösen sind. Schwierig ist das allemal nicht. Im Grunde sind es nur ein paar Knoten und Laschen an den Seilenden, die wie Knöpfe aufgeknöpft werden und dann fällt alles fast wie von selbst wieder von der Frau ab.

Bis zu diesem Zeitpunkt fühlt sich Tiziane ausgesprochen wohl. Die Fesselungen und ihre Zurschaustellung kommen ihren unterdrückten Neigungen und exponierten Modelambitionen schon sehr nahe. Ihre gefesselte Schönheit und hilflose Verfügbarkeit vor den Männern bringt vermehrt Endorphine bei ihr zur Ausschüttung. Sie liebt es ganz einfach, betrachtet und begehrt zu werden und das gierige Interesse der zuschauenden Männer zu entfachen. Eine Anpassung und natürliche Überlebensstrategie, die Mutter Natur den Frauen in Jahrzehntausenden mitgegeben hat, um den Ernährer und Beschützer auf sich und ihre Kinder zu verpflichten.

Heinz Clemens sollte nun das Model, die temporäre Hure Tiziane von ihren Fesselungen befreien und für sie ein Taxi rufen. Sollte! Doch in diesem Moment nimmt einmal mehr das Unheilvolle von Heinz Clemens Besitz, dem als Erste damals schon seine Mutter zum Opfer fiel. Ihr Tod war ja eher ein zufälliger, nicht etwa geplant, hatte aber daraufhin Heinz Clemens Verhältnis zu den Frauen in eine obskure Richtung gelenkt. Er ist sich plötzlich nicht mehr sicher, ob er die Frau nun tatsächlich aus ihrer prekären Lage erlösen will. Er setzt sich in den nächsten freien Sessel, um Tiziane zu betrachten. Die beginnt nun doch langsam, sich unwohl zu fühlen und unternimmt aussichtslose Versuche, sich der Stricke zu entwinden.

»Nun machen Sie mich endlich los!«

»Warte mal, nur noch einen Augenblick, es ist gleich so weit. Ich muss noch schnell etwas erledigen.«

Tiziane mosert leise vor sich hin. Heinz Clemens verlässt den Raum. Und in Tiziane macht sich ein erstes leises Gefühl des Ausgeliefertseins breit. Ich kenne den Kerl eigentlich gar nicht, denkt sie, und nun bin ich ganz und gar allein hier mit dem Typen. Heinz Clemens telefoniert hinter der Türe mit

Senta, einer Prostituierten und bestellt sie zu sich. Senta arbeitet nur gelegentlich und nach Geldbedarf als Hure. Sie hat einen festen Kundenstamm, ist sauber, was die Festen an ihr mögen, und kennt Heinz Clemens im Gegensatz zu der mit sich hadernden Tiziane sehr genau, wie sie meint. Dann holt er einen Ballknebel aus der Spielsachenkiste, die er und Senta zusammen benutzen. Für ihn ist Senta so etwas wie eine sichere Burg, eine Frau, auf die er sich verlassen kann und die ihn versteht, wie er meint.

Die bösen Eingebungen haben in dieser Nacht einmal mehr und unversehens von Heinz Clemens Besitz ergriffen. Zurück in seinem Saloon sieht er, wie sich Tiziane immer noch erfolglos unter den Seilen windet. Jetzt machen Sie mich los!, waren die letzten Worte, die je von ihr zu hören waren. Heinz Clemens knebelte ohne das geringste Mitgefühl Tizianes Stimme weg. Die gerät nun wirklich in Panik, sie zappelt und versucht irgendwie aus den Seilen herauszukommen. Doch dann ist es gerade das, was in Heinz Clemens den letzten entscheidenden Impuls dazu auslöst, die Frau nicht aus ihrer beklemmenden Lage zu befreien. Er übernimmt die Kontrolle über Tizianes Leben. Heinz Clemens umwickelt die sich windende Frau mit 50 Meter Frischhaltefolie aus der Küche. Eine eingebaute Dekoküche übrigens. Das einzige, was darin gekocht wird, ist Kaffee.

Als an der Haustüre der Gong seine Tonfolge ableiert, ragen aus der unsachgemäßen Verpackung nur noch die Nase, ihre hochragenden Brüste und das Ende der Leine heraus. Heinz Clemens trägt das Bündel an Yuki Os praktischem Tragegriff in einen Kellerraum, der mit allem möglichen alten Möbelstücken und Gerümpel vollgestellt ist. Er wirft Tiziane auf eine alte Ledercouch, auf der einstmals sein Vater gerne saß, wenn er sich eine seiner teuren Havannas genehmigte und damit seine Frau regelmäßig auf die Palme brachte. Wahrscheinlich rauchte er nur noch aus diesem Grunde bis zu seinem unschönen Ende weiter. Seine Gattin lies das Möbelstück jedenfalls noch am gleichen Tag aus dem Saloon entfernen, um es entsorgen zu lassen, doch dann geriet die Couch in Vergessenheit.

Gleich darauf, als er Tiziane abgelegt hatte, lies Heinz Clemens Hure Senta ein. Die mag H.C. ganz gerne als Kunden, weil er ihren anspruchsvollen Preis stets anstandslos bezahlt. Sie hält ihn für einen harmlosen Spinner, einen reichen harmlosen Spinner, und war nach ihrer beider etwas holperigen Anlaufphase dann stets bereit, alle erdenklichen Spielchen mit sich machen zu lassen. H.C. gibt den Dominanten, tut ihr aber nie richtig weh, bei all den verrückten Dingen, die sie miteinander treiben. Da kennt Senta ganz andere Typen und ist richtig froh über ihre Geschäftsbeziehung mit H.C. Sie weiß oder glaubt zu wissen, dass er sie gerne hat. Sie will sich aber mit ihm nicht auf mehr als auf ihre speziellen Spielchen einlassen. Heinz Clemens ist einfach nicht ihr Typ, schon allein der Name Heinz Clemens? Und obendrein ist er für ihren persönlichen Geschmack viel zu soft. Harmlose Spinner gehören nun mal nicht in ihr Männerbeuteschema. Senta mag die etwas härteren Typen, die anderen zeigen, wo's langgeht, sich aber von ihr natürlich um den Finger wickeln lassen - müssen.

Was würde Senta denken, wenn sie wüsste, dass H.C. ganz und gar kein harmloser Zeitgenosse ist. Und was würde sie denken, dass anfänglich, als ihre Geschäftsbeziehung noch etwas »holperig« verlief, ihr Leben für H.C. einige Male zur Disposition stand.

Senta lässt sich von H.C. die Handschellen anlegen, in dem sicheren Gefühl, dass von dem Manne nicht die Spur einer Gefahr ausgeht. Und trotzdem ... heute fickt er sie auf eine ganz andere Art als wie das übliche, monotone Vor und Zurück, wenn er sich an ihr einen abrappelt. Irgendwie ist der Mann heute ein ganz anderer. Frauen haben dafür nun mal feine Antennen.

Wie kann sie ahnen, dass sie für H.C. immer nur der Abreger nach seinen Betrachtungen der süßen kleinen Bettina war, von der sich Heinz Clemens hatte nie ganz lösen können. Und wie kann sie ahnen, dass der nette, harmlose Herr Borgwald mit seinen Gedanken heute bei der Frau ist, die sich im Keller, in einer ausgesprochen prekären Situation in seiner Gewalt befindet. Wahrscheinlich ist Tiziane noch am Leben. Ihre Situation hat etwas von Schrödingers Katze. Sie könnte noch leben oder aber auch schon tot sein. Unscharf. Er wird sie beseitigen müssen.

5

»Hat er dich vergewaltigt?«

»Nein.«

»Warum nicht?«

»Was soll das denn heißen, warum nicht? Wie soll ich das denn wissen? Bin ich etwa schuld daran, dass mich Heinz Clemens nicht vergewaltigt?«

»Heinz Clemens, also… nein Margit, es tut mir leid. Ich möchte nur dahinterkommen, was hier los ist und wie ich uns befreien kann.«

»Wie wollen sie uns denn befreien? Hier ist alles dicht. Und nennen sie mich Bettina. Als ich ihm einmal sagte, dass mein Name Margit ist, hat er mir mit der Reitpeitsche den Hintern versohlt.«

»Woher weißt du denn, dass es eine Reitpeitsche war?«

»Das müssten sie doch wissen. Alle Mädchen wünschen sich doch ein Pony oder ein Pferd. Das heißt aber nicht, dass ich ein kleines Mädchen bin!«

»Stimmt, hatte ich vergessen. Glaubst du, dass der Heinz Clemens nicht alle Tassen im Schrank hat?«

»Pscht! Nicht so laut!«

»Ach ja, die Peitsche, 'tschuldige! Du bringst Essen und Getränke für mich, bist du so eine Art Haushaltssklavin?«

»Manchmal komme ich mir tatsächlich so vor. Aber ich glaube, es sind die Klamotten. Er zwingt mich, solche Verkleidungen zu tagen, so wie diese hier.«

»Das Zofenkotüm.«

»Was ist eine Zofe?«

»Ja, was ist eine Zofe, hm? In der guten alten Zeit war das so etwas wie ein Hausmädchen und eine Art Bedienung in Privathauhalten, in einem sklavenähnlichen Arbeits- und Abhängigkeitsverhältnis.«

»Genau, das kommt hin«, meint Margit, nickt dazu nachdenklich und presst ihre Lippen zusammen. »Manchmal nennt er mich Personal und dass mich dies oder jenes nichts anzugehen hat. Ein paar Mal hat er auch Fotos in komischen Kleidern von mir gemacht.«

»Ja, ich weiß, er hat nach den Fotos Gemälde anfertigen lassen.«

»Wirklich!«

»Wirklich, so habe ich dich gefunden. Ich habe dein Gesicht auf einem Gemälde in einer Ausstellung gesehen und später ist mir dann die Ähnlichkeit mit deinem Fahndungsplakat aufgefallen.«

»Fahndungsplakat? Dann ist es ja ein Glück, dass Heinz Clemens diese Fotos von mir gemacht hat.«

»Ja, kann man so sagen. Sag aber Verena zu mir, wir müssen ja nun zusammenhalten. Erzähl doch mal, wie es in den anderen Zimmern so aussieht?«

»Da ist mein Zimmer, das Mädchenzimmer. Dann wäre da noch ein Wohnzimmer, das Badezimmer und eine Küche. Raus kommt man aber nur mit Heinz Clemens zusammen.«

»Dachte ich mir schon! Gibt es Besteck in der Küche? Messer, Gabel, Nudelholz oder eine Brechstange vielleicht?«

»Na klar, eine Brechstange! Wenn ich so etwas hätte, wäre ich schon längst abgehauen, oder ich hätte Heinz Clemens das Ding über den Schädel gehauen«, flüsterte Margit, während sie sich sichernd nach allen Seiten hin umschaute. »Bestecke und Geschirr sind aus Plastik. Hier gibt es nichts, das härter ist als Pappe.«

»Hm? … Pappe? Hier in den Regalen liegen große Pappstücke. Das war früher bestimmt mal ein ordentlicher Haushalt. Kannst du Klebeband besorgen oder Paketschnur oder so? Irgendetwas, das man zum Einwickeln benutzen kann, etwas Langes, je länger desto besser.«

»Was wills'te denn damit Verena?«

Margit hatte sich schnell auf ihr neues Verhältnis zueinander eingestellt.

»Ich habe da so eine vage Idee. Guck mal, ob du was findest, das nützlich sein könnte.«

Senta schwitzt, ihre Schenkel kleben förmlich auf Heinz Clemens Lenden. Sie stößt kehlige Laute aus, während sie ihren Unterkörper in heftigem Rhythmus und schmatzender Geräuschkulisse vor und zurückbewegt. Senta hält ihre Augen geschlossen und wähnt heute einen gänzlich anderen Mann unter sich. Sie zwingt sich wiederholt, ihre zu Augen öffnen, um sich zu vergewissern, dass es tatsächlich der Langweiler Heinz Clemens ist, der mit kräftigen Stößen auf ihre Bewegungen reagiert.

Heinz Clemens packt die Frau mit kräftigem Griff um die Taille und benutzt Senta, als wäre sie seine Faust. Im nächsten Moment umspannt er ihre Arschbacken auf fast schmerzhafte Weise, dann wieder ihre Brüste. Zum ersten Mal wird ihr richtig gewahr, wie groß und kräftig seine Hände wirklich sind, und zugleich mit dieser Erkenntnis kommt sie zum zweiten Mal über ihm. Senta schwimmt förmlich im eigenen Saft. Die Düfte ihrer Vaginalflüssigkeiten vermischen sich mit den Gerüchen von frischem Schweiß und Moschus. Salzige und schwere Süße benebeln die Geruchssinne der beiden. Senta nimmt die Manipulationen, die ihre harten Brustwarzen erdulden müssen, kaum noch wahr. Sie ist geschafft, wie es so schön heißt. Heinz Clemens hat sie geschafft.

Bisher war es stets reine Routine für Senta. Sie kommt in Heinz Clemens Haus, sahnt ihren Lohn und den Mann professionell ab und verschwindet wieder so unkompliziert, wie sie gekommen war. Da lohnte es sich kaum, das Taxi jedes Mal wieder wegzuschicken. Fahrer und Nutte kennen sich, sind fast schon ein Team. Da braucht es nicht viele Worte. Alles in allem löst der unterschwellig gefährlich veränderte Mann einen leichten Anflug von Angst in ihr aus. Dieses neue, aufkeimende Angstgefühl steigert sich noch, als er mit beiden Händen ihren zierlichen Hals umschließt, sich aber dann anders besinnt. Für Senta öffnet sich einige Augenblicke lang ein kleines Fenster in Heinz Clemens Seele, die plötzlich überhaupt nichts Harmloses mehr verheißt. Und die Handschellen hinter ihrem Rücken empfindet sie in diesen Minuten nicht mehr als ein neckisches Sexspielzeug, sondern als echte Bedrohung für ihr Leben.

Das Abklingen der kurzen sexuellen Ekstase vermischt sich mit der unterschwelligen Angst vor dem zum Leben erweckten Tier im Manne und verführen Senta zu einem Gefühl, sich dem Mann bedingungslos zu unterwerfen, wenn es sich dabei nicht gerade um Heinz Clemens handeln würde, und löst damit eine ziemliche Gefühlsverwirrung in ihr aus.

Heinz Clemens bekommt von den Gefühlen und Ängsten der nackten Frau über sich nichts mit, und es interessiert ihn auch nicht. Seine Gedanken sind bei der verschnürten Tiziane in der Rumpelkammer, die ihm ein auf Gedeih und Verderb ausgeliefertes Opfer geworden ist.

Hure Senta läuft schließlich wie befreit zu dem wartenden Taxi hin. »Es hat dieses Mal etwas länger gedauert«, sagt sie mit trockener Stimme unaufgefordert zu dem Fahrer, dem das aber ziemlich egal ist, solange das Taxameter weiterläuft. Senta streicht in Gedanken Heinz Clemens Borgwald von ihrer Kundenliste und wird in Zukunft nie wieder einen Telefonanruf von ihm entgegennehmen. Tief in ihrem Inneren hatte sie in dieser Nacht eine Vision von etwas Schrecklichem, das unabänderlich geschehen wird. Senta war froh, dem Bann dieser bedrohlichen Gedanken entronnen zu sein. Zu real waren die Todesvisionen gewesen. Sie wird diese Nacht aus ihren Gedanken streichen und niemals wieder einen gedanken darüber verlieren.

6

Margit steht unschlüssig und niedergeschlagen im Türrahmen der ehemaligen Vorratskammer, die nun zu Verenas Gefängnis geworden ist.

»Was hast'n da in der Hand«, fragt Verena, die nachdenklich auf der Kante ihres Bettes sitzt. Eine andere Sitzgelegenheit steht ihr ohnehin nicht zur Verfügung.

»Eine Rolle Frischhaltefolie, ich hab nichts anderes gefunden. Keine Schnur, kein Klebeband, nichts!« Das Mädchen verstummte schuldbewusst.

»Ich denke, das ist gar nicht so schlecht, was du da hast. Ich glaube, das könnte sogar funktionieren.«

»Was kann man damit schon anfangen?«

»Ich will dir keine falschen Hoffnungen machen, aber wart's mal ab. Hauptsache du plauderst nichts aus!«

»Ich plaudere nicht!«

»Und die Peitsche? Du bist sicher keine Heldin. Na dann gib mir mal die Packung.«

»Nun sag schon, was willst du mit 'ner Rolle Kunststofffolie anfangen? Das wird H.C. nicht beeindrucken.«

»Also gut! Frage, was haben ein Baum, Papier und ein Stück Pappe gemeinsam?«

»Äh?«

»Das ist alles dasselbe Margit, nämlich Holz!«

»Aha?«

»Also, ich sage dir, was wir machen. Wir basteln uns einen Knüppel.«

»Wie?«

»Aus Pappe!«

»Jetzt redest du aber Stuss!«

»Nee, Pass auf. Als damals, um die Jahrtausendwende …«

»Da war ich ja noch gar nicht geboren.«

»Richtig! Also, meine Mutter wollte die Thermopapierrolle in unserem alten Faxgerät wechseln und hatte doch glatt vergessen, den Kern der alten, verbrauchten Rolle aus dem Schacht zu nehmen.«

»Faxgerät? Hört sich irgendwie lustig an.«

»Beim Schließen des Deckels machte es Knack, und damit war das Faxgerät irreparabel kaputt. Und Papa durfte mal wieder zahlen.«

»Wofür denn?«

»Für ein neues Gerät, das alte war ja irreparabel.«

»Du kennst Worte, irre parabel, aber ich verstehe trotzdem nicht, warum das Gerät kaputt gegangen ist?«

»Na dann pass mal auf. Der Kern war ein Daumendicker Stab aus gewickeltem Papier, wie so eine Klo-Papierrolle. Aber sehr stramm gewickelt und verklebt und so hart wie Eisen.«

»Aha, und warum haben die dann so harte Kerne verwendet, wenn doch die Geräte davon kaputt gegangen sind?«

»Eben darum, Papa musste zahlen. Die Faxgerätefabrikanten wollen ja Geld verdienen. Kapiert?«

»Ich denke schon, die bescheißen uns!«

»Bist halt doch eine Schnellmerkerin. Ich werde jetzt versuchen, einige der Pappebögen so eng und fest zusammenzuwickeln wie die Pfosten an einer Pferdekoppel. Wann glaubst du wird dieser Heinz Dingsbums wiederkommen?«

»Der trifft sich heute mit Kumpels oder Geschäftsfreunden, glaube ich!«

»Mit seinen Verbrecherfreunden.«

»Kann man so sagen. Jedenfalls konnte ich von den Leuten keine Hilfe erwarten.«

»Nein?«

»Wie du schon sagst, »Verbrecherclub!«

»Ich verstehe«, sagte Verena und dachte, wenn so viele Leute Margits Gesicht kennen, dann ist ihr Leben hier sowieso nichts mehr wert. Für H.C. wird sie auf Dauer zum Risiko werden.

»Okay, dann wollen wir mal.«

Verena nahm ein erstes Meterstück aus einem Regal, ließ zwei Finger breit Wasser in die Duschwanne ein und feuchtete die breite Seite des Pappbogens leicht an. Margit schaute zwar irritiert zu, sagte aber nichts. Verena erklärte es ihr Trotzdem:

»Man muss die Pappestücke von Anfang an ganz fest und eng wickeln, und das geht mit trockener Pappe nur sehr schlecht.«

Nachdem die beiden mit ihren flachen Handflächen auf dem Boden die ersten Wicklungen vollbracht hatten, legte Verena den zweiten Bogen an und dann den dritten. Unter ihrem Körpergewicht gab die störrische Pappe dann ihren Widerstand auf und nahm die Form und die Härte eines Knüppels an.

»Margit, du wickelst jetzt die Folie auf dem Boden aus und ich rolle die Stange darin ein.« Schräg, kreuz und quer rollt Verena die Stange in die Folie. Margit, die das Prinzip inzwischen verstanden hatte, ist jetzt voller Eifer dabei und hält die Folie unter Spannung. »Fertig! Fühl mal, Margit… Na, was sagst du, hart wie ein Baseballschläger, oder?«

Sie nickt nur sprachlos und ein wenig Hoffnung keimte in ihr auf.

»Mit dem Ding ziehe ich diesem Heinz C. den Scheitel nach, dass der noch lange dran denken wird«, brüstete sich Verena zuversichtlich.

In den Ausläufern des nördlichen Schwarzwaldes, im Dreieck der Städte

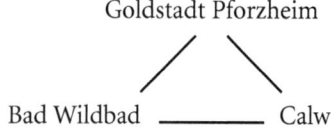

liegt eine liebliche, wald- und flurdurchsetzte Landschaft, geprägt von Holz- und Landwirtschaft. Einzugsgebiet der umliegenden, vorzugsweise mittelständisch geprägten Industriestädte. Eigentlich eine nette Gegend für Familienausflüge oder Wanderungen in wechselvoller Umgebung. Als Heinz Clemens Vater damals noch unter anderem eine Schmuckfabrik in Pforzheim besaß, stromerte H.C. in seiner Kindheit und frühen Jugendzeit oft durch diese Gebiete südlich der Stadt. Mal mit Kumpels, meist jedoch ohne, wie es sich eben so ergab. Wenn er allein mit seinem Fahrrad durch die Gegend streifte, hatte er schon bald für sich ein naturbelassenes, abweisendes Waldstück requiriert. Ein Stück, für das sich eh niemand sonst zu interessieren schien. Es war sein Reich. Ein zerfurchtes Stück lichten Waldes mit grobem Sandsteinbrocken durchsetzt. Voller dornigem Gestrüpp und mit mehr Brennnesselbestand, als seinen ungeschützten Beinen gut tat. Es gab da nichts, was irgendjemand anziehend finden konnte außer Heinz Clemens, der sich an diesem Ort in abenteuerliche Indianer- und Gangsterkomödien hineinträumte.

Spätestens als die Familie in eine neue, repräsentative Adresse umzog und H.C. dann des Öfteren in den Genuss kam, heimliche Blicke auf die heranwachsende und manipulativ berechnende Bettina zu werfen, verblassten die Gedanken an Indianer, gefangenen Squaws, Marterpfählen und Pistolenkämpfen mit bösartigen Rinderbaronen. Bis Jahre später, fast schon aus Versehen, eine suchtkranke Stuttgarter Nachwuchsnutte unter ihm zu Tode kam. Möglicherweise hatte er ihr etwas zu lange Mund und Nase zugedrückt, bis sie dann endlich mit ihrem Geschrei aufhörte und Ruhe gab. Er konnte sich ohnehin nicht mehr so genau daran erinnern. Das Ergebnis des Unfalls, wenn man es einmal so nennen will, löste aber einmal mehr ein Gefühl von Allmacht in ihm aus. Ein Gefühl, das mehr in H.C. bewirkte als das, wofür er die abgemagerte Jungprostituierte eigentlich vom Strich aufgelesen hatte.

H.C. hatte urplötzlich dieses befriedigende Gefühl wiederentdeckt, das ihn einst überkam, als er seine Mutter unbeabsichtigt und für ihn folgenlos zu Tode gebracht hatte: das Bild des schweißenden, mit zitternden Flanken vor dem Stallgebäude stehenden Gauls (H.C. hat für Pferde nicht viel übrig) und das des stattlichen Stallburschen, der das zitternde Pferd an der Trense hielt, während er beruhigend auf das Tier einredete – und der nebenbei dafür verantwortlich war, es der vernachlässigten Reitersfrau ordentlich zu besorgen.

Und da war die zerfetzte Frau mit einem Gesicht, das man als solches nicht mehr bezeichnen würde, und die immer noch im Steigbügel hing. Dieses Bild hatte sich für immer in H.C.s Erinnerungspool Pixel für Pixel eingebrannt. Der Blick auf das Szenario währte nur Sekunden, Sekunden die sich zu Ewigkeiten dehnten.

H.C. fühlte einen gewissen Stolz ob seines Sieges über »die Frau da«. Aber ihm war durchaus bewusst, dass er etwas Unrechtes getan hatte. Er würde es also für sich behalten. Das Wissen um seine Strafunmündigkeit, das hatte er damals noch nicht. War er doch für jeden kleinen Fehler, für jede Unachtsamkeit oder auch nur aufgrund eines Verdachtes, der auf ihn gefallen war, drakonisch bestraft worden. Wie er es empfand. Besonders dann, wenn dies ohne eine Schuld geschah, brannte sich der Hass auf die Ungerechtigkeiten, die ihm angetan wurden, tief in seine kindliche Seele ein.

Nur die dicke Köchin, die kreischend und mit rudernden Armen aus dem Haus gestürzt kam, um »ihren Jungen« zu trösten und zu beschützen, indem sie Heinz Clemens voller Mitgefühl in ihre Fleischmassen hineindrückte, hatte den Knaben niemals gemaßregelt. Die Frau, die ihn immer gerne und heimlich mit dessen Lieblingsspeisen verwöhnte, war für H.C. so etwas wie ein Fluchtpunkt gewesen. Würde die Köchin ihn verstehen, wenn er ihr sein Glücksgefühl offenbarte? H.C. war da skeptisch und behielt sein Geheimnis dann doch lieber für sich.

Eigentlich und so betrachtet trug der Vater, der zu der Zeit schon nicht mehr lebte, die Schuld an dem Unglück. Der hatte den Revolver gekauft, weil es dafür zu der damaligen Zeit keines

Waffenscheines bedurfte. Er hatte ihn versteckt und dann vergessen. Logisch, dass H.C. es war, der das wundervolle Spielzeug in dem vermeintlich sicheren Versteck fand.

Das Leben dreht sich im Kreis, immerfort, kaum merklich, und doch ist es so. Es ist die einzige Konstante in der chaotischen Exaktheit der Relativität.

Millionen Lachse kehren zum Ende ihres Lebens über den ganzen, weiten Atlantik zu den Flüssen ihrer Geburt und Jugend zurück, um dort ihre Kinder in die Welt zu bringen. Einst, vor Millionen von Jahren, als Europa und Amerika noch ein Kontinent waren, war es für die Fische ein kurzer Weg aus dem kleinen Binnenmeer, hin zu ihren Geburtsstätten. Doch die Kontinente hatten sich Jahr für Jahr einige Zentimeter weiter voneinander entfernt. Aber die Tiere waren einfach nicht clever genug, um sich neue Flüsse für ihren Lebenskreis zu suchen. Magisch angezogen und unter unfischigen Anstrengungen kämpfen sie gegen den mörderischen Ozean und mit ihren letzten Kräften gegen den Strom der Flüsse an. Bis sich dann endlich die Konstanten der Wasserbestandteile und der magnetischen Felder mit dem Plan in ihrem Nervensystem decken. Mit den letzten Resten ihrer Kräfte ist die Zeit des Laichens gekommen. Dann fordern die Anstrengungen ihren Tribut und es folgt unweigerlich der Tod. Damit hat der Kreis der universellen Kräfte wieder einmal obsiegt.

Kurz und lapidar: Trotz einer immensen Großhirnrinde ist es auch dem Menschen nicht gegeben, die Macht der Kreise zu durchbrechen.

Heinz Clemens blickte sich um. Hier ist alles noch genau so, wie es schon immer war, und wahrscheinlich hat sich an diesem Ort seit der Steinzeit nichts verändert. Herumstreunende Kinder gibt es auch schon lange nicht mehr. Einerseits weil heutzutage die Mütter ihre Kinder nicht mehr tagelang unbeaufsichtigt durch die Landschaft streifen lassen, andererseits weil sich das

Leben der neuen Kiddis meist in elektronischen Sphären ab-spielt. Aber darum geht es hier ja auch gar nicht.

H.C. hat auf diesem Stück Unwirtlichkeit seinen Meditations-mittelpunkt gefunden, seinen Kreis, der ihn immer wieder hier-her zurückführt. Hier erlebte er sein Déjà-vu, so wie heute, mit der toten Frau im Gepäck am intensivsten.

Als damals die aufgelesene Nutte unbeabsichtigt zu Tode kam, hatte er sich an diesen Ort erinnert und ihre Leiche in dem moosig feuchten, lockeren Waldboden verscharrt. Dann einige Sandsteinbrocken darüber gewuchtet. Fast schon Gedenkstei-ne. Und so findet er jetzt auch ohne Schwierigkeiten und auf Anhieb das Grab der toten Nutte wieder. Damals hatte er sich nach der Schufterei hingesetzt mit der Begräbnisstätte im Blick. Die Anstrengungen hatten seinen Puls hochgetrieben und ver-mehrt frischen Waldsauerstoff in sein Hirn gepumpt. In diesen Momenten sah er es wieder, glasklar und deutlich, vor seinem geistigen Auge. Den Gaul mit der zerfetzten Frau an der Seite. H.C. erlebte nochmals diesen Triumph und das Glücksgefühl, bis ihm der Blick von der entsetzten Köchin gänzlich verstellt worden war. Zu seinem Besten, wie sie dachte.

H.C. lies die umfangreiche Sporttasche neben der Kuhle fal-len, die er gerade vor wenigen Minuten ausgehoben hatte. Dann schaufelte er den Haufen Waldbodensubstrat über das in Frisch-haltefolie eingewickelte Bündel zurück. Verdichtete dann alles noch ein wenig und ebnete die Bodenfläche um Tizianes Brüste herum ein.

An H.C. könnte der Gartenmarkttyp mit dem Strohhut und dem grünen Daumen verloren gegangen sein. Allerdings hatte H.C. aufgrund des ererbten Familienvermögens und dem aus-geprägten Desinteresse an schulischen und berufsbildenden Ak-tivitäten nie vorgehabt, irgendeine Art von Beruf zu ergreifen. So rutschte er mehr aus Langeweile und eher beiläufig in die Kunst- und Kulturszene hinein. Nun ja, vielleicht nicht ganz so beiläufig. Die Mutter war ja sehr aktiv dabei, die hereinkommenden Dividenden schnell wieder in Kunstgegenstände, aber auch in Schmuck und Schuhe umzusetzen. Jedenfalls hatte H.C. schon wegen den Werken von modernen und auch älteren Künstlern, die überall in der Villa hingen oder standen, eine natürliche Affinität zur Kunstszene mit auf den Weg bekommen. So kommt das eine zum anderen und außerdem ist es ziemlich erfrischend, morgens auszuschlafen. Und am Abend dann mit netten Menschen und hübschen Frauen in angenehmer Atmosphäre zu speisen, um danach den Tag mit der hereinbrechenden Nacht zu beginnen.

Zurück zu den Brüsten. H.C. hatte den Waldboden beiseite geschaufelt, bis er auf felsigen Untergrund gestoßen war, Egal! H.C. legte die verschnürte tote Frau in das wilde Grab. Auch aufgrund der Fesselungskünste von Yuki O, die in ihrer Show einen Blickpunkt mit Tizianes ab- und in Form geschnürten Brüsten schaffen wollte, ragten Tizianes Brüste aus dem Waldboden heraus. H.C. selbst war nicht wenig überrascht von seiner »Installation«, einer naturalistischen Bodenskulptur, die er unbeabsichtigt erschaffen hatte. Er brach einen Zweig von einem der umstehenden wilden Brombeersträucher ab und wedelte mit den Blättern des Zweiges einige Schmutzpartikel und Rückstände von den Brüsten herunter.

So etwas wie Sentimentalität überkam H.C. Er fühlte sich den toten Nutten irgendwie verbunden, konnte diese Regung aber nicht einordnen. Den lebenden Frauen gegenüber hatte er jedenfalls keine Gefühle entgegengebracht, das war ihm bewusst. H.C. war ja nicht dumm, aber Gefühle? Das ist etwas ganz anderes. Vielleicht sollte er zwischen den beiden Gräbern einen Baum pflanzen? Es war ja sein Refugium, das durch sein Wirken nun zu einer Kultstätte geworden war. Oder ein Kreuz aufstellen? Aber nein, so blöde bin ich dann doch nicht, irgendwelche Ignoranten direkt zu seinen Grabstätten zu lotsen.

Die zerschundene Mutter, im Steigbügel hängend, hatte sich in einer Art fotografisches Gedächtnisbild in Heinz Clemens innerem Speicher eingebrannt. Fast ohne nachzudenken zog

H.C. sein Handy hervor, um sein Werk für immer und für Jean festzuhalten. Könnte dies heute der Tag sein, an dem sich Heinz Clemens »Zufallsmordfälle« zu einer regelrechten Manie, zur Besessenheit steigern könnte?

Verena und Margit ahnen nichts von der unheimlichen Verwandlung von H.C. Vom Gelegenheitsmörder hin zum vom Morbiden besessenen Installationskünstler toter Frauenkörper. H.C. schien nun wirklich diese Schwelle zu überschreiten. Was für die beiden jungen Frauen und in der Konsequenz plötzlich sehr brisant werden könnte.

Gerade in Margits Alter sind Mädchen besonders kommunikativ. Sie unterhalten sich und schäkern mit Gleichaltrigen in einem fort. Das hatte Margit all die Monate ihrer Gefangenschaft über nicht, und Verena lies sie darum auch gewähren. Sie bringt Verständnis für Margits Bedürfnis auf und auch dafür, dass Margit sie mit ihrem Redeschwall fast schon ein wenig nervt. Margit, die gerade noch munter drauflos geplappert hatte, war mit einem Male aber still und stand stocksteif.

»Was ist?«

»Er ... er kommt!«

»Wer, wie? Ich habe nichts gehört.«

»Heinz Clemens!«

»Ich höre nix ...? Doch jetzt, da ist etwas.«

»Das ist er«, sagte Margit verzagt.

Verena musste unweigerlich an den süßen kleinen Yorkshireterrier ihrer Mutter denke. Der spitzt auch schon lange vorher die Ohren, bevor ihr Vater mit seinem alten Toyota um die Ecke gefahren kommt. Die beiden jungen Frauen waren fast einen vollen Tag lang sich selbst überlassen geblieben. Verena hatte sich anfänglich noch den Kopf darüber zerbrochen, wie sie wenigstens Margit zur Flucht verhelfen könnte. Aber wie es scheint, geht das nur, wenn man zuvor H.C. überwindet. Er steht zwischen Gefangenschaft oder Schlimmerem und der Freiheit.

Gedämpfte, entfernte Schritte waren zu hören, dann der Schlüssel, wie er im Schloss der Wohneinheit gedreht wurde, und wieder Schritte, die näher kamen. Die Frauen waren angespannt, als die Türe aufgezogen wurde.

»Bettina, in dein Zimmer, zieh dich um!«

Die senkte den Kopf und lief tatsächlich sofort los.

»Wir werden uns später unterhalten«, sagte H.C. und verschwand so schnell wieder, wie er aufgetaucht war.

Verenas Idee, Heinz Clemens Scheitel sofort bei dessen Auftauchen sauber nachzuplätten, musste also noch auf Ausführung warten. Sie tastete verstohlen nach der selbstgebastelten Schlagwaffe unter der dünnen Decke hinter ihrem Rücken. Zuckte aber schnell wieder zurück. H.C. streckte nochmals seinen Kopf zur Türe herein.

»Mach dein Bett, Frau Kommissarin, hier sieht's aus wie im Schweinestall.« Mit diesen Worten war er dann fürs Erste wieder verschwunden.

Scheiße, denkt sie, der Kerl regt mich auf, aber so was von!

Kommissar Eugen Haag ist nervös und voller Sorge. Ungeduldig telefoniert er die Liste von Fahrzeuglackierereien und Folienverarbeitern ab.

»Einen Bentley aus den Achtzigern? Da muss ich gar nicht erst nachsehen. So einen hatten wir hier nicht!«

»Schönes altes Modell! Nein, an den könnte ich mich erinnern.«

»Einen Bentley Continental, an den würde ich gerne mal Hand anlegen. Wir haben es doch fast nur noch mit Unfallschäden an 08/15 Autos zu tun. Aber warten Sie mal! Ich hatte vor längerer Zeit mal einen Bentley in der Nachbarschaft bei der Firma »Folien-Werk« in Korntal stehen sehen. An den kann ich mich noch ganz gut erinnern. British Green! So einen Wagen, den vergisst man nicht.«

»British Green?«

»Genau! Allerdings wird British Green in unzähligen Schattierungen verarbeitet.«

»Darauf kommt's nicht an. Aber danke, Sie haben mir schon sehr geholfen.«

»Ich werde Ihnen die Nummer des Folien-Werks geben.«

»Danke«, bedankte sich Eugen nochmals. »Die Nummer habe ich vorliegen. Herzlichen Dank.«

Viel aber war nicht los im Folienwerk. Durch eine fast die ganze Wand einnehmende Verglasung konnte man zusehen, wie eine Audi Limousine beklebt wurde. Die Karosserie wird mit entmineralisiertem Wasser eingesprüht, dann werden die Folien mit der Werbung eines Weinhändlers auf die Fahrzeugseiten aufgebracht. Zwei Angestellte in der Werkstatt, oder sollte man besser Studio sagen, glätten die Folien mit ihren Raffeln perfekt auf die Oberflächen der Türen und Kotflügel.

»Eine nette Demonstration ihrer Arbeit«, sagte Eugen zu der Dame am Empfang. »Kann ich mal den Chef sprechen?«, fragte er die Dame verbindlich und zeigte ihr dazu seinen Dienstausweis.

»Bin ich!«

»Bitte?«

»Ich bin die Chefin. Was kann ich für Sie tun?«

»Es geht um einen Bentley aus den Achtzigern. Wir müssen wissen, wer der Kunde war, der das Fahrzeug bei Ihnen in Arbeit gegeben hatte?«

»Tja?«

»Das Fahrzeug wurde für ein Verbrechen benutzt!«

»Ja-ja, ich schau ja schon nach. Moment noch!«

Die Dame in Straßenkleidung wirft noch einen weiteren misstrauischen Blick auf Eugens Ausweis, den er immer noch in Händen hält. Die Frau ist offenbar Chefin und Bürokraft in Personalunion. Aus einem Haufen von Kladden und Auftragsbüchern zog sie zielsicher ein Blatt heraus. Auf ihrer Arbeitsfläche regiert für einen Außenstehenden zwar das Chaos, aber schon

Sekunden später bekam Eugen einen Namen und eine Adresse in Renningen. Eine liebliche Stadt vor den Toren Stuttgarts, die angenehme Menschen und einen mutmaßlichen Mörder beherbergt. Eugen bedankte sich und nickt der Dame hinter dem Tresen kurz zu. Er will jetzt keinesfalls noch mehr Zeit verlieren.

Eugen machte sich auf den Weg nach Renningen, in die äußere, westliche Peripherie Stuttgarts, und vergaß auch nicht, einen uniformierten Kollegen zwecks Verstärkung mit zu beordern.

H.C. sieht zwei Sekunden lang zu, wie Bettina/Margit sorgfältig ihre Kleidung der Tageszeit entsprechend wechselt. Dann schaltet er den Bildschirm wieder ab. »Das ist doch Mist!«, entfährt es ihm.

Entweder hatte H.C. in diesem Augenblick einen lichten Moment und ihm wurde gewahr, dass irgendetwas mit ihm nicht ganz in Ordnung war. Oder die Bestie übernahm nun endgültig die Kontrolle über H.C; waren seine Taten bisher doch mehr zufällige. Aber mit dem vorsätzlichen Mord an Heiner Täuber und der Tötung der unglücklichen Tiziane hatte sich H.C. endgültig zum Mörder gewandelt. Es war vielleicht eine Mischung der provokativ zur Schau gestellten Tiziane in ihren Fesseln und des Ausgeliefertseins der Frau, die Macht, Lust und Befriedigung in H.C. aufgestachelt hatte.

Damit kam H.C.s wirkliche Natur endgültig zum Vorschein. Bis zu dem Mord an Täuber hätte es nicht mehr als eines gewieften Anwalts bedurft und H.C. wäre ungestraft aus den Verhandlungen herausgekommen. Am Ende wären die Opfer noch selber schuld an ihren Schicksalen und könnten froh sein, nicht noch posthum belangt zu werden. Ein schlechter Witz, aber solche Dinge geschehen in deutschen Gerichtssälen nun mal.

»Alles klar, Frau Kommissar?«

»Wenn das witzig sein soll, dann kann ich nicht drüber lachen«, antwortete Verena auf H.C.s launige Anmache. »Lassen Sie uns gehen!«, appellierte Verena, jedoch ohne sich Hoffnung zu machen, dass H.C. dies auch nur im Entferntesten in Erwägung ziehen würde. H.C. spielt den ehrlich Erstaunten, er zieht die Augenbrauen hoch und neigt seinen Kopf demonstrativ zurück.

»Was soll das denn heißen?«

»Das wissen Sie genau. Sie halten das Mädchen, das sie Bettina nennen, gegen ihren Willen hier fest. Das ist eine schwere Straftat!«

»Ouh! Frau Kommissarin packt gleich die ganz große Paragraphenkeule aus!« Du wirst gleich sehen, was für eine Keule ich für dich auspacken werde, denkt sie und kann gerade noch ein verräterisches Grinsen unterdrücken. »Pass auf Mädchen, du befindest dich in meiner Obhut. Hier habe ich das Sagen. Immerhin genießt ihr zwei in meinem Hause Vollpension.«

»Vollpension wird Ihnen in Stammheim ebenfalls zustehen, plus Arbeitserlaubnis mit einem ehrlich verdienten Einkommen. Es wird nur noch eine Frage der Zeit sein, bis Sie unter Dach und Fach einfahren werden.«

»So weit wird's nicht kommen, dafür habe ich gesorgt. Apropos, wenn wir schon mal dabei sind. Wie seid ihr überhaupt auf mich gestoßen?«

»Sie waren ja so freundlich, ihre Visitenkarten in Dolans Galerie an die Wände zu hängen.«

»Ja … genau!«, kommt es gedehnt aus seinem Munde. »Das war dumm von mir. Wird auch nicht wieder vorkommen. Versprochen«, meinte H.C. gönnerhaft. »Ich habe es doch gleich geahnt. Dieser Täuber würde sein Maul nicht halten können.«

»Dafür haben Sie ihn ja dann auch abgeknallt.«

»Tja, was hätte ich denn tun sollen?«, fragte H.C. erstaunt. »Hätte ich warten sollen, bis mich der Kerl ans Messer liefert?« So wie er das sagte, schien es für seine Begriffe ganz und gar logisch zu sein. »Nun, wir werden uns später noch weiter unterhalten. Ich habe noch etwas zu erledigen.«

H.C. wendete sich um, um den Raum zu verlassen. Verena,

die sich die ganze Zeit über mit den Armen hinter ihrem Rücken abgestützt hatte und dabei den selbstgebastelten Schlagstock umklammert hielt, richtete sich auf und schlug mit einer einzigen, weitausholenden Armbewegung zu. Leider hatte es sich H.C. in diesem Moment, vielleicht einer Eingabe folgend, anders überlegt und wandte sich nochmals zu ihr um. Vielleicht war es aber auch das Klirren der Kettenglieder, das in sein Unterbewusstsein gedrungen war und ihn veranlasste, sich umzudrehen. So wurde er nur am Kopf gestreift. Aber dafür knallte die Stange mit voller Wucht auf seine Schulter. Es musste ziemlich schmerzhaft für ihn gewesen sein, denn er schrie laut auf und stürzte sich mordlüstern und voller Wut auf Verena.

H.C. schlug ihr mit seiner linken Faust ins Gesicht. Die Rechte war momentan nicht so recht zu gebrauchen und außer Gefecht. Das rettete sie wahrscheinlich vor Schlimmeren. Verenas Kopf wurde nach hinten gerissen und nahm dabei ihren Oberkörper gleich mit. Sie kippte zurück auf das Bett, das zugleich die einzige Sitzgelegenheit in ihrem Gefängnis war.

Überwältigende Verzweiflung flammte in Verena auf. Schlimmer als der körperliche Schmerz war für sie die Erkenntnis, dass ihre einzige Hoffnung, H.C. zu überwältigen, in diesem einen, kräftigen Schlag gelegen hatte. Und dass diese eine Chance nun wirkungslos vertan ist und dass es keine zweite mehr geben wird. Grandios gescheitert, innerhalb von nur einer Sekunde. Und den Knüppel war sie nun auch los.

H.C. rannte wütend aus der zweckentfremdeten Vorratskammer hinaus, nur um kurz darauf mit seinem idiotischen Vorderlader und ein Paar Handschellen zurückzukommen. H.C. fesselte Verenas Handgelenke hinter ihrem Rücken zusammen und war dabei nicht sehr zimperlich. Mit dem Pappknüppel fuchtelte er dann vor Verenas Nase herum und schlug mehrmals auf das Metallgestell des Bettes ein. Unweigerlich zuckte Verena jedes Mal zusammen in Erwartung, jetzt richtig Dresche zu kriegen. Doch dann rannte H.C. schon wieder hinaus.

Irgendetwas hat er jetzt vor. Jetzt flippt er gleich aus, dachte sie und das nicht ohne Sorge. Egal was nun geschehen wird, sie würde mit ihrer missratenen Aktion dafür verantwortlich sein.

Margit zuckte erschrocken zusammen, als Heinz Clemens in ihr Zimmer stürmte. Das verstieß absolut gegen alle täglichen Rituale und machte ihr Angst.

»Zieh dieses Zeug wieder aus«, befahl er ihr. »Du wirst heute etwas anderes tragen!«

Zitternd zog Margit die soeben angelegte, pseudoerotische Latexkostümierung wieder aus. Kaum lagen die stilisierten Schwesterntrachtteile auf ihrem Bett, packte Heinz Clemens das zitternde Mädchen am Oberarm und zerrte es förmlich in einen Teil des Hauses, den Margit zuvor noch nie betreten hatte. In diesen Räumen sah alles wie abgestorben aus. Diese Zimmer waren schon seit Längerem von niemandem mehr betreten worden. Abgestandene, staubschwangere Luft, Staub auf dem Boden, den Möbeln und Kunstgegenständen. Hier sollte mal gesaugt und gelüftet werden.

»Heinz Clemens, was hast du vor? Soll ich hier Staubsaugen?«

Heinz Clemens blieb kurz stehen und sah seine Bettinaimitation irritiert an. »Quatsch!« Dann zog er sie weiter mit sich.

Diesen Teil des Hauses hatte seit dem Tod dieser Frau, Heinz Clemens Mutter, um genau zu sein, nie wieder jemand betreten. Er öffnete eine Tür, die nach den Jahren protestierend ein knarzendes Geräusch von sich gab, ganz so, als befänden sich Margit und Heinz Clemens mitten in einer alten Horrorfilmkulisse. Dahinter eröffneten sich die privaten Zimmer der ehemaligen Herrin des Hauses. Sehr geräumig alles in allem. Unangetastet, voll möbliert, Bilder und Designer-Möbel. Sogar der Schmuck aus massivem Gold mit Steinen besetzt, die garantiert nicht aus buntem Glas waren, lagen noch achtlos herum.

Heinz Clemens aber scheint sich nicht im Geringsten für die Wertgegenstände zu interessieren. Er hat zu dem, was andere Menschen als wertvoll erachten, kein echtes Verhältnis. Heinz

Clemens folgt seit dem Tod der Eltern und seit er das Erwachsenenalter erreicht hatte, nur noch seinen persönlichen, momentanen Eingebungen. Einfach ausgedrückt, er tut, wonach ihm gerade der Sinn steht. Warum auch nicht? Die Dividenden aus den deutschen Unternehmensbeteiligungen kommen einmal jährlich. Die der französischen Konzerne meist zwei Mal und die amerikanischen Firmen kehren quartalsweise die Gewinne aus. Also, was soll's?

Heinz Clemens geht gezielt auf einen der vier begehbaren Schränke zu. Sommer, Winter, Sport und Gala. Da brauchte die Hausherrin nicht lange zwischen saisonuntypischen Kleidungsstücken herumzuwühlen, um sich Anlass bezogen entsprechend herauszuputzen.

Margit kann nicht anders. Sie ist ein Mädchen und damit eine Frau. Der herumliegende Schmuck zieht sie förmlich in ihren Bann und wie magisch an. In diesem Moment denkt das Mädchen fast zwanghaft daran, das seltsame Verhältnis zu Heinz Clemens, das im eigentlichen Sinne kein Verhältnis ist, sondern nichts anderes als Gefangenschaft, auf ein irgendwie anders geartetes Niveau zu befördern.

»Heinz Clemens, darf ich den Schmuck anprobieren?«

»Komm hierher!« Er winkt in Margits Richtung, mit der Handfläche nach unten, wie es die Südländer tun.

»Schade!«

»Was?«

»Der schöne Schmuck, Heinz Clemens!«

»Kannste alles haben, aber jetzt komm her!«

Margit beginnt ernsthaft darüber nachzudenken, wie sie Heinz Clemens auf ihre Seite ziehen könnte, um ihn unter ihre Kontrolle zu bringen. So ist das nun Mal, Frau bleibt Frau und muss in einer brutalen Männerwelt überleben, um irgendwie erfolgreich zurechtzukommen und zu ihrem Recht zu kommen. Entweder so oder so.

Heinz Clemens nahm einige der Kleidungsstücke von der

Stange, Strümpfe und Strumpfgürtel aus den Fächern. Staub wirbelte auf und das Zeug roch auch danach, staubig und muffig.

»Zieh das mal an!«

Dazu ehemals elegante Schuhe mit mittelhohen Absätzen, mit denen scheint Margit allerdings etwas überfordert zu sein. Sie ist absolut nicht begeistert von dem, was H.C. ihr da hingelegt hat. Die Stücke waren ohne Zweifel irgendwann vor zehn oder fünfzehn Jahren einmal das Edelste vom Edlen. Das muffige Zeug ist absolut nicht zeitgemäß, schon gar nicht für den Geschmack eines jungen Mädchens. Das heißt, Margit würde sich diese Sachen unter normalen Umständen nicht einmal ansehen. Das waren Sachen wie die, die ihre Oma trug. Oma! Mit dem Gedanken an ihre Großmutter kullern Margit plötzlich die Tränen übers Gesicht.

»Was ist denn nun schon wieder los? Heulst du, weil du den Schmuck nicht anprobieren kannst? Such dir was aus, aber komm jetzt her und zieh dir die Sachen an!«

»Oma«, seufzte Margit traurig.

»Was? Nun mach schon!«

Margit zog widerwillig die Kleidungsstücke an. Sie will Heinz Clemens jetzt nicht noch zusätzlich reizen. Sie spürt instinkttief, dass H.C. heute irgendwie auf der Kippe steht. Da lässt sich kaum abschätzen, wie der auf Widerspruch reagieren wird. Unwillkürlich streicht sie sich über ihren Hintern, wo vor Längerem noch die Striemen pulsierten. Obacht ist angebracht!

Von Unterwegs aus, auf dem Weg nach Renningen, ruft Kommissar Haag die Stuttgarter Kollegen an, um sie über die aktuellen Entwicklungen in Kenntnis zu setzen.

»Fischer!«

»Hallo, Herr Fischer. Hier ist Eugen Haag, Sie erinnern sich?«

»Ja natürlich, was gibt's denn?«

»Soeben hat sich eine Spur zu dem vermissten Mädchen Margit Simmons aufgetan. Ich konnte mit hoher Wahrscheinlichkeit den Halter des gesuchten Bentley Continental ermitteln.«

Eugen Haag gibt die Adresse durch und fasst kurz zusammen, wie er auf den gesuchten Bentley gekommen ist.

»Danke, Herr Haag, dann übernehmen wir jetzt die weiteren Ermittlungen!«

»Nicht ganz, Herr Fischer. Der mutmaßliche Entführer hat offenbar auch meine Kollegin Verena Schnürle entführt. Wir sollten und müssen also übergreifend zusammenarbeiten.«

»Okay! Danke, Herr Haag. Ich werde jetzt gleich meinen Vorgesetzten informieren und schon mal ein Team zusammenstellen. Dann bleiben wir weiterhin in Verbindung und sprechen uns ab.«

»Ja gut. Meine Nummer haben Sie ja. Auf Wiederhören.«

»Wiederhörn.«

Das letzte Domizil der Borgwalds war ein Konglomerat aus zwei Gebäuden und einer ehemaligen Scheune in Renningen. Borgwald fügte damals alles zu einem Komplex zusammen und ließ die erweiterte Liegenschaft dann seinen Vorstellungen entsprechend umgestalten und vollständig restaurieren. Wände versetzen, Fensterflächen vergrößern und so weiter. Am Ende war daraus ein ziemlich respektables Anwesen entstanden, das von außen allerdings nicht viel hermachte. Im Inneren dagegen war Borgwald nicht so zurückhaltend. Die Einrichtung war in Technik und Stil voll und ganz auf der Höhe der Zeit. Dazu hatte Borgwald noch ein Haus in dem kleinen Weiler Perouse erworben, das sie als Gästehaus nutzten. Geschäftspartner im eigenen Haus zu beherbergen kam nicht infrage, wer will schon anwesenden Geschäftsführern und Prokuristen die morgendlichen ehelichen Anfeindungen zumuten. So etwas kann ganz leicht ins Peinliche abgleiten. Und das Image gegenüber Angestellten und Geschäftspartnern muss ja gewahrt bleiben. »Wo kämen wir sonst hin«, war einer seiner Sprüche.

Der alte Borgwald hatte den Liegenschaftsort nicht ohne Bedacht gewählt. Einerseits ist es nicht weit zur Autobahn und somit war man relativ schnell in der City, wie man hier zur Stuttgarter Kernstadt sagt. Zum anderen waren ein Gutteil seiner Freunde und Bekannten unter den Entwicklungsingenieuren des Porsche-Entwicklungszentrums in Weissach auch zugleich Mitglieder im Fliegerverein. Für Borgwald war die Nähe des Sportflugplatzes, der neben dem Bosch-Areal angelegt ist, der ausschlaggebende Punkt für Renningen. Borgwald konnte so schnell mal eben mit seiner Cessna 310 in die Schweiz fliegen und dringende geschäftliche Termine wahrnehmen. Der Zeitfaktor spielte dabei meist die entscheidende Rolle. Zeit war für den alten Borgwald Geld. Der Spruch kommt ja nicht von ungefähr und könnte glatt dem alten Borgwald zugeschrieben werden.

Eugen, der ja längst schon unterwegs war, ist noch vor den Stuttgartern vor Ort. Er betätigt die Türklingel und lauscht angestrengt, aber nichts außer der verhaltenen Tonfolge eines Gongs dringt an sein Ohr. Das Haus scheint verlassen. Der Außenbereich macht den Eindruck, als ob hier eine Gartenbaufirma oder ein Hausmeisterservice gegen kleines Geld nur die allernötigsten Arbeiten erledigt. Seine abschweifenden Gedanken werden dann aber unterbrochen. Über sein Handy erhält Eugen die Nachricht aus der Dienststelle, dass Heinz Clemens Borgwald als alleiniger Bewohner der angegebenen Adresse gemeldet ist.

»Danke, Sofia.«

Jedenfalls scheint der einzige Bewohner und Erbe weder gesteigerten Wert auf das Ambiente, noch auf ein gepflegtes Umfeld zu legen. Da es von außen nichts zu sehen gibt, weist Eugen den begleitenden Beamten Alex Gasser mit einem Fingerzeig und einigen begleitenden Worten an, in der Nachbarschaft Erkundigungen einzuholen. Die beiden Polizisten schwärmen aus, wenn man von einem Kommissar und einem Polizeibeamten in Uniform von einem Schwarm reden kann; man weiß es nicht genau.

Die wenigen Hausfrauen, die zur besten Shoppingzeit zu Hause anzutreffen sind, sind zwar gerne bereit, über den seltsamen, unverheirateten Nachbarn herzuziehen, aber unter dem Strich bringen diese Aussagen nichts verwertbares zutage. Borgwald kommt. Borgwald geht. Mehr ist nicht in Erfahrung zu bringen. Der Borgwald scheint jedenfalls unter der Nachbarschaft nicht die große Nummer zu sein. Einige der angetroffenen Hausfrauen rümpfen gar die Nase. Hier wird vermutlich niemand dagegen protestieren, falls es nötig sein sollte, Borgwald in Ketten abzuführen. Nur die Nachbarin in dem gegenüberliegenden Gebäude scheint eine etwas engere Fernbeobachtungsbeziehung zu Borgwald zu unterhalten.

»Der bekommt immer mal wieder kurzzeitigen Damenbesuch. Ein Taxi mit Stuttgarter Nummer wartet dann meistens, bis die Dame wieder herauskommt.«

»Danke, sehr aufschlussreich!«

»Oh, bitte, keine Ursache. Aber eines ist schon komisch, gerade jetzt, wo doch die Polizei zu Borgwald Fragen stellt.«

»Ja?«

»Es ist keine halbe Stunde her, dass Borgwald mit dem Wagen, direkt aus seiner Garage heraus, sein Haus verlassen hat.«

»Borgwald kommt, Borgwald geht. Also, was war denn daran komisch?«

»Da waren zwei Frauen im Auto. Das habe ich heute zum ersten Mal überhaupt gesehen, dass Borgwald mit zwei Frauen im Auto das Haus verlässt. Das gab's noch nie. Nicht mit einer und mit zweien schon gar nicht. Junge Frauen waren das, die habe ich hier noch nie gesehen.« Dazu machte sie ein abschätziges Gesicht in Richtung Borgwaldschem Anwesen.

Eugen machte diese unvermittelte Aussage nervös und er bedankte sich hastig bei der Frau. Er trat zurück auf die ruhig daliegende Straße und winkte Axel Gasser zu sich heran. Aus reiner Routine warf er einen Blick auf seine Armbanduhr. 17 Uhr 54.

Bevor Gasser dann tatsächlich bei Eugen angewetzt kommt,

biegt schon der Wagen mit den Stuttgarter Kollegen in die Straße ein.

»Hier gibt's im Augenblick nicht viel zu ermitteln, Herr Fischer«, setzte Eugen den Stuttgarter Kommissar ins Bild und sparte auch nicht das, was Borgwalds unmittelbare Nachbarin zu berichten wusste, aus. »Ich rechne damit, dass sich diese neue Situation sehr schnell zuspitzen könnte. Der Mann ist sicher nicht ohne Grund mit den beiden Frauen so plötzlich weggefahren. Das kann eigentlich nichts Gutes bedeuten.«

Fischer pflichtete ihm bei:

»Ich denke, wir werden eine interne Suchmeldung nach dem Bentley an alle Dienststellen herausgeben. Außerdem werde ich versuchen, eine Handyortung einzuleiten. Aber das kann dauern.«

Beide Männer griffen fast gleichzeitig zu ihren Mobiltelefonen und entfernten sich etwas voneinander. Eugen konnte man die Sorge um die Jungkommissarin und das Mädchen von seinem Gesicht ablesen, und nicht nur, weil Verena unter seiner Obhut stand. Er nahm die Sache sehr persönlich, und das, obwohl er ihr erst vor Kurzem noch erklärt hatte, dass dies eher kontraproduktiv für die Ermittlungsarbeit ist und nur den Blick verstellt. Doch im Augenblick ist es Eugen »wurscht«, was er noch wenige Tage zuvor an Weisheiten an Verena weitergegeben hatte.

»Los, rein ins Auto!«, herrschte H.C. die beiden jungen Frauen an. Verena blieb dieses Mal der Kofferraum erspart, sie darf auf der Rückbank Platz nehmen. H.C. scheint sich seiner Sache sicher zu sein. Die Fensterscheiben des Bentley sind leicht getönt, die Polizistin ist mit Handschellen hinter ihrem Rücken gefesselt und er hat den beiden vor der Ausfahrt aus der Garage noch diesen bescheuerten Vorderlader unter die Nasen gehalten. Margit sagte zu alldem, weil sie es nicht verstehen konnte:

»Aber Heinz Clemens, was tust du, was soll das?«

H.C. ignorierte Margits Worte, und Verena bekam hier kostenlosen Anschauungsunterricht, wie sich Entführer und Entführungsopfer einander annähern und eine Art Zwangsbeziehung entsteht.

Mit seinem Uraltrevolvernachbau sieht sich H.C. auf der sicheren Seite, falls er das Ding benutzen sollte. Keine Patronenhülsen. Kugeln, die kaum oder gar keine verwertbaren Merkmale aufweisen. Undefinierbare Bleiklumpen, die man keiner besonderen Waffe zuordnen kann, und Waffenerkennungsdienstlich ist H.C. sowieso ein unbeschriebenes Blatt. Warum sein Vater den Schießprügel seinerzeit gekauft hatte, wusste der wohl selber nicht. Spontan oder aus eben jenen oben genannten Gründen kann und will H.C. heute nicht mehr ergründen. Jedenfalls wurde das Ding seinerzeit nirgendwo registriert, und seine Frau hatte Zeitlebens keine Ahnung von der Waffe in ihrem Haus. Sie sah den Revolver überhaupt zum allerersten Mal, als ihr Sohn einen Schuss direkt vor den Nüstern des edlen Hengstes unter ihr abfeuerte.

Wie gesagt, H.C. ist kein Pferdeliebhaber. Er wollte den Gaul nur ein wenig erschrecken, und das war ihm auf drastische Weise gelungen. Heranwachsende Jungen machen nun mal oft und spontan unerklärliche Dummheiten, was leicht zum Tode eines anderen Menschen führen kann. Was nach dem Schuss mit dem rauchenden Colt geschah, ist bekannt. H.C. wurde auf dramatische Weise zum Vollweisen. Gut drei Jahre später wurde der junge Borgwald dann volljährig und sein Vormund hatte ihm von da an nichts mehr zu sagen. H.C. wurde zum Frührentner. Und etwas eigensinnig dazu.

Allerdings scheint H.C. heute nicht so richtig bei Sinnen zu sein, am helllichten Tag mit den beiden Frauen durch die Gegend zu fahren. Andererseits ist in dieser aufgelockerten, ländlichen Gegend kaum einmal mit Kontrollen zu rechnen. H.C. jedenfalls ist noch nie angehalten worden. Also, warum ausgerechnet heute? H.C. fühlt sich seiner Sache sicher.

Eugen und Fischer tappen im Dunkeln. Es gibt so gut wie keine Hinweise, was der Mann so treibt. Mal abgesehen von seiner Affinität zur örtlichen Kunstszene und dass er der letzte lebende Borgwald ist. So ist er doch noch nie auffällig geworden, weder positiv noch negativ, in seiner Straße nicht und in der Region auch nicht. Borgwald ist das berühmte unbeschriebene Blatt. Und trotz seines ausschweifenden Lebensstiels hat er es weder in die Tagespresse noch in die Polizeiakten geschafft. Ohne Geld wäre H.C. ein echter Loser, mehr nicht.

Das Interesse an den bildenden Künsten ist unmerklich von der Mutter auf den Sohn übergegangen. Bei ihr war es zum Teil die Liebe zur Kunst, aber in der Hauptsache doch eher eine Demonstration von Kaufkraft und hatte mehr mit Kaffee und Kränzchen und mit Party machen zu tun. Der Mensch muss sich ja irgendwie beschäftigen. Und so ist klein Heinz Clemens geradezu zwangsläufig und fast wie von selbst mit den Kindern der örtlichen Kunstszene und Kunstschaffenden in Kontakt gekommen. Was sich dann auch auf sein weiteres Leben auswirkte. So war es dann ein gerader Weg vom Kindergeburtstag über Jux und Spaß hin zu nicht mehr ganz so harmlosen, abgedrehten Jugendorgien.

Ab der Geburtstagsparty zu Ehren seines Achtzehnten nahm seine Beliebtheit bei Freunden und den Mädchen dann sprunghaft zu. Denn er hatte im Gegensatz zu dem brotlosen Künstlerzeug das Geld, das nötige Schmiermittel für alle aushausigen Aktivitäten.

H.C. steuert den Bentley in Richtung seines alten Refugiums, was neuerdings auch seine private Frauenbeerdigungsstätte ist. Der Platz liegt keinesfalls versteckt, sondern direkt an einem Straßendurchbruch, der kurz nach der Machtergreifung in diese zerklüftete Unwirtlichkeit gesprengt worden war, auch um die wirtschaftliche Entwicklung dieser bäuerlich geprägten Gegend zu fördern. Aber immerhin abweisend genug, um bei Wanderern und Einheimischen keine Lust aufkommen zu lassen, sich hier die Knochen zu brechen oder sich dem brennnesselverseuchten Gebiet sonst wie zu nähern. Abgesehen vielleicht von einsamen Kackern aus Stuttgart. Ein bäuerlicher Waldbesitzer, der vielleicht einmal zu oft in einen Touristenhaufen getreten ist, schimpfte diese Wanderer gar lautstark: »Dia Stuagerter Waldverscheißer!« Nun ja, man kann den Mann ja irgendwie verstehen.

H.C. lässt sein Refugium links liegen, fährt rechts vorbei bis zu einem naturbelassenem Weideland, zwischen dichtem Tannen- und Mischwald gelegen.

Zwei Beamte auf Dienstfahrt, die den Auftrag hatten, sich in eheliche Handgreiflichkeiten einzumischen, haben gemeldet, dass sie den beschriebenen roten Bentley zwischen Bad Liebenzell in Richtung Denjächt fahrend gesichtet hatten. Kurz bevor die Suchmeldung bei ihnen eingegangen war. Da im Allgemeinen nur sehr wenige rote Bentleys auf den Straßen unterwegs sind, ist es höchst wahrscheinlich, dass es sich um das gesuchte Fahrzeug handelt, informierte Kommissar Fischer seine Böblinger Kollegen.

»Wir fahren auf jeden Fall schon mal in die Richtung los!«

»Verstanden!«

Auch Eugen gibt die Sichtung an seine Dienststelle weiter und fährt zusammen mit Axel Gasser, den ihn begleitenden Polizeiobermeister, ebenfalls in Richtung Schwarzwald. Gasser, ein ruhiger und abgeklärter Typ, das bringen die Dienstjahre so mit sich, zieht seine Dienstpistole und überprüft Magazin und Funktion. Eugen äugt kurz zu ihm hin.

»Ich habe das Ding noch nie benutzen müssen, aber jetzt will ich sicher sein, dass sie auch funktioniert.«

»Schießen Sie mir kein Loch in den Boden.«

»Nö-nö, da passiert schon nix.«

H.C. stellt den Wagen etwas abseits in der Landschaft zwischen einigen Büschen ab.

»Was soll das denn jetzt, was haben Sie vor?«

»Klappe halten da hinten!«

Und auch Margit würde ganz gerne wissen, was nun abgehen wird:

»Heinz Clemens, was ist nur los mit dir?«

»Steig aus und sei ruhig!«

Margit steigt folgsam aus. In den Kleidern von H.C.s Mutter sieht sie erwachsener und schon ein wenig fraulich aus, wenn man nicht so genau hinschaut. Verena fragt sich besorgt, warum das Mädchen ausgerechnet diese alten Kleidungsstücke tragen muss. Ihr fällt keine Antwort darauf ein.

H.C. öffnet den Kofferraum und klappt den Deckel auch gleich wieder zu. Verena verrenkt sich fast den Hals, um irgendetwas von dem zu erkennen, was da vor sich geht. Sie sieht nur, wie H.C. in die Hocke geht und das Margit ihm mit schreckgeweiteten Augen dabei zusieht.

»Heinz Clemens! Bitte lass das! Warum tust du das?«

Verena sieht, wie H.C. mit einem Seil hantiert und ahnt Böses.

»He! Was soll das? Hören sie auf damit!«

Verena verflucht die Handschellen hinter ihrem Rücken. Sie versucht, die Fondtür irgendwie aufzufummeln, es geht nicht. Die Türe klemmt. Hat ein Bentley eigentlich eine Kindersicherung? Mit Bentleys kennt sich Verena deutlich schlechter aus, als mit Vorderladern.

Jetzt geht Margit in die Hocke und fängt an zu weinen. Dann ruft sie nach ihrer Mutter. Immer wieder. Ihr scheint klar zu sein, was H.C. nun vorhat, und auch Verena weiß, was nun gleich geschehen wird.

H.C. steigt wieder ein, seelenruhig. Als wenn nichts wäre, startet er den Wagen.

»Hören Sie auf, was machen Sie denn da, das können Sie

doch nicht machen!«, schreit Verena hinaus. Von hinten dringt das Weinen des Mädchens an ihr Ohr. Diese verdammten Handschellen! H.C. fährt tatsächlich los, um Margit hinter dem Wagen her zu schleifen.

Wie könnte Verena auch im Entferntesten ahnen, dass H.C. hier und jetzt das Déjà-vu seines eindringlichsten Erlebnisses selbst nachstellt. Seinen Sieg über diese Frau da, zu der er nie eine enge Verbindung verspürte. Die Frau, die ihn immer nur maßregelte, trotz seines kindlichen Alters.

Das, was H.C. hier und jetzt durchzuführen gedenkt, würde vielleicht nie geschehen, wenn die beleibte Köchin ihn damals nicht zurückgehalten hätte. Wenn er direkt an den zerfetzten Körper dieser Frau da hintreten und ihn hätte berühren können. Wer weiß, dann wären die drei Personen heute wahrscheinlich nicht auf dieser Futterwiese. Aber der Wagen rollt an. Margit weint, zetert und ruft erneut nach ihrer Mutter. Dann hört Verena nur noch ihr lautes Schluchzen.

Verena wähnt sich in einem schlechten Film, diese verfluchten Handschellen, und H.C. steuert den Wagen fröhlich über die natürliche Wiese, ihre Schockstarre löst sich in grenzenloser Wut auf. Sie wälzt sich auf den Rücken, versucht, ihre Beine hochzubringen, und tritt endlich mit beiden Beinen von schräg rechts gegen H.C.s Kopf und zwar mit all ihrer zur Verfügung stehenden Kraft. H.C.s Kopf knallt hart, wie von Klitschkos Faust getroffen, gegen die A-Säule, die Dachstrebe zwischen Frontscheibe und Seitenfenster. Das Auto, mehr ist es ja nicht, auch wenn hinten prachtvoll Bentley prangt, gerät ins Schlingern. Verena macht sich hinter den vorderen Sitzlehnen klein, und da knallt der Wagen auch schon gegen einen Baum, der nun wirklich nichts dafür kann, ausgerechnet hier im Wege zu stehen.

Verena tut das einzig Richtige, sie macht einen krummen Rücken und versucht ihre gefesselten Hände unter ihrem Hintern hindurch nach vorne zu bringen. Das Metall der Handschellen schneidet schmerzhaft in ihre Handgelenke. Aber sie schafft es und krabbelt über die Beifahrerrückenlehne nach vorne und greift als Erstes nach den Schlüsseln. Sie schmeißt sie irgendwohin, in die Gegend, dann sucht sie nach dem dämlichen Vorderlader.

H.C. kommt mit triefender Nase wieder zu sich, und Verena denkt, okay, das kann ich noch Mal, hat doch super geklappt. Sie dreht sich wieder auf den Rücken, um H.C. mit einem weiteren Tritt ins Traumland zurückzuschicken. Der zuckt reflexartig weg, der Tritt streift ihn nur knapp, die Wucht geht ins Leere. Dann wird's aber ganz schnell ernst. H.C. schlägt mit voller Kraft nach ihr, aber auch H.C. trifft nicht richtig. Er scheint doch noch etwas benommen und fingert schon wieder nach diesem blöden Schießprügel. Verena geht erneut zum Angriff über. Sie springt ihn förmlich an, so weit man in der Enge der Kabine von Springen reden kann, und kommt dabei mit ihrem Knie, mehr durch Zufall, mit seiner empfindlichsten Stelle in Kontakt.

»Pffh!«

Gut so, denkt sie, und drückt mit der kurzen Handschellenkette gegen seinen Hals.

Beiden ist klar, dass es hier um Leben und Tod geht. Da ist nicht der geringste Platz für Zurückhaltung. Trotz seiner momentanen Benommenheit lässt der Kerl nicht nach und schafft es, die Coltnachbildung aus den Siebzigern aus seinem Hosenbund zu zerren. H.C. schwenkt die Waffe direkt vor Verenas Gesicht und drückt augenblicklich ab.

»Klick«, nichts passiert.

Verena zuckt zur Seite, aber die Reaktion wäre in diesem Moment sowieso zu spät erfolgt. Ihr Gesicht hätte sie in diesem Augenblick verloren. Das aufgesteckte Zündhütchen auf dem Zündkanal war in der nach oben gehaltenen Position einfach abgefallen. Ein Zufall, der einem erfahrenen Westernhelden nicht passiert wäre.

Das Zündhütchen, einmal aufgesetzt, hat einen festen Sitz. Wahrscheinlich hatte H.C. das Zündhütchen, eine Metallhülse im Millimeterbereich, schon mehrfach aufgesteckt und wieder abgezogen, zum Reinigen der Waffe zum Beispiel, und danach versäumt, die Hülse wieder ein wenig zusammenzudrücken.

Nur Sekundenbruchteile danach drückte H.C. erneut ab, doch da hatte Verena ihren Kopf schon zur Seite gewandt und zugleich in einer einzigen Bewegung blind mit aller Kraft nach seinem Gesicht geschlagen. In diesen Momenten hängt so ziemlich alles von schicksalhaften Zufällen ab. Verenas Schwinger landet direkt auf seiner Nase. Das schmerzt und nicht nur die Nase.

Verena schüttelt ihre Hand. »Au-au!«. Sie kann aber in demselben schmerzhaften Augenblick mit der Rechten den Schießprügel an sich bringen, als H.C. durch die Wucht des Schlages mit dem Kopf zwischen Kopfstütze und Seitenfenster gegen die Scheibe knallte. Verena spurtet aus dem Wagen heraus. Ihre Ohren wollen nach dem Schuss nicht aufhören zu klingeln, und sie muss sich nun ausschließlich auf ihren Gesichtssinn verlassen. H.C geht es nach dem Knall natürlich auch nicht besser. Selber Schuld.

Margit sitzt blutend und weinend hinter dem Bentley im Gras, aber sie scheint außer Abschürfungen keine größeren Verletzungen zu haben. Gut. Verena streicht der Margit kurz übers Haar, dann wendet sie sich der Fahrerseite des Wagens zu und reißt die Fahrertür auf.

H.C. befand sich gerade wieder auf dem Wege der Besserung, hält sich aber mit der Linken stöhnend seinen Kopf. Mit der Rechten stemmt er sich aus dem Fahrzeug heraus, so sein Plan. Doch Verena haut ihm kurzerhand und zu seiner Beruhigung den Lauf der Waffe über den Schädel, sicher ist sicher. H.C. legt sich auch prompt neben dem Fahrzeug ins Gras und Verena durchsucht seine Taschen, bis sie sein Handy im Griff hat.

»Hallo Eugen!«

»…«

Verena sieht auf dem Display, dass sie mit Eugens Handy verbunden ist, aber sie kann nichts hören. Sie hält Margit das Handy ans Ohr und sagte zu ihr:

»Das ist mein Kollege, rede mit ihm!«

»Was soll ich denn sagen?«, fragt Margit. Die Frage steht ihr buchstäblich ins Gesicht geschrieben, darum sagt Verena ins Blaue hinein:

»Sag ihm unsere Namen und dass wir nicht genau wissen, wo wir sind und dass wir alle verletzt sind und schalte das Handy nicht ab. Ich hoffe, dass sie uns Orten können.«

Verena sieht einige Augenblicke lang zu, wie Margit ihre Lippen bewegt und unaufhörlich in das Handy weint und spricht. Sie sieht zu H.C. hin, bereit, erneut zuzuschlagen, aber der rührt sich nicht. Vorsichtig nähert sie sich dem am Boden Liegenden.

»Au-au«, murmelt Verena vor sich hin, vielleicht doch ein bisschen zu feste draufgehauen. Sie angelt nach H.C.s teurer Jacke und fesselt ihm mit den Ärmeln die Beine zusammen. Das wird seinen Bewegungsdrang schon mal einschränken, falls er wieder zu sich kommen sollte. Puls hat er jedenfalls noch, stellt sie erleichtert fest. Dann dreht sie ihn in die stabile Seitenlage. Fürs Erste beruhigt, wendet sich Verena wieder Margit zu. Die redet immer noch in das Handy, was ihr irgendwie über die anhaltenden Ängste hinwegzuhelfen scheint, Verena sieht's mit Erleichterung.

Sie blickt wiederholt zu dem Mistkerl hin und wünscht, er würde versuchen zu türmen, dann hätte sie einen Grund, ihn zu erschießen. Böser, böser Gedanke. Fast beginnt sie sich ein klein wenig vor sich selber zu fürchten.

Zwanzig Minuten lang sitzen sie nebeneinander im Fond des Bentley, als die Stuttgarter Kollegen auf die Wiese einbiegen. Verena hält die schluchzende Margit immer noch im Arm.

«Kümmert euch um das Mädchen«, sagte Verena zu den Leuten und deutete auf Margit, »ich kann sowieso nichts hören«, und im gleichen Moment denkt sie, was rede ich da für einen Blödsinn.

Nur kurz darauf erscheinen dann auch Eugen und Polizist Axel Gasser auf der Bildfläche.

DRITTER TEIL

DER KUNSTHÄNDLER UND SEINE DOMINANTE FRAU

1

Ivan Cukzarek ist Geschichte, weil er den Hals nicht voll kriegen konnte.

Ewa Krkova war Zeit ihres Lebens ein Opfer. Sie wurde benutzt und am Ende verbraucht, so wie Millionen andere Menschen auf dieser Erde auch. Laut einem älteren Beitrag des TV-Senders 3SAT werden allein in Indien jährlich zwei Millionen Frauen getötet. Tja, Mord scheint allerorten unausrottbar.

Tiziane wurde wenige Wochen nach der abscheulichen Art ihres zu Tode Kommens von dem rumschnüffelnden Basset eines Spaziergängers aufgespürt. Ein großer Zufall. Ansonsten wären ihre Gebeine in der schattigen Opferstätte möglicherweise bis in die nächste Steinzeit hinein unentdeckt geblieben. Weil Tizianes Körper zu Teilen offen lag, hatte der Hund die Witterung des verwesenden Fleisches schon aus einiger Entfernung aufgenommen. Sein Herrchen war nicht in der Lage, den kläffenden Hund zu beruhigen, und folgte ihm dann widerstrebend. Jetzt sind die Forensiker vor Ort, um möglichst alle Beweise zu sichern, damit H.C. Borgwald der Letzte in das staatliche Vollpensions- und Verwahrungsprogramm für Straftäter aufgenommen werden kann.

2

Verena hatte, allein und auf sich gestellt, die erste richtig gefährliche Situation ihres Lebens gemeistert. Wahrscheinlich hatte die mütterliche Sorge um die kleine Margit nicht unerheblich dazu beigetragen und ihr die Kraft verliehen, sich dem Frauenkiller entgegenzustellen. In ihrer Dienststelle hatte sich Verena dafür in null Komma nichts die unabdingbare und vollumfängliche Anerkennung ihrer Kollegen verdient. Was wohl auch daran gelegen haben könnte, an einem Revieranschiss gerade noch mal so vorbeigeschrammt zu sein. Plötzlich will sich jede und jeder mit ihr zusammen sehen lassen. Starruhm färbt eben doch ab, kann aber auch schnell lästig werden.

Auch ihr Chef, Bernd Langer, muss sich selber eingestehen, dass seine Meinung über den Nachwuchs wohl doch etwas zu voreilig war. Da ist dann doch noch nicht Hopfen und Malz verloren. Er hält sich mit seinen neuen Einsichten aber lieber noch zurück. Er gratuliert aber trotzdem aufrichtig und fragt sich insgeheim, wie lange wird's wohl dauern, bis Verena Schnürle Revierleiterin sein wird? Egal, dummer Gedanke.

»Danke, Herr Langer, das ist sehr nett von Ihnen.«

Einer plötzlichen Eingebung folgend, antwortete er der Jungkommissarin: »Ich bin der Bernd«, reichte ihr die Hand und bereute im selben Moment, was er da eben gesagt hatte.

Weil aber Verena weder von gestern, noch von vorgestern ist, antwortete sie einer Eingebung folgend: »Ich weiß das, Herr Kommissar Langer«, und lächelte ihren Vorgesetzten dabei offen und freundlich an.

Von dem Augenblick an hatte Verena bei ihrem Chef einen mächtigen Stein im Brett. Die ist nicht dumm und dazu noch mutig, denkt er sich, was für eine nette Person.

Dem Eugen steht die Erleichterung noch immer ins Gesicht getackert. Er kriegt sich kaum noch ein und gesteht freimütig:

»In so eine Gefahrensituation bin ich während meiner Dienstzeit noch nie geraten. Ich denke, das war's, ich kann dir nichts mehr beibringen.«

Verena erschien bereits nach einem kurzen Krankenhauscheck wieder an ihrem Schreibtisch.

»Du solltest dir doch ein paar Tage frei nehmen.«

»Danke Eugen, aber das ist nicht nötig. Ich hatte in der letzten Zeit unter H.C.s Obhut genügend Zeit zum Ausspannen und Margit hat mich gut versorgt.«

»Wie du meinst, aber lass es ruhig angehen«, empfiehlt Eugen gönnerhaft.

»Ich werde heute sowieso nur am Bildschirm arbeiten. Ich hoffe, dass ich so vielleicht weiterkommen werde.«

»Weiterkommen?«

»Wir haben ja immer noch das tote Mädchen aus dem See zu bearbeiten. Das weißt du doch!«

»Ja, klar, gut, also dann, viel Erfolg Verena.«

»Danke Eugen.«

Am Abend, kurz vor … wie Spät war es eigentlich?

»Eugen!«

»Verena? Was ist denn?«

»Ich habe die Dolans und ihr Umfeld nochmals durchleuchtet, soweit mir das möglich war.«

»Und, was gefunden?«

»Kann man wohl sagen.«

»Na, dann lass mal hören.«

»Hast du Zeit?«

»Für dich immer, fang schon an.«

»Das wird dich interessieren, Eugen. Die heile Millionärsfassade der Dolans weist ganz schöne Sprünge auf und ist dazu noch ziemlich angeschmuddelt. Wir haben uns blenden lassen.«

»Aha! Und warum?«

»Die Dolans sind vom Thron der gefeierten Kunstförderer

und Händler recht überraschend in eine anhaltend finanzielle Schieflage geraten, mit einem Schuldendienst, den sie zu bewältigen nicht mehr in der Lage sind. Mit einem Wort, sie gleiten von Tag zu Tag tiefer in einen Sumpf aus unbefriedigten Forderungen.«

»Und wir dachten ...«

»Tja, so leicht kann man sich täuschen. Ich habe mal unter Kunstsammlern herumtelefoniert und recherchiert. Da läuft man gegen Wände. Die halten dicht. Einige legen sogar gleich wieder auf oder wissen angeblich von nichts.« Verena hielt kurz inne und machte ein bedeutungsvolles Gesicht. »Und dann bin ich an Frau Berensen geraten, die sich seit dem Tod ihres Mannes an den Tegernsee zurückgezogen hatte. Also sehr zurückgezogen, so sehr, dass die Kunde von der Schieflage der Dolans noch nicht bis an ihr Ohr gedrungen war. Sie wunderte sich aber auch nicht groß darüber, dass sich die Polizei für die Dolans interessiert. Die Frau Berensen war richtig glücklich darüber, sich mal von Frau zu Frau über die Dolans auszulassen. Dieser Dolan hätte sie längere Zeit bekniet, ihm einige ihrer wertvolle Radierungen zu verkaufen, von deren Existenz er wohl noch von ihrem verstorbenen Ehemann her wusste. Er hätte einen solventen Käufer, der schon früher an den Werken interessiert gewesen wäre. Frau Berensen war arglos. Ihr Mann stand ja über viele Jahre mit Dolan in Geschäftsverbindung. Der angebliche Käufer war dann wohl doch nicht so solvent. Jedenfalls sind die Radierungen in Dolans Hände übergegangen. Aber die Bezahlung blieb dann aus. Frau Berensen fühlte sich betrogen, wohl zu Recht. Sie engagierte einen Detektiv und beauftragte einen Anwalt, einen Titel auf die Bezahlung oder die Rückgabe der Werke zu erwirken. Aber wie wir inzwischen wissen, ist unser Dolan insolvent, verfügt über keine nennenswerten flüssigen Mittel und ist verschuldet bis über die Haarspitzen. Da konnte ich der netten Frau Berensen auch wenig Hoffnung machen. Ich habe ihr aber zugesagt, mich wieder bei ihr zu melden, falls wir etwas Neues wissen. Schließlich hat sie uns ja auch sehr geholfen. Die Dolans sind offenbar selber im Kunsthandelshaifischbecken von russischen Schiebern so richtig abgezogen worden. Und das nicht nur ein Mal.«

»Da ist man doch gleich wieder zufrieden mit seinem Polizeibeamtenstatus, mit regelmäßigem Einkommen und Pensionsanspruch!«

»Mit der Option, mal eben so auf die Schnelle erschossen zu werden«, fügt Verena kühl an.

»Oh, Verzeihung, daran habe ich im Moment schon gar nicht mehr gedacht.«

»Ist ja inzwischen auch schon ziemlich lange her. Aber Spaß beiseite. Die Frau Berensen hat mir von Frau zu Frau den ganzen Dolanschen Misthaufen breit gestreut und erzählt, was ihr Detektiv inzwischen herausgefunden hatte. Hinter Dolans vornehmer Fassade krachte es immer öfter. Seine Frau setzte ihn stark unter Druck, für Nachschub an Geld zu sorgen. Jean Dolan wollte keinesfalls Abstriche in ihren Lebensgewohnheiten hinnehmen. Es soll zu Handgreiflichkeiten gekommen sein, wobei Jean Dolan regelmäßig die Oberhand behielt, zu Deutsch: Sie hat ihren Mann verdroschen.«

»Jean Dolan war also gar nicht so lieb und engelsgleich, wie sie uns erschienen war. Sieh an, sieh an!«

Die Dolans hatten so wie jeder andere Luxusgüterhändler auch Kunden, die aus verschiedenen, außergesetzlichen Untergründen schöpften. Da ist die Gefahr, in Abhängigkeiten zu geraten und in ungesetzliche Verwicklungen verstrickt zu werden, groß.

Eugen war immer noch dabei, das eben Gehörte zu verdauen und zu verarbeiten. Darum fügte Verena einige Augenblicke der Besinnung an:

»Tja«, meinte sie, »um es kurz zu machen. Auf diese Weise kam Dolan dazu, seine Aktivitäten in andere Gebiete hinein auszudehnen, wohl nicht ganz freiwillig. In seinem geschlossenen LKW mit Kofferaufbau transportierte er nun immer öfter, zwischen unverkäuflichen Kunstgegenständen, so profane Dinge wie Drogen, oder er brachte kistenweise Geld zur Wäscherei. Und natürlich kamen dann auch schon mal Transportaufträge für gestohlene Kunstgegenstände dazu, die er bei undurchsichtigen Abnehmern oder Hehlern abzuliefern hatte. Dolan ist ja quasi vom Fach und schon daher für seine neuen Freunde nützlich.«

»Hast du schon mit den Stuttgarter Kollegen gesprochen, Verena?«

»Das überlasse ich gerne dir.«

Eugen griff zum Telefon. Zwei Minuten später:

»Verena!«

»Ja!«

»Schon seit wir die Dolans in den Kreis der Verdächtigen aufgenommen und die Stuttgarter über unseren Verdacht informiert hatten, steht Dolan bei den Kollegen auf der Watchlist.«

Verena nickte nachdenklich.

»Ziehen wir mal in Betracht, dass Dolan für seine Freunde oder Erpresser nicht nur Transportaufträge erledigt. Dass er womöglich auch falsche Expertisen anfertigt, was ja auf der Hand liegen würde, und nebenbei noch half, ihre Leichen zu entsorgen.«

»Betrug und Hehlerei ist eine Sache. Aber die Hintermänner werden wohl kaum so dumm sein, ihren Transporteur und vielleicht auch Expertisenfälscher unnötig in den Focus von polizeilichen Ermittlungen zu rücken.«

»Wohl wahr, Eugen, war ja auch nur so ein Gedanke von mir. Trotzdem wurde Dolan am Ablageort gesehen, da liegt ein Zusammenhang doch auf der Hand.«

»Übrigens wünscht Kommissar Fischer, dass wir mit ihnen weiterhin zusammenarbeiten. Wir sind für den morgigen Nachmittag zum Kaffee geladen, wie er sich ausdrückte.«

»Das ist ja richtig nett von Fischer. Okay Eugen, ich denke, dass die Karten, den Täter letztlich aufzuspüren, gar nicht so schlecht stehen. Machen wir für heute Feierabend, Eugen. Die Toten laufen uns ja nicht weg.«

»Eine Ausdrucksweise hast du, Verena!«

3

Jean war nicht nur mit Jan Mark verheiratet, in sexueller Hinsicht war sie zudem und vor allem dem Weiblichen zugetan, um es auf eine nette Art zu sagen. Das allein ist noch nichts Anstößiges. Die Sexualität ist ja eine der treibenden Kräfte des belebten Universums. Wer wollte dies infrage stellen? Alles was lebt, lebt durch diese Kraft. Jean Dolans Problem ist allerdings ihre Neigung zur Dominanz, natürlich ihrem Mann gegenüber und besonders in ihrem sexuellen Verhalten.

Jan Mark Dolan hatte dem nichts entgegenzusetzen. Wie so oft in der westlichen, humanisierten Welt leiden Ehemänner eher still. Darunter leidet wiederum nicht selten das, was Mann und Frau eigentlich verbinden sollte. Die gemeinsame Lebensgestaltung und eine natürliche, unverkrampfte Sexualität. Dass Jean Dolan ausgerechnet mit ihrem selbstbezogenen Verhalten, die unverkrampfte eheliche Sexualität torpedierte, kam ihr nicht in den Eigensinn. Sie fühlte sich von Jan Mark untervögelt. Der Mann hatte gefälligst zu liefern, so ihr Anspruch. Sie besucht ja schließlich die Beautyshops, Schönheitsfarmen und Muckibuden nicht zum Spaß. Einfache Logik.

Dass Sexualität in einer Partnerschaft nur und ausschließlich mit gegenseitigen Ein- und Nachsichten funktioniert, hat ihr die Mutter wohl nicht mit auf den Weg gegeben.

Also: So weit, so schlecht. Jan Mark ist mit gefälschten Bildern von Berlin aus in Richtung Belgien unterwegs. Er wird es heute nicht mehr nach Hause schaffen und irgendwo übernachten müssen. Jean ist das nicht nur egal, sondern im Gegenteil sehr willkommen. So kann sie heute ganz zwanglos mit ihrer devot veranlagten Busenfreundin Ulrike eine befriedigende Nacht verbringen. Ulrike, das ist Jeans Gegenpol, eine zierliche Fünfunddreißigjährige, die sich immer wieder gerne unter Jeans zärtlichen Quälereien bespielen lässt. Mit männlicher Dominanz oder Unterwürfigkeit oder sonst irgendetwas in Richtung »Mann« hatte sich Ulrike noch nie anfreunden können. Das Thema Männer liegt ihr einfach nicht.

Der Türsummer tönte unangenehm in Jeans Gedanken hinein. Sie sieht auf dem kleinen Überwachungsbildschirm einen von den Typen, mit denen sich Jan Mark seit Neuestem abgibt. Erfreut ist sie nicht, war sie doch in Gedanken schon ganz bei Ulrike. Hat sicher irgendetwas mit Marks Geschäften zu tun, sie zieht die Türe auf.

»Was ist denn?«, will Jean ungeduldig wissen und lauter als eigentlich gewollt.

Der Fahrer, der sonst zumeist Mädchen für Cukzarek ins Land bringt, aber auch sonstige weitere Aufgaben tätigt, ist kurz angebunden:

»Ich soll deinem Mann den Koffer aushändigen.«

»Mein Mann ist unterwegs, komm morgen wieder«, antwortet Jean, ebenso kurz angebunden. Sie ist ziemlich angepisst, von so einem dahergelaufenen Handlanger, geduzt zu werden.

»Geht nicht. Ich stelle den Koffer hier ab, Dolan weiß schon was er damit zu tun hat.« Und schon ist er an Jean vorbei und stellt den dubiosen Alukoffer in den Gang. Hinter sich zieht er ein sehr junges Mädchen in den Flur. »Und die Kleine bleibt für ein paar Tage hier.«

»Was soll das denn? Wir sind doch kein Hotel!« Jean ist nun richtig sauer.

Aber der Typ, den sie noch nicht einmal richtig kennt, ist schon wieder auf dem Rückzug und sagt im Vorbeigehen:

»Ein paar Tage. Du kannst mit der Kleinen so lange machen, was du willst.«

»Halt mal, so geht das nicht. Die stinkt!«, ruft Jean dem komischen Typen hinterher.

»Die hat eine lange Fahrt hinter sich. Steck sie einfach in die Badewanne«, ruft er ihr über die Schulter zu, und Sekunden später ist er schon wieder in seinem Fahrzeug und weg.

»Ich glaube, ich spinne, was soll ich mit der Göre?«, spricht Jean und dabei immer wütender auf Mark werdend zu sich selbst.

Cukzareks Transporter tritt aufs Gas. Ihm ist inzwischen aufgegangen, was er sich da für ein Problem am Straßenrand aufgelesen hatte. Problem gelöst. Sollen die doch mit der Zurückgebliebenen machen, was sie wollen. Ich kenne die Kleine nicht. Das geht mich nichts mehr an.

Jean rümpfte die Nase. Das Arschloch hat recht, die Kleine muss nötigst in die Wanne.

»God Verdomd!«, flucht sie in der Sprache ihres Mannes vor sich hin. »So ein Arsch! Mensch-,der spinnt doch wohl! Na warte, Mark wird was zu hören bekommen.«

Sie zieht das Mädchen ins Badezimmer und hilft ihr, ihre Kleider auszuziehen, nachdem die Kleine nur unschlüssig herumstand und nicht den Anschein erweckte, als wüsste sie, was sie hier soll.

»Du bist ja richtig hübsch. Wie heißt du denn?«

Keine Antwort. Aber auch keine Gegenwehr, als Jean ihr umständlich half in die Wanne zu steigen. Doch dann hatte sie plötzlich ein ziemliches Vergnügen an dem warmen Wasser und dem Schaum. Weil das Mädchen aber mehr spielte, als sich einzuseifen, geht ihr Jean helfend zur Hand, und es beginnt ihr sogar mehr und mehr Spaß zu bereiten, das Mädchen zu waschen. Die ist wirklich hübsch. Ulrike ist für den Moment vergessen. Das Mädchen singt leise vor sich hin und sagt dann unvermittelt zu Jean:

»Mominka.«

Jean legte das frisch gemachte Mädchen dreißig Minuten später in ihr Bett und legt sich für einen kurzen Moment zu ihr hin. In diesen wenigen Augenblicken kommen so etwas wie mütterliche Gefühle in ihr auf, sie streichelt das Kind sanft. Das fremde Mädchen fängt stockend an zu sprechen, wovon Jean allerdings kein einziges Wort versteht. Sie weiß nicht, was das Kind noch will. Alles was Jean ihr zu Essen und zu Trinken gegeben hatte, das hatte sie wie eine Verhungernde in sich hineingestopft. Vermutlich hatte sie lange nichts zu Essen bekommen. Worüber mache ich mir also Gedanken?

»Jetzt ist Zeit zum Schlafen«, sagte Jean in einem ganz anderen Ton, als man es von ihr gewöhnt war, und deckt das Mädchen zu.

»Was soll ich nur machen«, sagt Jean murmelnd zu sich. »Zur Polizei gehen kann ich nicht«.

Natürlich ist ihr nicht verborgen geblieben, dass Jan Mark seit einiger Zeit in undurchsichtige Geschäfte verwickelt war. »God Verdomd«. Egal, Ulrike wartet. Morgen werden wir weitersehen. Mark muss sich dann eben um die Kleine kümmern.

Unruhig kommt Jean aber nach nur einer Stunde wieder zurück. Sie konnte sich einfach nicht so richtig auf Ulrike einstellen. Und der war das natürlich nicht verborgen geblieben.

»Muss ich mir Sorgen machen, Jean Darling?«

»Nee, nee, alles gut. Aber Mark dieser Idiot wird uns noch mal so richtig in die Bredouille bringen. Ich muss weg«.

Sie lässt eine ratlose und ängstliche Ulrike zurück. Schließlich ist Jean ihre Geliebte. Da ist es nicht gerade unüblich, sich zu sorgen.

Als Jean vorsichtig die Schlafzimmertüre öffnet, um nach dem schlafenden Mädchen zu sehen, sieht sie das Bett leer und ein Duft von frischer Mädchenscheiße dringt in ihre verwöhnte Nase.

»Was ist?«, entfährt es ihr.

Jean betätigt den Lichtschalter und ihr Blick fällt sofort auf das Häufchen und die Lache in der entferntesten Ecke ihres Schlafzimmers. In der gegenüberliegenden Ecke kauert das namenlose Mädchen. Sie ist nur noch mit dem Oberteil des Schafanzuges bekleidet, den Jean ihr vor zwei Stunden angezogen hatte. Es scheint, als würde sich das Kind am liebsten in die Ecke hinein verkriechen wollen. Jean konnte einen wütenden

Aufschrei nicht unterdrücken. Sie ist außer sich und zieht das Mädchen am Arm und an den Haaren aus der Ecke heraus.

Was darauf folgt ist das wütende Gezeter Jeans und die Schreie und das laute Heulen des Mädchens, das jetzt plötzlich um sich schlägt und tritt. In dem Durcheinander gehen auch gleich mehrere ihrer Meißner Porzellane zu Bruch, auf die Jean besonders stolz ist oder war, um es jetzt auf den neuesten Stand der Dinge zu konkretisieren.

Das laute Zetern, die herumwirbelnden kleinen Fäuste und die Tritte des Mädchens stacheln Jean Wut weiter an. Sie ist kaum in der Lage, das Mädchen zu bändigen. Irgendwie muss Jean das randalierende Kind jetzt unter Kontrolle bringen. Die brüllt mir ja noch die ganze Nachbarschaft zusammen. Sie greift nach Strümpfen und Strumpfhosen in ihren Fächern, dann überwältigt sie das tobende Kind. Eingebunden in Nylonstrümpfen, kehrt endlich Ruhe ein.

Jean wendet sich den Scherben ihrer Porzellane zu und beginnt einzelne Teile aufzusammeln. Sie besinnt sich dann aber anders und verlässt ihr Schlafzimmer, um sich im Badezimmer die Stirn zu kühlen, und lässt Wasser über ihre Unterarme laufen. Sie ist völlig fertig.

»Einer deiner neuen beknackten Freunde hat einen Koffer hier im Flur abgestellt«, sagt sie am folgenden Vormittag zu Jan Mark, als er nach Hause kam.

»Der muss nach Konstanz!«

»Das ist mir doch egal! Und ein Mädchen hat er uns auch hier hereingeschleppt«

»Was denn für ein Mädchen?«

»Was weiß ich denn. Sind doch deine Kumpels, das musst du doch wissen!«

»Ja und? Wo ist sie?«

»Tot!«

»Was soll das heißen? Tot?«

»So wie ich es sage, sieh sie dir doch an.«

Jean deutet zur Besenkammer, wo sie das Mädchen abgelegt hatte.

»Das muss doch irgendeinen Grund gehabt haben?«, meint Jan Mark mit Blick auf das verschnürte Bündel am Boden.

»Sie hat in mein Schlafzimmer geschissen und ist dann ausgerastet. Dann hat sie rumgeschrien, um sich geschlagen und mein Porzellan zerdeppert.«

»Davon stirbt man doch nicht?«

»Ich musste sie irgendwie bändigen. Darum habe ich sie gefesselt und geknebelt.«

»Ja und dann?«

»Tot.«

»Wie?«

»Frag nicht so blöde. Sie hatte gekotzt und ist wohl daran erstickt.«

»Bist du irre?«

»Halt bloß dein blödes Maul. Deine Kumpels sind gerade dabei, unser Leben zu zerstören, und ich soll irre sein? Hä?«

»Ja, und was jetzt?«

»Frag nicht so dämlich! Ich habe die Scheiße weggeräumt und du bringst das Mädchen weg, egal wie. Ich will sie nicht in meinem Haus haben.«

»Okay, gut. Heute Nacht.«

»Nix heute Nacht«, eifert Jean. »Jetzt sofort bringst du die ausgeflippte Göre weg! Sofort!«

4

Kommissar Fischer und sein Team hatten sich längst auf die Dolans konzentriert und fügten Puzzleteil um Puzzleteil zusammen. Den Durchbruch machten dann die Forensiker, die in Dolans blitzblank geputztem Wagen doch noch winzigste Spuren des Mädchens aus dem See sichern konnten. Dann war es nur noch ein Spaziergang, weitere Spuren im Haus der Dolans sicherzustellen. Von da an konnten sich die Dolans alle weiteren Ausflüchte sparen.

Einen Haufen Scheiße kann man wegputzen. Aber es bleiben eben immer mikroskopisch kleine Partikel zurück, die sich einer vollkommenen Reinigung entziehen. Jean hätte schon den Teppichboden herausreißen müssen. Hatte sie aber nicht. Dumm gelaufen für das Ehepaar Dolan. Letztlich sind sie an einem Kackhaufen gescheitert und an dem Unwillen einer verwöhnten Ehefrau, sich ein klein wenig einzuschränken.

Und was noch?

Verena, die kommt beruflich gut voran. Sie wird seit ihrem Kampf mit dem Frauenmörder allgemein geschätzt.

Und die Liebesbeziehung zu ihrem Martin?

Die hat sie vorerst einmal auf eine lange Bank geschoben.

Gut so, Verena! In diesen Dingen, auch Liebesdinge genannt, sollte man sowieso nichts überstürzen.

ENDE

Mehr oder weniger vonnöten:
DER ANHANG

[1] Menschenhandel
Aktuell der am schnellsten wachsende Sektor im weltweiten, kriminellen Gewerbe.

[2] Volksvermögen
Beispiel Ex-DDR, auch Neue Länder genannt, war eine Republik, in der einmal so ziemlich alles volkseigen genannt wurde. Unter dem Volk wurde dann aber nach der Eingemeindung in eine größere Bundesrepublik nichts verteilt. Große Teile des Volksvermögens flossen dann wieder den Üblichen zu, den Reichen und Mächtigen. Am Volk blieb dann nur noch (bis zum heutigen Tag, siehe Drucklegung) der Solidaritätsbeitrag hängen, auch verniedlichend »Soli« genannt.

[3] Rechtsstaat
Der Autor selbst, 51 Jahre lang durchgängig berufstätig und Steuerzahler, kann aus eigener, demütigender Erfahrung von richterlichen, anwaltlichen und generell staatlich institutionellen Ignoranzen berichten. Verfasst in einem eigenen Werk. Kein Meisterwerk fürwahr, sondern eine Episodensammlung, in der er das über zehn Jahre Erlebte niederschrieb.

[4] Dolmetsch
Türkisch, Ungarisch, selten auch Österreichisch für Dolmetscher.

[5] Knopf
Heute seltener auch für Knoten, mundartlich gesprochen in Teilen der süddeutschen, voralpenländischen Gebiete und in Teilen Österreichs.

⁶Farbliches Sehen

1969 wurde ich in meiner Eigenschaft als Soldat an beiden Augen verletzt: Wasserschlag von 7 bar Überdruck. Nur meiner Eigeninitiative hatte ich es zu verdanken, dass ich nicht völlig erblindete. Ich verlangte die sofortige Einlieferung in eine Augenklinik. Die Sanitäter vor Ort wollten mich mit kalten Kompressen ins Lazarett legen, also so ziemlich das Dümmste, was man in so einem Fall tun kann. Ich befand mich dann einige Tage lang in der katholischen Augenklinik in Regensburg in Behandlung. Nach drei Tagen wurde mir der Verband abgenommen. Tags darauf sah ich einen hellen Fleck, das Fenster meines Krankenzimmers. Am nächsten Tag, jeweils ab dem Morgen, sah ich wie Schmitts Katze alles Schwarz-Weiß. Und wiederum am folgenden Morgen darauf, wie gewohnt, in Farben. In der Klinik waren auch sieben Kinder mit ähnlichen Verletzungen. Jedes der Kinder war auf einem Auge blind, ausgelöst durch ähnliche Druck- oder Schlagverletzungen. Die Schädigungen an den Kinderaugen waren irreparabel, weil in allen Fällen eine fachärztliche Behandlung unnötigerweise hinausgezögert worden war. Achten Sie also bei ihren Kindern darauf, in so einem Falle sofort den nächsten Facharzt aufzusuchen.